安妮的世界 ❺

风吹白杨的安妮

Anne of Windy Poplars

〔加〕露西·莫德·蒙哥马利〔著〕

李常传〔译〕

二十一世纪出版社
21st Century Publishing House
全国百佳出版社

图书在版编目（CIP）数据

风吹白杨的安妮 / (加) 蒙哥马利 (Montgomery,L.M.) 著；李常传译 . ——
南昌：二十一世纪出版社，2014.6（2022.4重印）

（安妮的世界）

ISBN 978-7-5391-9200-0

Ⅰ . ①风… Ⅱ . ①蒙… ②李… Ⅲ . ①儿童文学 – 长篇小说 – 加拿大 –
现代 Ⅳ . ① I711.84

中国版本图书馆 CIP 数据核字 (2013) 第 292409 号

版权合同登记号 14–2009–281

风吹白杨的安妮　　　　　　　　　　(加) 露西·莫德·蒙哥马利 [著]　李常传 [译]

策　　划	张秋林	
责任编辑	周向潮	
特约编辑	文　欢	
出版发行	二十一世纪出版社	
	（江西省南昌市子安路 75 号　330025）	
	www.21cccc.com　cc21@163.net	
出 版 人	张秋林	
经　　销	新华书店	
印　　刷	三河市人民印务有限公司	
版　　次	2017 年 8 月第 2 版　2022 年 4 月第 2 次印刷	
开　　本	880mm×1260mm　1/32	
印　　张	9	
字　　数	179 千	
书　　号	ISBN 978-7-5391-9200-0	
定　　价	24.00 元	

赣版权登字—04—2013—842

如发现印装质量问题，请寄本社图书发行公司调换 0791-86524997

序

曹文轩

何为上乘小说？

可能会有各种各样的评价标准，但无论如何，大概总要承认，它之所以称得上上乘，最重要的标志就是它塑造了一个乃至几个永不磨灭的形象。作为一部穿越了时空，在今天，在世界的任何一个地方都会熠熠生辉的作品，蒙哥马利的"安妮的世界"系列为世人塑造了一个叫安妮的女孩的形象。这个形象，始终占据世界文学长廊的一方天地，在那里安静却又生动无比地向我们微笑着，吸引我们驻足，无法舍她而去。从阅读"安妮的世界"系列的第一本《绿山墙的安妮》开始，就注定了在掩卷之后我们要不由自主地回首张望，向那个让人怜爱的孩子挥手，再挥手。我们终于离去，山一程，水一程，但不知何时，她却悄然移居我们心上，在今后漫长的人生岁月中，不时地幻化在你的身边，就像她总也离不开风景常在的"绿色屋顶"一样。她的天真纯洁，会让你感动，会让你的灵魂不断得到净化；她柔弱外表之下的那份无声的坚韧，会让你在萎靡中振作，让你面对困难甚至灾难时，依然对天地敬畏，对人间感恩。这个脸上长着雀斑、面容清瘦、一头红发的女孩，是你的"绿色屋顶"，而你也是她的"绿色屋顶"。一个形象能有如此魅力，可见这部塑造了她的作品在文学史上举足轻重的地位。

这是一部具有亲和力的作品。

有一些作品，即使是一些被文学史家和批评家们津津乐道的作品，我们阅读它们时总是很难进入，它们仿佛被无缝的高墙所围，我们转来转去，还是无门可入，只好叹息一声，敬而远之。即使勉强进入，总有一种挥之不去的距离感，读完最后一页，我们依然觉得那书在千里之外冰冷着面孔，像尊雕塑。阅读《绿山墙的安妮》却是另样的感受——说不清的原因，当年我在看到书名时，就有了阅读它的欲望。看来，一部书有无亲和力，单书名就已经散发出来了。接下来就是流畅的毫无阻隔的阅读。这部书是勾魂的。它以没有心机的一番真诚勾着你。它在叙述故事时，甚至没有总是想着这书究竟是给谁读的，作者只是把心中想说的话说出来。这是倾诉，也是亲和力产生的秘密：倾诉就是对对方的信任，这时，你与对方的距离感就消逝了——所有的人都是喜爱听人倾诉的，因为那时他有一种被信任感。"安妮的世界"显然带有自传性，说的是一个叫安妮的女孩，而实际上是在说作者自己——露西·莫德·蒙哥马利。这是她自己的故事，现在她要把它们诚心诚意地讲出来。我们在听着，出神地听着。

"安妮的人生"应成为一个话题。

安妮的人生称得上是完美而理想的人生，她是我们所有愿意更好地活着的人的榜样。之所以这样说，是因为除了具有善良、真诚、聪明、勤劳、善解人意、富有勇气等品质，她还有一个让我们羡慕的品质：善于幻想。幻想使她的精神世界异彩纷呈，使她在绝望中看到了生路。通过幻想，她巧妙地弥补了人生的种种遗憾和许多苍白之处。她的幻想是诗性的。在与玛莉娜谈论祷告时，她说，上帝是种精神，是无限、永恒、不变的，他的本质是智慧、力量、公正、善良、真实。她很喜欢这些词。她对玛莉娜说，这么长一串，好像一首正在演奏的手风琴曲子，它们也许不能叫诗，但很像诗，对不？当玛莉娜为她做的上学的衣裙并不是她喜欢的而她又无法改变这个事实时，她说："我会想象自己是喜欢它们的。"正是这些幻想，使她的不幸人生获得了诗性的拯救。诗性人生无疑是最高等级的人生。许多危急关头，许多尴尬之时，她正是凭借幻想的一臂之力，而脸色渐渐开朗，像初升的太阳，眼睛如星辰般明亮起来。而这时，世界也变得明亮起来。

还有，就是它的无处不在的风景描写。

今天的小说，很难再看到这些风景了，被功利主义挟持的文学，已几乎不肯将一个文字用在风景的描写上了。"安妮的世界"离不开风景，离开风景，对于作者来说，几乎是不可想象的。而安妮离开风景，就会失去生趣，甚至生命枯寂。她的湿润，她的鲜活，她的双眸如水，皆因为风景。她孤独时，要对草木诉说；她伤心时，要对落花流水哭泣。万物有灵，一切都是她生命的组成部分。紫红色樱花的叶子，是她的"漂亮爱人"，她要成为穿过树冠的自由自在的风儿，她喜欢凝视夕阳西下时的天空……一开始，当她想到马修可能不来车站接她时，她想到晚上的栖息之处竟然是在一棵大树上：月光下，睡在白樱花中。她是自然的孩子，她是一棵树。自然既养育了她，也教养了她。

看看这样的书，像安妮那样活着。

目 录

最初的一年

（一）

沙马塞德中学校长、文学士安妮·雪莉致金斯伯多，雷蒙大学医科学生吉鲁伯特·布莱恩先生。

亲爱的吉鲁伯特：

这个名称是不是很优美呀？你听过这种雅致的名字吗？所谓的"柳风庄"，也就是我新家的名称。同时，我也很欣赏"幽灵小径"这个称呼。

当然啦，这并非政府承认的名字。它真正的名字为多伦多街，不过话又说回来啦，除了新闻周刊《一周大事》偶尔刊登之外，根本就没有人称呼它为"多伦多街"——逢到有人提到"多伦多街"这个名称时，大伙儿就会莫名其妙地说："哦？你是说'多伦多街'吗？它到底在哪儿啊？"

的确，这里是大伙儿都公认的"幽灵小径"。至于这个名称的由来嘛……我曾经问过丽贝嘉·狄恩，她说很久以前，它就叫"幽灵小径"了。除了几年以前，还盛传鬼魂出没的说法以外，她什么也不知道呢！不过以这条小径来说，丽贝嘉声称不曾看到比它更为"邋遢的东西"了，是故，她对鬼魂出没的说

法不敢苟同。

其实，我至今还不认识丽贝嘉呢！不过，我一定会认识她的！我有种预感，那就是在以后我写给你的信函里面，丽贝嘉将会是大出风头的人物。

现在正是黄昏时刻，亲爱的吉鲁伯特，所谓"黄昏"这个词儿，并非人们喜欢听到的一句话。不过比起"傍晚"来，我比较喜欢黄昏。白天，我是这个世界的人，夜晚则属于睡眠和永远。然而，黄昏却是两者都不是。以这段时间来说，我是属于自己和你的。正因为如此，我才会在这一段时间写信给你。

但是，这封信并不能称为"情书"，因为我的笔尖会划破信纸呢！正因为如此，你不可能收到那种热情洋溢的情书。关于这一点，你得趁早有个心理准备！我想——在这段我还不曾更换笔尖的时间内，我会很详细地把那个家庭的成员介绍给你。吉鲁伯特，她们都是好得不能再好的人呢！

昨天，我出来寻找寄宿的地方时，蕾洁·林顿伯母也跟我一道出来。她表面上的理由是逛街购物，但真正的目的是帮我寻找寄宿的地方。如今，我虽然已经从大学的文学系毕业，又拥有文学士的头衔，但是在林顿伯母的眼里，我仍旧是个很需要呵护的小孩子呢！

我们是搭乘火车来的。啊，吉鲁伯特，我又经历了一场滑稽透顶的冒险。你也很清楚，我这个人是时常会招惹意外冒险的。

这一场冒险发生在火车将靠站的那一瞬间。为了取下林顿

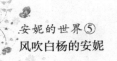
伯母的旅行箱，我站了起来，弯曲了身子——林顿伯母打算到沙马塞德的朋友家过周末——再把两只手放在亮闪闪的坐席托架上。天晓得，有一股旋风似的力量打掉了我的双手，吓得我差点尖叫起来。原来被我当成坐席托架的东西，竟然是个男人的秃头咧！

那位被我当成托架的秃头仁兄，用一种恶狠狠的眼光瞪着我，而且他仿佛刚刚醒过来。我诚心诚意地向他赔不是，又匆匆地下了火车。我最后一次回过头瞧他时，他仍然犹如世仇一般，用不共戴天的眼光瞪着我，看得林顿伯母不断打哆嗦，而且我被秃头先生打过的手指，现在都还隐隐作痛呢！

刚开始时，我满以为寻找一个寄宿之处并不困难，因为布尔克尔夫人已经前后十五年为这所中学的校长安排了寄宿。天晓得，布尔克尔夫人再也不要收留我这个新校长了！我并不知道她基于何种理由。她口口声声说，实在不愿意——"再给自己添麻烦了"。

有几家我认为很不错的人家，竟然也婉拒了我。其余的几家虽然愿意收留我，但是我实在不中意。就如此这般，林顿伯母跟我整天都在市街晃来晃去，感到又热又疲倦，心里异常烦躁，以致招来阵阵的头痛——至少，我就有这种感觉。我已经感觉到绝望，开始放弃了——就在这时，"幽灵小径"赫然出现了！

那是——我俩顺便去拜访林顿伯母的亲友普拉多克夫人，她对我俩说："或许，那些寡妇们会收留你。"

"我听说过，那两位寡妇为了支付丽贝嘉·狄恩的工资，很欢迎一个寄宿的人。除非多赚一些钱，否则的话，她俩就无法留下丽贝嘉了。如果丽贝嘉走了的话，叫谁去挤那一头老母牛的奶呢？"

普拉多克夫人仿佛把我看成必须去挤牛奶的女人，一直在凝视着我。我在想——就算我向她发誓我懂得挤牛奶，她也未必肯相信吧？

"你到底在说哪两个寡妇呀？"林顿伯母问。

"就是凯德夫人跟姬蒂夫人呀！"听普拉多克夫人的口气，好似任何一个人（包括对世事浑然不知的文学士）都应该知道这事情。

"凯德夫人，也就是亚马沙·马坎巴夫人，她就是船长的未亡人；至于姬蒂嘛……是林肯·马克林夫人。她俩居住在'幽灵小径'的尽头。"

"幽灵小径！"我想，我已经注定要居住在那儿啦！因为我已经恍然大悟，我跟"未亡人"有着解不开的缘分！

"林顿伯母，咱们这就去看看那两位寡妇吧！"

我催促着林顿伯母，好似延误一刻钟的话，"幽灵小径"就会消失于童话的国度！

"不用着急，你俩一定可以见到那两位寡妇。不过决定是否收留你，就得看丽贝嘉的意思啦，因为'柳风庄'的大小事情一向由她做主。"

什么！有一座"柳风庄"？这件事情不可能是真的 现实

世界不可能有"柳风庄"的！我一定是在做梦！可这是千真万确的！不过，林顿伯母却一直在说，房子不适合取那种名称呢！

"嗯……那个名称是马坎巴船长取的，因为那栋房子是他的。他在那栋房子四周种植了一大片柳树，并且以此为荣呢！不过，他自己极少在家，一次也不曾长期逗留。对于这一点，凯德夫人甚感不满。雪莉小姐，如果你能住在那儿，那就是你的造化了。听说丽贝嘉很善于烹饪，尤其是她的 Cold Potato，堪称天下第一佳肴。只要丽贝嘉喜欢你，你就能够在柳风庄里自由自在地生活。

"万一，她看不上你的话，你就别想居住在柳风庄了。现在有位新的银行家来到了市镇，他也正在找寻寄宿的地方。搞不好，丽贝嘉会选择他呢！布尔克尔夫人为何不收留你呢？这一点我很诧异。以沙马塞德来说，布尔克尔的房子多如天上的繁星呢！这一族人被称为'王族'，雪莉小姐，你必须跟那一族人和睦相处，否则的话，你将在沙马塞德中学站不住脚呢！因为这一族人的势力相当庞大！这里的街道名称，有一条是沿用艾普拉罕·布尔克尔的名字呢！话虽如此，但是'枫林庄'的那两位老妇人才是指挥这一大家族的人。听说，那两位老妇人正在生你的气呢！"

"为什么呀？"我叫嚷了起来，"对她俩来说，我只是一个陌生人呀！"

"因为，她俩有位堂兄弟很想要校长这个位置，这个家族的人也认为他们的堂兄弟当定啦！所以，当他们知道你要来当校长时，每个人都不约而同地挺起胸膛来大声叫嚣。人嘛！本来就是那样，我们也不便发表议论。或许，她们在口头上会对你甜言蜜语，不过在暗地里谁也不敢保证，她俩会不会对你采取什么不利的手段。并非我故意要挫你的锐气，而是希望你多防范一些。如果那两个未亡人接受你的话，你在乎跟丽贝嘉一块儿吃饭吗？因为她并非女佣人，而是船长的亲戚。家里有客人时，丽贝嘉不会跟她们一起用餐——逢到那种场合，她就会想起自己的身份——不过，你既然是到那儿寄宿，丽贝嘉当然就不会把你当成客人看待了。"

对于再三叮咛的普拉多克夫人，我一再向她保证，我根本就不在乎跟丽贝嘉一块儿吃饭。接着，我拉着林顿伯母的手离开了，因为我必须抢先银行家一步到达柳风庄。

想不到，普拉多克夫人一直跟着我俩到门口，又对我耳提面命一番："安妮小姐，你千万别伤了姬蒂夫人的感情，她很容易感伤起来呢！她可不像凯德夫人那样有那么多钱。同时，凯德夫人由衷地爱着自己的另一半，至于姬蒂夫人就不同啦！她并不爱自己的丈夫。其实，这也怨不得，因为林肯·马克林是个变态的小老头呢！不过，姬蒂总认为大伙儿都在讥笑她不够贤淑，所以性情越变越古怪。幸亏今天是星期六，如果是星期五的话，姬蒂就不会收留你了。或许，你以为凯德夫人是个古怪而难以取悦的人吧？因为几乎过着船上生活的人们都是如此。事实上，姬蒂才是比较难以取悦的妇人——因为她的老公是一名木匠呢！真是太委屈她啦！她年轻时可是个不折不扣的大美

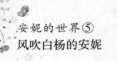

人呢！"

虽然我一再地保证，我会珍惜姬蒂夫人的感情，但是普拉多克夫人还是紧跟着我，走到街上对我说："不过，当你离家不在时，凯德跟姬蒂绝对不会去翻动你的东西，因为她俩是有教养的人。至于丽贝嘉嘛，我就不敢保证了。但是她绝对不会饶舌，更不会搬弄是非。如果我是你的话，我绝对不会到正门那地方去。她们只在重要或特殊情况下才使用正门。自从亚马沙的葬礼以来，她们一次也不曾开启过正门。你不妨走侧门，钥匙就放在门坎旁的花盆下面。如果没人在家的话，你就打开那扇门等着吧！哦，对啦！在任何情况下，你都不宜去称赞猫儿，丽贝嘉一向非常讨厌猫儿。"

我许下永远不称赞猫儿的诺言，跟普拉多克夫人道别。才走了几分钟，我就来到了"幽灵小径"。那是一条短短的胡同，尽头接邻宽坦的乡间道路，以遥远处的青翠山丘为背景。其中一侧没有任何屋子，土地形成缓坡一直延续到港口。另外一侧只有三栋房子。最先的一栋屋子很平凡，没什么特点可言。接下来的那一栋是用红砖建造的，附有石板装饰物的宅邸，看起来堂皇又严肃；双层的屋顶中间开着很多窗户，房子周围有密密麻麻的枞树和针枞树，所以几乎看不见房子的左右。我想，那栋房子里面一定很幽暗。

第三栋就是柳风庄，刚好在拐弯处。它的正面是一条铺着草坪的道路，另一面则是布满树荫的乡间道路。

我开始沉迷于美梦中，只看"柳风庄"一眼，我的内心就激情澎湃。它是一栋白色的木造房子——是不掺其他颜色的粉白，有着绿色的遮阳幕——那是充满了生气的翠绿色。在屋角有一个"塔"，两侧有着屋顶窗。低矮的石墙隔开了街道，沿着石墙种植着柳树；后面巨大的庭园里面，长满了颜色鲜艳的花儿，以及青绿色的各种蔬菜。一言以蔽之，这是座吸引人的好房子，似乎飘散着"绿色屋顶之家"的气氛。

"啊！这是为了我而存在的地方！一定是来自前世的约定。"我喜极忘形地叫起来。

对于我那一句"来自前世的约定"，林顿伯母满脸不以为然。"不过，你必须走好长一段路才能到达学校呢！"林顿伯母用"不敢苟同"的口吻说。

"我是无所谓啦！因为我刚好可以趁此机会运动运动啊。林顿伯母，你瞧！那些桦树和枫树林不是很可爱吗？"

林顿伯母顺着我指的方向看过去，但是她只说了一句"希望没有蚊虫打扰你！"

的确，我也那样认为。我一向非常讨厌蚊子，因为一只蚊子便能妨碍我的睡眠。

我庆幸自己不曾从正门进去。它的外观给人一种很难以亲近的感觉——那扇门是双重式的，树木的纹路很清晰地显现出来，并且嵌着一块描着红花的镜板，看起来，实在不像这种房子应该拥有的"东西"，反而是侧面那扇绿色的小门，更能够给人一种亲切感。通往那一扇绿色小门的小径边缘，被整理成井然有序的花坛，种植着一些卷丹、康乃馨、红白两色的雏菊、

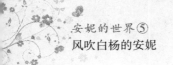
莴萝、缎带草、金盏花等。甚至有林顿伯母所说的"芍药"呢！然而，它们并非在这个季节里全部开放，而必须逢到合适的时令才会开放，而且开得又灿烂又热闹。

离开小径的一隅，种植着一大片玫瑰。柳风庄跟阴沉的邻家之间，隔着一层爬满了常春藤的红砖墙，设置在中间的绿色门扉上面，成为方格篱笆。

我刚踏入柳风庄的门庭时，在小径旁发现了一堆三叶草。在冲动的情绪驱使之下，我弯下身子去仔细瞧了一下。吉鲁伯特，你相信吗？我蹲下去的地方，竟然有三个四叶的三叶草①呢！你碰到过如此好的预兆吗？我想，布尔克尔一族也不能跟这好预兆对抗了吧？因此我认为，那位银行家绝对没机会啦！

侧面的门开着，我知道房子里一定有人。我敲了门之后，丽贝嘉走出来啦！

丽贝嘉大约四十五岁，额头很丰满，长着一头乌黑的头发，一双小小的黑眼睛不停地在眨动，鼻尖仿佛是个瘤，浑圆浑圆的，嘴唇则是由两道细长的肉所形成。同时，凡是她所拥有的东西，都显得短了一些——手腕儿、腿儿、脖子、鼻子……除了笑脸。不过，她嫣然一笑时，薄而长的嘴唇赫然咧到耳边！当我提起想拜见马坎巴夫人时，丽贝嘉立刻浮现出为难之色。

"你是说马坎巴船长夫人吗？"听她的口气，仿佛这栋屋子

---

①三叶草一瓣长四叶的话，俗称幸运草。

有一打以上的马坎巴夫人。

"是的。"

我诚恳地回答以后，丽贝嘉立刻带我到客厅，叫我在那儿等候着。那是一间清爽、舒适的小客厅，虽然椅子的靠背垫把那儿弄得有些紊乱，然而，它还是飘散着一股叫人感到心旷神怡的气息。每件家具都长年地占据在它们固定的位置上。天哪！那些家具都在闪闪发光呢！就是使用任何发光剂也发不出镜子般的光辉呀！事后我才知道，那是丽贝嘉用劲刷擦的辛苦结果。

暖炉棚架上面放着一只扬着帆的船，而那只船竟然是放在瓶子里面的！这种装饰品引起了林顿伯母莫大的兴趣。林顿伯母想象不出船是如何装进瓶子里的，不过她也知道，那样的装饰品无非是要给这间客厅增添一些"海洋的气息"罢了。

旋即，两位未亡人进来了。我一瞧到她俩，就立刻喜欢上她们了。凯德夫人的个儿高挑、身材瘦削、头发斑白，看起来有那么一点儿严肃，简直是跟玛莉娜相同的典型。姬蒂夫人则是矮个儿、身材细瘦，有着一头白发，表情总是带着少许凄凉。往昔她可能是个美人胚子，时至今日，已经没有了任何"美"的痕迹，唯独那大而温柔的灰色眼睛仍然叫人感到她的楚楚可怜。

当我说明来意时，两位未亡人立刻面面相觑起来。

"关于这件事情，我俩得跟丽贝嘉谈谈。"姬蒂夫人说。

"就是嘛！"凯德夫人也附和着说。

于是，丽贝嘉从厨房被"请"了出来，家里的猫也跟着她进入客厅。它的胸部和颈部都很洁白，是一只马尔他岛出产的猫。我很想抚摸它，可是当我想起普拉多克夫人的警告时，立刻装成一副冷漠的样子。

丽贝嘉一丝笑容也没有，一直在凝视着我。

"丽贝嘉，"凯德夫人单刀直入地说，"安妮·雪莉小姐想寄宿在这儿，我俩认为应该拒绝她。"

"为什么呢？"丽贝嘉反问。

"亲爱的丽贝嘉呀！因为安妮·雪莉小姐在这儿寄宿后，将使你更为忙碌啊。"姬蒂夫人如此解释。

"忙碌吗？我这个人一向忙碌惯啦！"丽贝嘉很干脆地说。

"而且让年轻人在这里出入，我们两个老婆子会感到不习惯。"姬蒂夫人毫不放松地说。

"那是你俩的事啊，"丽贝嘉立刻回嘴，"我今年四十五岁，身子还挺管用呢！所以，我才不在乎年轻人居住在这儿呢！而且女孩子比男孩子好。男孩子日夜不停地吞云吐雾，搞不好咱们会被烧死在床上咧！如果你俩想要一个寄宿人的话，我奉劝你俩留下这位小姐吧！当然啦，这是你俩的家，我是做不了主的……"

丽贝嘉说完了这句话，便头也不回地走了。我知道自己已经可以居住在柳风庄啦！不过，姬蒂夫人还是叫我先瞧瞧房间再说。

"你就住在塔里的房间吧！虽然它没有客房宽敞，但是能见度好，从那儿可以看到古老的坟场。"

我知道自己会爱上那个房间的。"塔里的房间"，这个名称叫我的神经振奋了起来。在艾凡利的小学时代，我们唱过一首歌："耸立于灰色海边的高塔，居住着一个少女……"如今，我仿佛就变成了那个少女。的确，那是个很吸引人的地方，阶梯爬到尽头时，应了那句话——"山穷水复疑无路，柳暗花明又一村"，在屋子小角落发现了阶梯，再登几级就到了房间。

这个房间有两个窗户。一个是朝西的屋顶窗户，另外一个是朝北山形墙的窗户。在一个角落里，还有个由塔本身形成的三角形窗户，附有两扇向外开启的门，其下面为放置书籍的棚架。地面上铺着圆圆的地毯。那个巨大的睡床附有华盖，床上有一张印有雁群的被子，叠得又平滑又整齐，叫人舍不得把它摊开来盖在身体上面。吉鲁伯特，因为这张床实在太高，非得使用小小的踏板不可，否则的话，根本就爬不上去。那个踏板，在白昼里一直被放置在床下。这张"莫名其妙"的睡床，据说是马坎巴船长从外国买回来的。

在一个角落里，设置着小巧可爱的食器壁橱。"塔"的窗边有个坐席，席上放了一个青色的坐垫，还有一个漂亮的双层洗脸台。上面那一层的棚子放置洗脸盆和仿佛知更鸟蛋般的青色水瓶子；下面的棚子放置着香皂和热水瓶。这个洗脸台有个黄铜把手的抽屉，里面塞满了毛巾。

透过玉米色窗帘的阳光，把房间照耀成金黄色，外面的杨柳在白色墙壁上婆娑起舞，形成一幅灵动的图画。那个房间令人感到心旷神怡，我不禁觉得自己是"世界上最富有的姑娘"。

"住在那个地方，你就可以放一百个心啦！真的！"在归途中，林顿伯母说。

"我曾经在'芭蒂之家'自由自在地生活过，或许，我会感觉稍微受到束缚。"我想揶揄林顿伯母一下，所以故意这么说。

"什么？自由吗？"林顿伯母嗤之以鼻，"你可不要像美国北佬，开口闭口自由、自由的！"

今天，我把自己所有的东西都带来了。当然啦！我很不喜欢离开"绿色屋顶之家"。在这以前，我不止一次离开了"绿色屋顶之家"，然而一旦逢到休假，我就会立刻回到她的怀抱，我早已是她的一部分了。如今，再次离开她时，心里感到异常难受。不过，我很明白自己会爱上这个柳风庄，而且柳风庄也会爱上我。

从我房间的窗口，可以看到宜人的景色——就连那座古老的坟场也不例外。坟场被蓊郁的枞树包围着，弯弯曲曲的小径外头有一道土堤。西侧的窗口可以俯瞰全部港口，甚至可以清晰地看到薄雾笼罩的海岸和出港的船舶。由此可见，"幻想的世界"有多么广大。朝北的窗口，隔着一条道路，可以看到桦树和枫树林。

树林与坟场的对面是可爱的山谷，有条红色缎带般蜿蜒的道路，沿着这条道路，路旁点缀着白色的屋子。再来就会看到一座可爱的山谷，只要瞧着它，就会叫人感到心旷神怡。山谷的那一边，有一座青翠色的山丘，我把它取名为"暴风雨之王"。

在这儿，只要想独处，我就可以形单影只地坐上几十分钟。偶尔独处也很不错呢，因为风儿会陪着我。它会在我的尖塔周围哭叫，连连叹息，用低沉的声音歌唱。冬季的白风，春季的绿风，夏季的青风，秋季的纯红色之风，透过四季的烈风，我都喜欢。仿佛每种风儿都给我带来讯息。从很久很久以前，我就很羡慕乘着北风飞走的男孩子①。吉鲁伯特，某一天的夜晚，我很可能会打开尖塔的窗户，投入风儿的怀抱。如此一来，丽贝嘉将感到纳闷我为何不躺在床上睡觉？

吉鲁伯特，一旦到了咱们的"梦中小屋"，我真希望我们家周围有风儿刮着。咱们的"未来之家"到底在哪儿啊？我喜欢月光倾洒我们的家，更希望它沐浴着朝阳的光辉。我希望咱俩抱持着爱情与友情，一边工作，一边从事两三样滑稽的冒险，以便充当咱们年老之后的笑料。天哪！老了以后吗？吉鲁伯特，你认为咱俩会老去吗？我认为，那好像是不可能的事呢！

从尖塔的左侧窗口，可以看到市街并排的房舍。至少，我得在这座市镇度过一年的岁月呢！我虽然还不会去接近它，但是那些房舍里居住着我的朋友，或许也窝藏着一些我的敌人。因为像派尔之类的人②到处都存在啊。至于布尔克尔一族，我也应该多多提防才是。

明天学校就要开课了。我想——我可能非教几何学不可。我一直在祈祷，布尔克尔一族没有几何方面的才能。

我住进"柳风庄"才两天半，不过，我仿佛跟两位未亡人

---

①英国作家乔治·麦克多纳德（1824~1905）的作品《北风背后》里面的人物。
②派尔家的人居住在艾凡利，他们不喜欢安妮。

和丽贝嘉认识了好久。两位未亡人都希望我称呼她们为"大婶",我也请她俩叫我"安妮"。至于丽贝嘉嘛……我称呼她为"狄恩小姐"——但是,也仅此一次。

"你叫我什么小姐来着?"丽贝嘉反问我。

"我称呼你——狄恩小姐呀!"我很认真地重复一遍,"这不就是您的大名吗?"

"它就是我的名字,不过,长久以来,不再有人如此称呼我。所以经你如此一叫,吓得我差点就跳了起来呢!以后,请你别那样叫我。安妮小姐,我很不习惯那种叫法的。"

"好的!我会牢牢记住的,丽贝嘉·狄恩小姐。"我拼命地不想说出"狄恩"两字,可是,一时办不到。

普拉多克夫人所说的那段话——姬蒂大婶是泪人儿,一点也不假。早在吃晚饭时,我就发现了这件事。凯德大婶微笑着说:"姬蒂,今天是你的六十六岁生日,祝你生日快乐!"

我看了姬蒂大婶一眼,她竟然在默默流泪呢!眼泪涌现于她灰色的大眼睛,很快溢出了眼眶。

"姬蒂,你到底怎么啦?"凯德大婶用稍严肃的口气问。

"今天——只是我六十五岁的生日。我还没有到六十六岁呀!"

"啊!我真是老糊涂了。姬蒂,你就原谅我吧!"

凯德大婶赔罪之后,一下子就雨过天晴了。

那只猫儿的身躯庞大,一双金色的眼睛闪闪发亮,身上穿着马尔他生产的高级外套,以及华贵的法兰绒衣服。两位未亡人称呼这只猫儿为"达斯特·米勒"①，这就是猫儿的名字了。

丽贝嘉用三个字——"那只猫"称呼它，因为她不喜欢这只猫。每天早上，她都得用牛肝喂它，而且每逢它进入客厅以后，她就得用一把旧牙刷，仔细地刷掉椅子上面的猫毛。到了天黑以后，"那只猫"还没回来的话，她又得到屋外把它赶回屋里。正因为如此，她感到不胜其烦。

"丽贝嘉本来就不喜欢猫，"姬蒂大婶对我说，"尤其是跟达斯特无缘。两年前，坎贝尔夫人家的狗——那时，坎贝尔夫人饲养一只狗——用它的嘴把达斯特衔到这儿来。也许，它认为把猫带到坎贝尔夫人那儿，她也不肯照料小猫吧！那时的达斯特浑身湿漉漉的，冷得直打哆嗦，它身上的小骨头好似就要戳破皮儿了。我活了这么大岁数，还不曾瞧到那样可怜的瘦小猫呢！我想，就算是铁石心肠的人也不会拒绝收留那只猫儿吧？基于这种想法，我跟凯德收留了那只猫。

对于这件事情，丽贝嘉一直在生我俩的闷气。偏偏在那时我俩又不懂得'心理作战'。如果我俩表示不愿意收留'达斯特'那只猫的话，丽贝嘉一定会收留它！因为，她一向跟我俩唱反调。"

说到这里，姬蒂大婶用心察看隔开厨房跟餐室的门，再放低嗓门对我说："对于我俩操纵丽贝嘉的方式，相信你还没注意到吧？"

---

①dusty miller，浑身充满灰尘的磨场老板。

其实，我早就注意到了。那是绝妙的手法，我感觉到那种做法无可厚非。沙马塞德的居民们无一不认为是丽贝嘉在支配着柳风庄，然而，两位未亡人并不如此认为。

"安妮，事实上我俩很不愿意把房间租给银行家。因为他是个年轻男子。既然是年轻男子，自然就可能比较轻浮些，如果他不屑于到教会的话，我俩会感到不以为然的。不过，我俩还是装成很喜欢把房间租给银行家的样子。

如此一来，丽贝嘉就会大唱反调，不过，她做梦也想不到自己中了圈套呢！我俩非常欢迎你。我俩希望家里的一切都能够合你的意。其实，丽贝嘉也有很好的一面呢！十五年前，她刚来'柳风庄'时，并不像现在这么爱干净。有一次，为了让她瞧瞧客厅镜子的灰尘，凯德大婶不得不在镜子中间写上'丽贝嘉·狄恩'五个字。不过，同样的错误，她绝对不会再犯。

"安妮，你如果觉得有必要的话，可以整夜打开窗户睡觉。凯德大婶不喜欢夜凉似水的感受，但是她也很明白，不能叫房客跟她一样。安妮，如果你在三更半夜里听到脚步声的话，不必害怕，因为每逢丽贝嘉听到任何声音时，她都会从床上爬起来，到处查看。凯德大婶三缄其口时，你也不必放在心上，因为她就是那种成天不言不语的怪婆子。

其实只要她有心'开讲'，话题可多过牛毛呢！年轻时，她曾经跟着亚马沙跑遍世界各地。我希望自己的话题有凯德大婶的丰富，然而，我毕生不曾离开过爱德华王子岛呢！这个世界的人，为何彼此间有那么多的差距呢？我时常这么想——为何喜欢喋喋不休的我，苦于没有话题，而话题取之不尽的凯德大婶，却不想开金口呢？"

这个家的人饲养了一头牛，放牧在道路上方的杰姆斯·汉弥敦处。每天，丽贝嘉都会去挤牛奶。每天早晚两次，丽贝嘉都会从围墙的小门，把一大杯鲜乳交给坎贝尔夫人的"侍女"。那些鲜乳是给"小小的伊丽莎白"喝的。原因是医生叮嘱她非喝鲜奶不可。

不过，"侍女"到底是指谁？"小小的伊丽莎白"又是何方神圣？我可一概不知。坎贝尔夫人是隔邻城塞的所有者兼居住者，这一栋屋子叫"长绿树的村庄"。

今夜，我可能会睡不着觉。第一次在不习惯的床铺过夜，几乎所有人都会失眠。而且，有生以来我不曾见过如此奇妙的床铺呢！不过，我不会耿耿于怀的。我一向非常喜爱夜晚，所以，我可以躺在床上想着人生的种种，仔细地缅怀过去，想想现在，好好地计划将来。

这是一封不够"慈悲"的书信。吉鲁伯特，你认为是不是？下一次，我再也不会写这么冗长的信给你了。我之所以把点点滴滴的小事都对你说，无非是要你彻底了解我的新环境。现在，我已经全部说完啦！如今哪，在遥远的港口，月儿正朝着"影像之国"下沉呢！同时，我也得写封家书给玛莉娜才行。想必这封信在后天就会抵达"绿色屋顶之家"。

到时，德威将从邮局把信件带回家，当玛莉娜在剪开封口

时，德威跟多拉必定会依偎在玛莉娜身边，林顿伯母则会竖起耳朵……噢！一想到这种情景，我就会立刻害起思乡病呢！我最心仪的吉鲁伯特，你想必忙碌了一整天，快点儿休息吧！

现在以及永久都是属于你的　安妮
九月十二日于柳风庄

（ 二 ）

安妮寄给吉鲁伯特数封信中的精粹部分。

亲爱的吉鲁伯特：

你知道我在哪儿阅读你的来信吗？告诉你也无妨，我一向都到对面的树林子里，单独享受你字里行间的阵阵温馨。在那儿，有一个小小的峡谷，太阳在羊齿草上面描绘出斑点的图形。小河蜿蜒地流过那儿。有一根扭曲的树干长着青苔，我就坐在它上面，一边阅读你的来信，一边倾听着宁静的树林气息。

吉鲁伯特，你知道吗？所谓的宁静，一向就有好多种呢！就以森林的寂静、岸边的宁静、牧场的无声无息之静态、夜晚的静谧，以及夏日午后的清静来说，可说是各有千秋。因为潜匿于底层的调子各有不同，纵然我的眼睛看不见，对于寒暑毫无感觉，但是只要摸清周围宁静的类型，我就可以知道那是什么地方啦。

至今，我接任这所学校已经两个星期啦！诸事都进行得很顺利。想不到一切就如普拉多克夫人所说的一般，布尔克尔一族的确叫我感到非常烦恼。虽然我发现了四片叶子的幸运草，但仍叫我想不出妥当的解决方案。普拉多克夫人说得很贴切，这一族人滑溜得如奶油一般，圆滑世故，永远叫人摸不透他们的真实想法。

这一族人彼此监视，不停地明争暗斗，不过对于局外人却会站在同一条阵线上。如今，我已经恍然大悟——沙马塞德这个地方只有两种人。那就是布尔克尔一族，以及非布尔克尔族的人。

我的教室充斥着布尔克尔的族人，还有不少的学生虽然拥有不同的姓氏，但是他们具有布尔克尔族的血统。他们的领导人物似乎是——珍·布尔克尔。

这个女孩子拥有一双翠绿色的眼睛，狂妄而自大，叫人想起了十四岁时的佩姬·雪普。这个女孩子善于筹划反抗与无礼的战术，但是叫人寻找不出任何蛛丝马迹，跟她斗起法来，叫我感到非常吃力。这个鬼灵精又擅长扮鬼脸，一旦我背对着学生，整个课堂里就会充满笑声，我当然知道，一定是珍又对着我在我背后扮鬼脸了。很遗憾的是，至今为止，我始终不能及时地逮到她。

珍这个鬼灵精，脑筋可以赛孔明呢！她才十四岁的年纪，就能够写出堪称文艺作品的曼妙文章，数学方面更是叫人叹为观止呢！这一点实在叫我感到尴尬万分！而且她的谈吐不俗，话中有话，表现出了她的纵横才气，又加上了十足的幽默感。如非她一开始就对我抱持敌意，这些特点就足够把我俩联系在一起了。以现状来说，希望她跟我一块儿开怀大笑的话，恐怕还得耗费一段时间呢！

珍的堂妹——玛爱拉是学校里首屈一指的美人胚子，可惜，头脑有些呆，想法有点奇怪！例如今天上历史课时，她竟然说，印第安人眼中的榭安普伦①是神仙还是超人呢！

按照丽贝嘉的说法，布尔克尔一族是沙马塞德的"赫赫名门"。

到目前为止，已经有两个布尔克尔的家庭请我吃晚餐。按照当地居民的习俗，招待新任教师是一种不可或缺的礼节，布尔克尔家当然不会在这方面落后于人啰！昨天晚上，我接受了杰姆斯·布尔克尔的款待。

杰姆斯也就是珍的父亲。乍看起来，他有点类似大学教授，实际上，他的脑筋很鲁钝，简直是一问三不知呢！他针对着所谓的"规律"，一边用手指叩打桌子，一边发表他的高论，他的指甲脏兮兮的，时时引用错误的文法。他说："沙马塞德中学一直很需要干练的人材，也就是具有经验的教师，最好是男性。你的年纪未免太小啦！"

"真希望太年轻的缺点，能够早早获得改善。"他的语气很"悲壮"。我还能说什么呢？只要我一开口，难免会招致"说得过多"的嫌疑。我实在不愿跟布尔克尔一族敌对，所以只好采取唯唯诺诺的态度，用清澈的眼神瞧着杰姆斯，心里却一直在嘀咕着："你这个坏心眼儿的偏激老头！"

珍的好脑筋得自母亲的遗传，我看到珍的母亲，立刻喜欢

---

①十七世纪时，开拓加拿大诺伐斯考西的部队队长。

上了她。在父母面前，珍的行为跟模范生一模一样。这个鬼灵精在言词方面会表现出相当的恭敬，不过，说话的口吻实在很傲慢。

每逢她说出那句"雪莉老师"时，她都会使口气充满了轻蔑之意。而且每逢她看到我的头发时，脸上分明已经写着——你的头发是平凡的红萝卜颜色。不言而喻，布尔克尔一族人都不承认我的头发是赤褐色。

我对摩顿·布尔克尔家比较有好感。我也知道，摩顿并没有把我所说的话听进去，不过，摩顿知道自己在说些什么。而且在我回答他的空当内，他都会一心一意地想着自己接下来应该说些什么话。

未亡人史蒂芬·布尔克尔夫人——在沙马塞德这个地方，未亡人多得不胜枚举——昨天写了一封信给我。那是一封用词文雅，下笔细致，但是充满了"狠毒"劲儿的信函。她对我说，米丽的家庭作业太多。米丽是个虚弱的女孩子，绝对不能让她过度劳累。以前的贝尔老师很慈悲，从来不叫米丽写家庭作业。她是个神经质的女孩子，别人非理解她不可！贝尔老师非常理解她！如果你也有那份心，你就一定能理解她！

史蒂芬夫人一定会认为——叫亚当·布尔克尔流鼻血的人是我。正因为亚当流了鼻血，所以他非回家不可。昨天半夜我突然在梦中惊醒，想起了我在黑板写字时，"i"字不曾打上一点，所以再也睡不着觉了。我想，珍一定注意到了这一点。这么一来，她一定会把这件事告诉全族的男女老少。

　　除了枫林庄的两位未亡人，布尔克尔全族都招待过我了。丽贝嘉说，那是"先礼后兵"，叫我特别小心留意。既然这一族的人是"王族"，那么，这是否意味着——我将受到沙马塞德社会的排斥呢？好吧！咱们就等着瞧好啦！虽然战争已经揭开序幕，但是谁胜谁败还是未知数呢！不过，整体看来，我一直挥不掉内心的悲哀。

　　时至今日，我仍然摆脱不了孩童时代的心理，逢到别人不喜欢我时，心里总不是滋味。想到半数学生在"毫无理由"之下讨厌我，我内心老是有个大疙瘩。

　　撇开布尔克尔一族，我很喜欢自己的学生。其中有数名勤勉、聪慧、满怀理想与抱负的学生。他们从内心里对受教育感兴趣。路易斯·爱莲在旅舍兼差，以赚取自己的伙食费，而且一点也不以打工为耻。苏菲·辛克利每天骑着她爸爸的灰色老马儿，驰骋六里路到学校上课。如果我能够帮这些少女的忙，就不至于对布尔克尔一族人耿耿于怀了。

　　不过话又说回来啦，如果不叫布尔克尔一族俯首称臣的话，根本就无法帮助任何人。

　　但是，我非常中意柳风庄。因为它并非专门收留出外人的寄宿处，而是一个家庭。最可喜的一件事，就是家庭的成员也都喜欢我，就连猫儿达斯特也喜欢我。偶尔它也会表示对我不满，逢到这时，它都是背对着我，再转动它的一只金色眼睛，瞧瞧我对它的友善。

　　逢到丽贝嘉在我附近时，我便尽量疏远达斯特，以免伤了她的感情。在大白天里，达斯特很懒散，喜欢干坐着"冥想"，但是天色黑了以后，它就会变得很焦躁，一秒钟也安分不下来。丽贝嘉说，那是因为天黑了以后，它就必须被关进屋里。

丽贝嘉对于她每夜都要站在后院，犹如叫魂一般，召回达斯特一事，表示深恶痛绝。她对我抱怨说，附近的居民一定都在嘲笑她。因为在宁静的夜晚，丽贝嘉都会不耐烦地扯开喉咙大叫"达斯特！达斯特"！使得全镇的人都能够听到。凯德和姬蒂上床休息以前，必须亲眼看到达斯特在屋里，否则的话，她俩就会一前一后地发作歇斯底里症。

"雪莉老师，没有人知道我被那只猫整得多惨呢！"丽贝嘉不止一次对我诉苦。

凯德大婶认为阅读小说不是件好事，不过，她表示不反对我看小说。姬蒂大婶却是个典型的小说迷。她有自己专用的"藏宝处"。凡是她取回独自玩乐用的扑克牌或小说等——凯德大婶引以为禁忌的物品时，她就把它们隐藏在椅子的座部里面。在这个"柳风庄"里，只有姬蒂大婶知道，所谓的"椅子座部"，并非只是用来当成坐位。

事实上，以柳风庄来说，并没有必要设置"藏宝室"，因为它的橱柜多得离谱。说真的，我从来就不曾见过橱柜如此多的住处。不过，不管是哪个橱柜，丽贝嘉都会勤奋地整理、擦拭。正因为如此，不管橱柜里"窝藏"什么东西，都永远无法逃过丽贝嘉的眼睛。当任何一位未亡人对她说，大可不必弄得纤尘不染时，她都会如此说："所谓住屋这种东西，不勤于打扫的话，

怎么能保持干净呢？"

正因为如此，不管是小说还是扑克牌，一旦进入了丽贝嘉的视野，便无再度进入姬蒂大婶手里的机会。

对于保守的丽贝嘉来说，小说和扑克牌都足以叫她战栗。她说扑克牌是恶魔的所有物，而小说则足以叫一个人丧志、堕落。除了《圣经》，丽贝嘉唯一的读物是《蒙特娄·观察报》的社交版。她很热心阅读富豪之家的生活百态、他们价值连城的家具，以及他们的所作所为。"哇！雪莉小姐，你想想看！竟然有人使用黄金的浴槽呢！"丽贝嘉用一种悲壮的口吻说。

不过说到底，丽贝嘉是个不扣不折的好人。她不知从哪儿弄来一个稍微有些褪色的锦缎皮套的椅子，对我说："雪莉小姐，这把椅子是你专用的，我特地为你从旧家具堆里翻出来的呢！"

这把挂肘椅子坐起来真舒服，跟我的习性很相配。而且，自从决定那把挂肘椅子为我的专用物后，她就不让达斯特睡在上面，她声称猫儿睡在那儿的话，我穿到学校的裙子将沾上猫儿的毛，会被布尔克尔一族当成笑柄的。

这一家的三位妇女不约而同地对我的珍珠戒指感兴趣，而且还问我它代表着一些什么含意。凯德大婶拿出她嵌着土耳其玉的订婚戒指给我看。不过，它已经变小了，不能再戴上去啦！姬蒂大婶泪眼滂沱地说，她一辈子不曾戴过订婚戒指，因为她丈夫口口声声说："那是无用之物。"那时，姬蒂大婶正在我的房间里面用脱脂奶洗脸。为了保持皮肤的滋润，姬蒂大婶早晚都会用脱脂奶洗脸。不过，她不希望凯德大婶知道，所以要

我保守这个秘密。

"一旦凯德大婶知道了这件事，她一定会嗤之以鼻，说是年纪都一大把啦，还那么爱漂亮。就连丽贝嘉也说，基督教徒不应该刻意追求虚华之美。每夜，我都等到凯德睡着以后才进入厨房，然而我的一颗心却老是七上八下，很担心丽贝嘉会突然闯进来。她就是睡着了，一双耳朵也像猫一般机灵呢！所以我决定每晚到你这里来洗脸……啊！太谢谢你啦，安妮。"

如今，我已稍微知道一些邻居的鸡毛蒜皮小事儿。坎贝尔夫人（原来，她也是布尔克尔的族人呢）今年八十岁了。至今，我不曾碰到过她，据说她是个整日绷紧脸庞、难以取悦的人。她有一个年纪相仿的女佣人——马莎·蒙克曼，大伙儿都管她叫"坎贝尔夫人的侍女"。

坎贝尔老夫人跟曾孙女伊丽莎白·克蕾森住在一起。我来这儿已经两个星期，但是还不曾见过这个女孩子。据说，她今年八岁，每天都从她家后院抄近路到学校，难怪我在上学前和下课后，始终没有机会看到她。伊丽莎白亡故的母亲是坎贝尔夫人的孙女，因为自幼丧失了双亲，一直是由坎贝尔夫人抚养的。伊丽莎白的母亲跟林顿伯母口中的"美国北佬"结了婚，那人叫毕亚斯。伊丽莎白出生后，母亲就去世了。据说，是伊丽莎白克死了她的母亲，所以她的美国北佬父亲对她甚为冷淡，把她扔给了坎贝尔夫人，自己远渡欧洲，到巴黎的分公司任职去了。

当然啦，这些都只是蜚短流长。就以坎贝尔夫人和她的"侍

女"来说，她俩始终不曾道及伊丽莎白父亲的事情呢！

据丽贝嘉说，小不点儿伊丽莎白一向很严格地被管教着，生活方面毫无乐趣可言。

丽贝嘉说："那个女孩子并不像同龄的女孩子，虽然只有八岁，却很世故，时常说出一些奇怪的话。有一次她对我说：'丽贝嘉伯母，你上床睡觉时，是否有脚踝被咬一口的感觉？'她害怕在黑暗中单独睡觉。但是，坎贝尔老夫人执意如此。她跟'侍女'就仿佛两只猫儿看守着老鼠一般，四只炯炯发光的眼睛老盯在伊丽莎白身上，再对她发号施令。只要她发出少许声音，两个老女人就会对她发出'嘘嘘'的声音。依我看哪！这种成天都有的嘘嘘声或许会把伊丽莎白给弄死呢！"

我非常想瞧瞧那女孩子，因为我觉得她好可怜。

不过，凯德大婶却说："坎贝尔夫人给伊丽莎白最好的食物，给她穿最好的衣服。"

但是，小孩子并非只靠着面包生活啊。就以我来说，我是永远忘不了我到"绿色屋顶之家"以前的那段可怜日子的。

下星期五晚上，我将回到艾凡利度过两天快乐的假期。唯一叫我感到惴惴不安的事，不外乎是故乡的父老问我在沙马塞德执教鞭的滋味如何。

好吧！我俩现在就来想想"绿色屋顶之家"吧！吉鲁伯特，你会怀念笼罩着雾霭的"闪耀的湖水"吗？你也许很想看看染成绯色的枫叶、"魔鬼的森林"的金褐色羊齿草，以及夕阳投影下的"恋人小径"吧？说真的！那些地方都叫人眷恋不已！

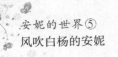

但愿我现在就在那儿，跟着一个人儿——紧紧依偎着一个人儿——你一定知道，我所谓的"人儿"是指谁吧？

九月二十六日

我敬爱的人：

姬蒂大婶的奶奶往昔在写情书时，总是用这句话作为开头。这不是一件叫人感到愉快的事儿吗？我想，姬蒂的爷爷在看到这几个字时，一定会从心底产生一种优越感。其实，我也很喜欢这样称呼你，不过，我还是庆幸你并非祖父级的人物。我俩还年轻，有着一大段要共同度过的前程。想到这里，我就感到很欣慰，你是否有着相同的想法呢？（这以后的数页省略掉。很明显的，安妮的笔尖并不会划破纸张，笔尖也不曾磨损，更没有生锈，实在很适合写情书。）

现在，我正坐在尖塔窗边，出神地凝视着伸张到琥珀色天空的树木和遥远处的港口。昨夜，我对影成两人，孤独地踽踽漫步着，因为我的心需暂时地离开柳风庄。那时候，柳风庄正弥漫着忧郁的气息——姬蒂大婶声称感情遭受到伤害，一直在客厅里哭泣；凯德大婶声称当天是亚马沙船长的忌日，所以在卧房里啜泣；丽贝嘉也不知为什么事情在厨房里哭泣。我实在不知道该如何安慰她们，在万分尴尬之下，只好走出屋外，沿着港口街道慢慢独行。

　　十月特有的冷冽香气跟刚耕耘过不久的田园土壤气味混杂在一起，在空中飘荡。我走了一段路以后，夜色变得更浓，眼前展现了一片秋天的月夜。我虽形单影只，但并不感到寂寞。我跟一群虚幻世界的朋友交谈，彼此言欢，竟然也创造出了很多警世之句。尽管内心里蕴藏着对布尔克尔一族的烦恼，但是我的心境也在不知不觉中快乐起来。

　　我也不能否认，沙马塞德中学的一切事态都进行得不够顺利。他们——也就是布尔克尔一族，分明已经对我布下了阴谋的罗网。

　　不仅是布尔克尔一族的子弟，甚至跟布尔克尔沾上少许边儿的子弟，始终没有一个人肯做家庭作业。这件事情就算告诉了他们的父母，也不起任何作用。非布尔克尔族的学生都喜欢接近我，然而布尔克尔族的叛逆病菌，却一下子就能把教室里整体的规律连根带叶地拔掉。有一天早晨，我发现我的桌子被翻倒了。但是学生们都表示，他们根本就不知道是谁干的。又有一天，我的桌子上面放了一个盒子，当我打开它的那一瞬间，跑出了一条玩具蛇。然而，学生们都不说是谁干的。学校里的布尔克尔子弟瞧着我的脸孔，得意万分地哈哈大笑。

　　珍·布尔克尔老是在上完了半堂课时，才进入教室，而且总是用瞧不起人的口吻，说出一些迟到的不成理由的理由。在上课当中，她当着我的面传纸条。今天，我在自己的外套口袋里，发现一个剥过皮的洋葱。我真想把她监禁起来，只给她一些水和面包。

她做得实在太过分了一点儿。有一天早晨，我发现有人在黑板上面，用漫画的笔调，描绘我的外形。画里的我，头发被涂成绯色。每个学生（包括珍）都说不是他们干的！但是我比任何人都清楚，在教室里面，能够画出如此生动图画的学生，只有珍一人。说真的，画得非常生动。不过，我唯一引以为傲的鼻子，却变成了个蒜头鼻，嘴巴也变成了两角下垂，仿佛是受了三十年布尔克尔族折磨的老小姐的嘴儿。不过由它的特征判断，那的确是我的嘴儿。昨天半夜，我突然惊醒了过来，想起了那一幅嘲笑我的漫画，突然悲从中来，不觉呻吟了几声，感觉到莫大的屈辱。

现在的我，简直是动则得咎。只因为哈蒂是布尔克尔一族，这一族人就群起为难我，说我故意把哈蒂的考卷分数打得很低。学生一旦犯了任何差错，那一族人就都会取笑我，仿佛错在我。（不过，当弗雷德·布尔克尔解释——所谓的"百人队长"就是"活了一百岁的队长"时，我只是莞尔一笑，而不曾长吁短叹。）

杰姆斯·布尔克尔说："那所学校并没有规律，完全没有定下规律呢！"

不仅如此，他们甚至无事生非，说我是一个父母不要的"弃儿"。

在其他方面，我也面临布尔克尔族的敌意。不仅在教育方针方面，甚至涉及社交的分野，我都得乖乖地听任他们的摆布，这也难怪这一族人会被称为王族了。

上个星期五，爱莉丝·布尔克尔举办了一场野餐会，但是她并没有邀请我。法兰克·布尔克尔夫人举行茶会援助教会的企划时，唯独我一个人未受到邀请。刚来沙马塞德不久的牧师夫人，本来想叫我参加唱诗班，然而，那一伙布尔克尔的女人却极力排斥我。她们异口同声地说，有我就没有她们，有她们就不能有我！

好吧！我是敌不过那群婆娘，只好识趣地退出。但是那些唱起歌来五音不全的婆娘，又能维持一个唱诗班多久呢？

两天前的黄昏，因为珍故意不交家庭作业，我在下课后留下她。十分钟后，一辆来自"枫林庄"的马车停在校舍前面，爱莲夫人翩然出现在我的面前。她打扮成贵妇模样，脸上带着温和的笑容，看起来似乎是个温婉知礼的老妇人。她戴着优美的黑色花边手套，有着一个鹰勾鼻，仿佛是从十九世纪四十年代的一只纸箱里走出来的！

"雪莉老师，你就开开恩吧！你能放开珍吗？我要到罗威尔的朋友家拜访，顺便想带珍去……所以……"

珍得意扬扬地走了，她再度领会到我的反对势力是何等的薄弱。

当我感到悲观时，我就会觉得布尔克尔族仿佛就是更龙族与派尔族的混合体。事实上，并非如我所想象的那样。我时时这样想着——如非敌对的话，我必定会喜欢这一族的人。大体上说来，这一族人都很率直、爽朗，重人情，讲义气。我甚至会喜欢爱莲老夫人呢！至于雪勒小姐，我不曾谋过面。据说，整整有十年之久，她始终不曾走出枫林庄呢！

关于这一点，丽贝嘉告诉我说："那是因为她的身体太虚弱了嘛！至少，她自己有这种念头。这两个婆子都太傲慢了。布尔克尔族都傲慢成性，但是比起来仍然差那两个婆子一大截哩！她俩一直都喜欢讲述先祖的轶事给别人听，不错，她俩的父亲艾普拉罕船长是一个好人，但他弟弟麦洛姆就不是什么好东西啦！难怪布尔克尔一族避免谈论他，一直认为他减少了布尔克尔族的光彩呢！雪莉小姐，我很担心那一族联合起来对付你！因为那一族人打算做什么事情时，都会付诸行动吧！不过雪莉小姐，你不必害怕，你就把头儿仰得高高的吧！不要表示屈服。"

"我真希望雪勒女士能把制造Pound Cake的诀窍赐教于我，"姬蒂大婶叹了一口气说，"她前后应允了好多次，但是始终吝于传授。那是好久以前英国家庭的独门制造法，然而她一直想把它占为私有……"

在热情奔放的激情下，我陶醉在自己的幻想中，安排雪勒女士跪在姬蒂大婶面前，献上她的制饼秘方。甚至期望自己能够纠正珍对于"P"和"Q"的发音。最叫我感到不以为然的一件事，不外乎是布尔克尔族竟然在不分青红皂白之下撑珍的腰，使得我不能叫珍臣服。（省略两页）

你忠实的仆人　安妮·雪莉（姬蒂大婶的奶奶就是以这种方式在情书末尾署名的）

十月十日于柳风庄

昨天晚上，市镇的对街发生了"小偷事件"。小偷摸进一栋屋子，偷走了一笔现金和一打银汤匙。正因为如此，丽贝嘉到汉弥敦家借了一只狗，准备把狗系在后院。她又叮咛我把订婚戒指收好，并且上锁。

现在，我已经恍然大悟上次丽贝嘉哭泣的原因了，想必是一场家庭纠纷使然。大概是达斯特那只猫又故意捣蛋的缘故。当丽贝嘉对凯德大婶诉苦，今年，达斯特已经找了她三次麻烦，叫她忍无可忍，应该想办法好好处置它时，凯德大婶竟然回答——那么，逢到达斯特瞄瞄大叫时，你就下床把它放到屋外好啦……

"实在欺人太甚了！那只猫竟然骑到我头上来了呢！"丽贝嘉如此说了以后，眼泪就扑簌簌地流了下来。

布尔克尔一族的形势周复一周地险恶了起来。昨天，不知谁在我的书本上面写了一些粗俗的词。荷马·布尔克尔从学校回家时，一直在走廊上翻筋斗。

最近，我还收到一些没有署名的书信，上面写满了不堪入目的字眼。不过，这些事决不会是珍做的，她虽然很调皮，但决不会做出那种卑劣的事。

听了我的这些诉苦，丽贝嘉显得怒不可遏。她表示，如果布尔克尔一族胆敢找她的碴，她就要如何如何……听得我不寒而栗。我在想，罗马时代的暴君"尼罗"也不过如此罢了。实际上，这也不能怪丽贝嘉，就以我来说，前后不知几次萌生出了狠毒的念头——那就是叫布尔克尔一族喝下波尔吉亚的毒药！

副校长凯瑟琳·布鲁克同时也负责教授一年级的课程。至于乔治·麦凯，他是大学预备班的学生，也在学校里代课。乔治今年二十岁，是个内向的年轻人，他说起话来，有着一口苏格兰高地的口音。每当听到他说话时，我似乎能够看到牧场和雾霭笼罩下的岛屿。乔治的爷爷是苏格兰史凯伊岛的人。据我所知，乔治一点问题也没有，倒是凯瑟琳比较难应付。

凯瑟琳三十五岁，但在我眼里看来只有二十八岁。我听说她曾抱持着升格为校长的雄心，想不到比她小十岁左右的我却当了校长，她当然会觉得不是滋味。

凯瑟琳是个很出色的教师——虽然有些刻板——但是人缘并不好。她没有亲戚朋友，寄宿在邓普街一家又脏又狭窄的民房里。她的外表邋遢，没有社交生活，又吝啬成性。她的学生最害怕她带着讽刺的口吻说教。

我认为自己如果对布尔克尔族采取那种手段的话，或许能够稍微压制他们，但我最不喜欢利用恐怖心理来支配他人。我只希望学生们喜欢我。

丽贝嘉对我说过，没有任何人能跟凯瑟琳交朋友。未亡人姐妹前后好几次邀请凯瑟琳吃晚餐——这一对秉性温柔的姐妹时常款待寂寞的人，做一些可口的鸡肉色拉——然而，凯瑟琳一次也不曾赴宴。凯德大婶说过："什么事都应有个限度。"于是，她俩就不再邀请凯瑟琳了。

凯瑟琳非常聪明，歌喉也不错，更精于朗诵——丽贝嘉管它叫"演说"，但是，她什么也不愿表现出来。有一次，姬蒂大

婶要求她在教会的晚餐会上朗读诗篇，谁知她却严加拒绝了。

"那是一种非常没有礼貌的拒绝方式。"凯德大婶很不以为然地表示。

"她好像吠叫了几声。"丽贝嘉用不屑的口吻说。

凯瑟琳的声音低沉而沙哑，像极了男人的声音，逢到她心情不佳时，说起话来仿佛在吠叫。

凯瑟琳虽然长得不够漂亮，但是只要用点心，仍然能够使自己容光焕发些。她的肤色较黑，一头浓密的黑发向后梳理，在颈部下端胡乱地束紧。浓黑的眉毛下面，有对清澈的琥珀色眼睛，跟漆黑的头发很是相配。一对耳朵很秀气，一双纤纤玉手也很值得自豪，嘴唇的轮廓也非常漂亮。

不过话又说回来啦，她的穿戴甚为邋遢。或者我们可以这么说，她是个发现不适合自己的颜色和不适合自己的线条的天才。由于她的气色不佳，因此不适合穿绿色和灰色的衣服。谁知她偏偏喜欢穿暗绿色，以及带着茶色的灰衣服。她的身材本来就细瘦，天晓得她又特别钟爱直条纹的衣服，使得她看起来像根电线杆。

凯瑟琳的态度充满了挑战性，犹如丽贝嘉所说的，仿佛随时随地都准备跟人吵架。每逢我跟她打招呼时，她好像就认为我是在揶揄她。我实在很同情她，但是对于我的同情，她反而会表示出愤慨的样子呢！

对我来说，凯瑟琳叫我甚感不快。有一天，我们三个教师坐在职员室时，我似乎犯下了学校的不成文"法规"。因为凯瑟琳皮笑肉不笑地说："我想，你以为学校的规则奈何不了你吧？"

有一次，我提出了一条对学校有帮助的改革方案，谁知凯瑟琳却面露嘲笑地说："我对童话故事不感兴趣！"

有一次，我由衷地赞扬凯瑟琳的工作态度时，她竟然对我说："哦？糖衣是很甜蜜的，不知里面的药丸是否很毒辣？"

不过，最叫我感到尴尬的一件事，莫过于有一天，我在职员室看了一下凯瑟琳的书本，再如此对她说："实在太妙啦！你的名字竟是以'K'字开头的。Katherin这个名字，比起以'C'字开头的Catherine更具魅力。'K'这个字比起'C'来，更具浓厚的吉普赛气息。"

凯瑟琳当时并没有立刻回答我，不过这以后，她写给我的书信都署名为Catherine——Br. Ke。"

到了这种地步，我只好放弃跟凯瑟琳成为好友的念头。不过我认为她超然孤立的心理，一定非常渴望温情的滋润。

若非有你的不断鼓舞、亲切的丽贝嘉，以及小不点儿伊丽莎白，我实在忍受不了凯瑟琳的敌意，以及布尔克尔一族的态度呢！

我已经亲近过小不点儿伊丽莎白了。的确，她是个很可爱的女孩子。

三天前的黄昏，我拿着鲜奶杯到围墙的柴门时，发现"侍女"并没有来，而是由伊丽莎白亲自来接牛奶。

她的头部刚露出在柴门的上方，看起来仿佛是脸蛋周围镶满了常春藤。她有一头金发，脸小小的，呈青白色，罩着一抹愁云。在秋天黄昏里凝视我的一双眼睛很大，呈金褐色。她的头发中分，用一把轮形的梳子固定在头顶，再垂到肩膀。她穿着水色的衣服，仿佛来自妖精之国的公主。她果然犹如丽贝嘉所说，看起来一副营养失调的样子——然而并非肉体的营养失调，而是精神方面的。

"原来，你就是伊丽莎白？"我微笑着对她说。

"今晚，我不是伊丽莎白，"小不点儿扮着鬼脸回答，"今晚，我叫贝蒂。因为在今晚，我突然爱起了全世界的东西。昨天晚上，我才是伊丽莎白。到了明天晚上，我可能又会变成别人啦！因为我一向凭着自己的情绪变成不同的人物呢！"

原来，我跟她是属于同一类的人！我立刻激动万分，旋即问她："你随意地改变名字，仍然能够认为它们就是你的名字吗？"

小不点儿伊丽莎白点了点头："我能够从这个名字，发明出很多名字呢！例如，艾尔雪、贝蒂、贝丝、爱莉娜、莉丝贝尔、佩姬等。可是，我永远不能培养出莉姬一般的情绪。"

"每个人都是如此。"

"雪莉老师，你不认为我有点儿莫名其妙吗？祖奶奶跟'侍女'都说，我一向疯疯癫癫的……"

"你一点儿也不疯癫呢！你很聪明，我很高兴认识你。"

小不点儿伊丽莎白透过玻璃杯，把她的一对眼睛睁得又圆又大，瞧着我脚边的达斯特，有点羞涩地说："你把那只猫咪抱起来，让我摸一下好吗？"

我把达斯特抱了起来，小不点儿伊丽莎白伸出她小小的手

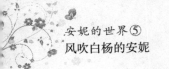

儿，兴高采烈地抚摸着达斯特的头。

"雪莉老师，比起婴儿，我更爱小猫咪呢！"

伊丽莎白用一种奇妙、近乎挑战的表情看着我。仿佛她已经预料到我会感到惊讶。事实上，我的确感到非常惊讶。我如此对她解释："那是因为你没见过婴儿，当然你也就无从知道婴儿有多么可爱啦！对了，你有自己的小猫咪吗？"

小不点儿伊丽莎白摇摇头说："我才没有猫咪呢！因为祖奶奶不喜欢猫。至于'侍女'嘛……她一向最讨厌猫呢！今晚'侍女'不在家，所以由我来取牛奶。我非常喜欢来这儿取牛奶，因为丽贝嘉阿姨很讨人喜欢。"

"今晚，丽贝嘉阿姨不能来。你感到很失望，对不对？"我笑着说。

小不点儿伊丽莎白摇摇头说："哪儿的话。我并没感到失望，因为雪莉老师也很讨人喜欢啊。我很想认识你，不过在"明日"还未来临以前，恐怕不行……"

在我俩站在那儿的时间内，伊丽莎白很优雅地喝着牛奶，再告诉我有关'明日'的事情。她说："'侍女'说，所谓的'明日'根本就不会来，但是我非常明白，总有一天，它一定会来临的。到了美丽的早晨，我睁开眼睛时，就是'明日'啦，再也不是'今日'了。接着会发生种种事情——叫人感到兴奋的事情。我想，我一定能够等到一个不会被任何人干涉的日子，如此一来，我就能够做自己喜欢的事情了。

"待'明日'来临时，我就要饲养一百只狗和四十只猫，因为祖奶奶一向不准我饲养猫。雪莉老师，经我如此一说，祖奶奶顿时目瞪口呆，警告我不准再用那种口吻说话。最后，祖奶奶把我赶入卧房，还没吃晚饭就要我上床睡觉。可是，雪莉老师，我一直睡不着呀！因为'侍女'悄悄地告诉我，有个孩子说过大话以后，在睡眠中死了呢！所以我就一直睁着眼睛！"

伊丽莎白喝完牛奶时，从针枞树背后的一扇窗户，传来了敲打窗沿的声音。小不点儿伊丽莎白拔腿就跑，飘动着她披肩的长长金发，一下子就消失在幽暗的松林里面。

"她是个叫人摸不着头脑的女孩子，"听过了我的"冒险"以后，丽贝嘉如此告诉我说，"有一次，她没头没脑地问我：'丽贝嘉阿姨，你怕狮子吗？'我回答：'我不曾碰到过狮子，所以不知道。'经我如此一说，她兴高采烈地嚷叫了起来：'那么，'明日'里面将有数不清的狮子。这些狮子非常亲切，又懂得以礼节来对待别人。'我就提醒她：'小不点儿，你不要用咄咄逼人的眼光看人，否则，你的身体将长出好多眼睛呢！'原来，她的视线透过了我的身体，正在凝视着所谓的'明日'。她又说：'丽贝嘉阿姨，我只是在沉思。'说起来也够邪门，这个小不点儿从来就不笑呢！"

听了丽贝嘉这句话，我才发觉伊丽莎白跟我说话时，始终不曾展露过笑容，或许她不懂得如何笑吧！这也怨不得她！在那一个偌大的屋子里，从来就不曾传出过笑声，一直显得沉寂又凄凉。如今，世界正在秋色的粉饰中荡漾，然而那个屋子仍然阴气森森。或许小不点儿伊丽莎白，太过认真地在听取往昔大地的嗳嚅吧!

我在沙马塞德的使命之一,就是教小不点儿伊丽莎白展露出她的笑容。

你温柔的忠实之友人 安妮·雪莉(这一次,我还是效法姬蒂大婶的奶奶的笔调。)

十月十七日

（三）

吉鲁伯特：

　　天哪！我竟然去枫林庄赴晚宴了呢！

　　这可是爱莲老夫人亲自写的请柬呢！看到这种情形，丽贝嘉兴奋得团团转，语无伦次。她说，这件事非同寻常，搞不好，可能有什么不纯正的动机，绝非基于亲善的心理。末了，丽贝嘉叫嚷起来："我想，这里面一定隐藏着恶意的动机！"

　　说真的，我心里也有这样的感觉。

　　"雪莉老师，你一定要穿最漂亮的衣服！"丽贝嘉如此下达命令。

　　于是，我就穿了一件奶油色、撒满紫萝兰花纹的衣服，再梳了一种新流行的刘海。

　　吉鲁伯特，枫林庄的老妇人很爽快、随和呢！只要她们不嫌弃，我就能够无条件地喜欢她们。这座"枫林庄"犹如鹤立鸡群，有一种拒人于千里之外的气氛。果树园放置着一个由白木制成的女人像（从艾普拉罕船长所属的大帆船"去问她(Go and Ask Her"的船首取下来的）。在大门口外边，茼蒿①一波又一波地长得非常

―――――――――――

　　①菊科，茎高三尺，叶羽状，花为黄色或白色，茎叶嫩时可食用。

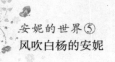

茂盛，据说是一百年前，第一代布尔克尔从英国移居北美时顺便带过来的。布尔克尔族的另外一位祖先——曾经参加过"明登"①战役，他所使用的剑跟艾普拉罕船长的肖像画，一起被挂在客厅的墙壁上。艾普拉罕船长是这些妇人的父亲，她俩都以父亲为傲。

黑色的老旧壁炉棚架上有面大镜子，用往昔帆船的图画装饰。除此以外，还有一条用布尔克尔家著名人物的头发所编成的辫子，以及一些大小不同的贝壳。客房的卧榻上面有一条绣着很多小扇子的盖被。

我就坐在客厅古董似的椅子上。那儿贴着银色条纹的壁纸。窗上挂着银色的帘子，铺了大理石的桌子上面，放着一艘白帆红底的船只模型——"去问她号"帆船。天花板垂下一个充满玻璃装饰品的百花灯。还有一面圆镜子，中央镶着一个时钟，据说是艾普拉罕船长从外国带回来的。

爱莲夫人拿了数百张布尔克尔家族的照片给我看。多数属于银板照片，慎重万分地放在皮盒子里面。

爱莲夫人掌握着话题。雪勒夫人穿着黑绸缎的衣服，头发白如霜雪，眼睛犹如她身上的服装般漆黑，她把一双浮泛着静脉的细小手儿，交叉放在膝盖上面。她的脸上轻罩着一片愁云，仿佛一开口说话，她优美的模样就会被破坏殆尽！可是吉鲁伯特，我有一种预感，那就是包括爱莲夫人在内，所有布尔克尔

---

①1759年8月1日，英普联军攻破法军的地方。

的族人都得听命于这位老妇人！

晚餐所使用的餐具、玻璃杯等都属极品。不过，每逢我对雪勒夫人说话时，她都会装聋作哑，使得我的每句词儿似乎都被卡在喉咙，勇气逐渐消失殆尽。我当时在想，我是不能征服、打垮这王族了。我甚至在内心里盘算着，到了新年时是否应该辞职。

两天前的夜晚，柳风庄发生了"猫事件"。虽然丽贝嘉在后院声嘶力竭地呼叫："达斯特！达斯特！"然而，整整一夜，达斯特不曾回家。到了第二天早晨，它意气昂扬地回家时，它的尊容实在惨不忍睹！一只眼睛完全被抓伤，下巴长了一个鸡蛋大小的瘤子。浑身沾满了泥巴，一只前脚被咬伤。不过另外一只眼睛好好的，竟然浮泛着打胜仗的傲然表情！两位寡妇恐惧异常，但是丽贝嘉却雀跃着说："好啊，太好了！这只猫从来就不曾打过'没有胜算'的架，如今，它竟然叫别的猫儿臣服啦！我相信跟它'宣战'的那只猫儿，一定比达斯特更为狼狈。"

今夜，由于港内的雾霭内侵，小不点儿伊丽莎白想探险的红色街道消失了。而且在面临街道的庭院，到处都有人在燃烧杂草和树叶，烟雾交杂着到处飘扬，使得幽灵小径成了妖气弥漫的魔界。

夜阑人静，我使用小木头踏板爬上了床榻。这段日子以来，我已经习惯于使用踏板上下床榻。不过在刚来柳风庄的第一个早晨，刚刚睡醒的我忘了踏板的事，一跃便从床铺上跳下来，顿时响起了犹如掉下一千块砖头的巨响，我整个人四脚朝天，跌在地板上面，所幸没有折断骨头，但是身上青一块紫一块的，七八天后才痊愈。

如今，小不点儿伊丽莎白已经跟我成了知心朋友。她每天黄昏都会到围墙柴门那儿，等着取牛奶，因为"侍女"正在闹情绪。

小不点儿伊丽莎白老是伫立在柴门那儿，耐心地等着我。我俩就隔着那扇几年不曾开启的柴门交谈。等到伊丽莎白喝完最后一滴牛奶时，总是会响起敲打窗沿的声音。

在那些所谓"明日"会发生的事态中，我已经知道了一件事，那就是伊丽莎白的父亲寄了一封信给她。在这以前，这位父亲大人一次也不曾寄信给自己的女儿呢！我就针对这个问题，问了伊丽莎白。

"那是因为爸爸不喜欢看到我嘛！雪莉老师。可是，寄信就无所谓啦！"伊丽莎白说。

"到底是谁告诉你，你的爸爸不喜欢看到你呀？"我有点愤慨地问。

"就是'侍女'嘛！我想一定错不了啦！不然的话，爸爸一定会来看我的。"

那一晚，小不点儿伊丽莎白变成了"贝丝"。只有摇身变成"贝丝"时，她才会说出有关自己父亲的事。当她变成"贝蒂"时，一向都会在祖奶奶和"侍女"背后扮鬼脸，一旦摇身变为"爱尔雪"时，又会对自己的举止表示非忏悔不可，然而又不敢实际表现出来。她很少变成伊丽莎白，不过变成伊丽莎白以后，她就能够听到妖精的音乐，又能够听到玫瑰与三叶草的交谈。

伊丽莎白就像柳风庄的柳叶一般，情绪很容易激动。我非常喜欢她。正因如此，一旦想到那两个阴森的老妇人，毫不留情地剥夺伊丽莎白的爱情和友情时，我就会感到怒不可遏。她的祖奶奶并非存心折磨她，只是不懂得教养她。不过，那个"侍女"却是以欺负伊丽莎白为乐。

小不点儿伊丽莎白曾经如此对我说："'侍女'不让我整夜点着灯，她说我已经长大了，不需要点灯。可是黑夜很漫长，我非常害怕！而且我的房间里有一只鸟儿的标本，每次看到它时，我都会浑身起鸡皮疙瘩，'侍女'又恫吓我说，如果我哭的话，那只鸟儿就会啄我的眼睛。雪莉老师，我认为那是不可能的事，可是我仍然感到害怕啊！不过，我认为到了'明日'，一切叫我害怕的东西都会消失——我也不至于被抓走了。"

"伊丽莎白，根本就没有人会把你抓走啊！"

"'侍女'说，我单独走到外头，或者跟不认识的人交谈时，立刻就会被抓走。不过，雪莉老师并非外人啊。"

"就是嘛……小不点儿伊丽莎白，其实，我们很早很早以前就认识了。"

十月二十五日于柳风庄

（四）

吉鲁伯特：

到目前为止，我最憎恨的人就是弄坏我笔尖的人。不过话又说回来啦，我到学校执教的时间内，丽贝嘉都用我的笔书写菜肴的烹饪法，但是我不能恨她。

蟋蟀不再歌唱了。到黄昏，室内会变得非常冷森，因此，丽贝嘉在我房里放置了一个蛋形的火炉。这个火炉很小，几乎可以用手提起来呢！很像踩着四条腿儿的小黑狗。不过，只要把一些硬的木薪塞入里面，它就会闪出一种带着玫瑰色的光辉，并且能够发散出惊人的热气，在寒夜里，叫人备感舒服。现在，我就坐在火炉前面，把一双脚放在炉边，再把一张纸跟木板搁在腿上给你写信。

沙马塞德的人们，几乎都是到哈帝·布尔克尔家跳舞，不过，我并没有受到邀请。为了这件事，丽贝嘉感到非常不舒服。哈帝的女儿——玛爱拉虽然长得漂亮，但是脑筋非常不灵光。一想起她在考试时，拼命地想证明等腰三角形的两个底角相等时，我几乎可以原谅布尔克尔一族了！

在前一周，玛爱拉又把"绞首台"归纳为树木的一类咧！

真令人喷饭。

今夜仿佛就要下雪了。我一向很喜欢即将下雪的夜晚。风儿刮过小尖塔和树木的间隙，更叫人感到心旷神怡。我想，柳树上面的金色残叶，在今夜就会全部被吹散。

到目前为止，我的每个学生的家长都已招待我吃过晚餐。吉鲁伯德，我对糖腌南瓜已经不敢领教了。将来等咱们拥有"梦中小屋"时，我们就不要吃南瓜了，好不好？

上个月招待我去的每个家庭，几乎都会端出糖腌南瓜。刚刚吃到它时我非常喜欢——因为它是漂亮的金黄色，给人一种吃着糖腌太阳的感觉——而且，我又赞不绝口，以致他们都特地为我准备了这道菜。

昨夜我到汉弥敦家里。丽贝嘉说，到那儿我不可能再吃到糖腌南瓜了，因为汉弥敦家根本就没有一个人喜欢吃糖腌南瓜。想不到我到了那儿，一家人都坐好时，我的身旁仍然有一大盆糖腌南瓜！而且，汉弥敦夫人又为我盛了一盘子哩！汉弥敦夫人说："我家并没有糖腌南瓜。不过我听说雪莉老师很喜欢吃糖腌南瓜，因此，我先向堂姐罗薇儿借了一瓶。吃不完剩下的南瓜，你不妨带回去。"

我从汉弥敦家带回了八分满的瓶装南瓜时，丽贝嘉的脸庞霎时变成了苦瓜脸！因为在柳风庄里，根本就没有人喜欢吃南瓜，以致到了半夜时，她悄悄地把它们埋进了后院。

"雪莉老师，你会把这件事写进小说里吗？"丽贝嘉有些烦恼地说。自从她发现我在杂志上发表了一些短篇时，她就非常担心我会把柳风庄的大小事情都写出来——或者说，她一直希望我如此做。事实上，由于学校工作忙碌，以及日复一日跟布尔克尔一族的对峙，我几乎没有时间写小说，但是丽贝嘉仍然鼓励我说："你就把布尔克尔族的一切都抖出来吧！叫他们寝食难安！"

如今，庭院里只有枯叶和萎黄的草茎，对于那些比较优秀的玫瑰花，丽贝嘉用马铃薯的袋子和干草，把它们团团围了起来。在夕阳的照耀下，它们看起来仿佛是佝偻的老人，手里持着拐杖，缩在一角。

今天，我收到德威的一张明信片，上面写着十个"A＋B"，表示他赠给我十个吻。同时也收到普莉西拉的一封信。她特别强调信纸是"我在日本的好友送给我的"。

那种纸薄得仿佛绸缎，犹如亡灵一般，上面隐隐约约地浮现一些樱花。至于今天收到的你那封信，仿佛是帝王的赠物一般，叫我感到格外珍惜。我贪婪地嗅着它的香气，前后阅读了四次，那种依依不舍的心情，犹如一只狗在舔着盘子。这种比喻或许不够罗曼蒂克，只是那种想法的确在我的脑际一闪而过。

尽管我再三阅读，仅是一封信仍不能"满足"我。如今，我非常想见"你"，每想及距离圣诞假期只有五个星期了，我就雀跃不已！

十一月十日于柳风庄

（五）

十一月末的某一天，安妮的嘴里衔着笔杆，坐在尖塔的窗边，用迷离的眼神看着黄昏的景色。就如此这般瞧了一阵子以后，她突然心血来潮地想到坟场散步。

通常，安妮在黄昏散步时，都喜欢选择桦树林或者枫树林，不然就是选择通往港口的街道，始终未曾到过坟场。不过，树叶掉尽的十一月，总会给人一种萧瑟虚无的感觉，一踏入森林里面，就会产生万事皆休的伤感。而上天的赏赐物雪花却又迟迟不至，无法让人静心。因此，安妮踽踽地步入了坟场。

此刻，安妮的意气有些沮丧，整个人陷入了绝望的深渊，因此，她认为墓地比较适合她。

丽贝嘉曾对安妮说过，这个坟场葬满了布尔克尔家族的人。因为好几代的人都长眠于此，以致"鬼满为患"。安妮认为进入布尔克尔族的"鬼林"里面，而不至于被气恼，是一件叫人感到兴奋的事情。

安妮原本以为可以不用顾虑布尔克尔族了，可是情况越来越糟糕。珍·布尔克尔有组织的反抗及巧妙的战术，甚至孕育起了危机。一个星期以前，安妮叫三年级学生针对"本周最重要的事情"，写一篇作文。珍写了一篇甚为曼妙的文章——其实，这个女孩子一向才华横溢——她用迂回狡猾的笔调侮辱安妮，而且用词极为尖锐、刻薄。安妮警告珍，除非她肯赔罪，否则的话，不许她再回到学校上课。

安妮的这种做法无异于火上浇油。如今，安妮跟布尔克尔族之间已经掀起了"战端"。可怜的安妮很清楚哪方将升起胜利的旗帜。毫无疑问，常务委员会必定会支持布尔克尔族。至于安妮呢？必须二择其一，那就是允许珍复学，或者辞去教职。

"我并没有错啊！"安妮想，"可面对庞大的阵容及不择手段的卑劣行径，我怎么可能获胜呢？"

然而，一旦惨败而回到绿色屋顶之家的话，必会引起林顿夫人的愤慨，以及派尔一族的沾沾自喜。待沙马塞德的惨败流传开来后，安妮恐怕再也谋不到教职了。

不过，至少在戏剧演出方面，布尔克尔族并不能胜过安妮。一想起这件事情，安妮就会开心地笑起来，一对灰色大眼睛荡漾着调皮的波纹。

安妮组织了中学演剧俱乐部，并且担任戏剧指导。安妮有感于凯瑟琳处处受到排斥，为此，好心好意请她帮忙。令人出乎意料的是，凯瑟琳不仅不心存感激，反而处处嘲讽安妮，每次排演都给安妮难堪。而且，她还主张由珍来扮演苏格兰女皇的角色。

"在整个学校里，没有一个人比珍更适合扮演玛莉女皇了，"凯瑟琳用焦躁的口吻说，"只有珍的个性近似玛莉女皇。"

不过，安妮并不如此认为。她认为一个名叫苏菲·辛克利的高个子女学生比起珍来，更适合扮演玛莉女皇，只是苏菲并非俱乐部的会员，而且从未上台演出过。

"这一次的演出，绝对不能起用完全没有经验的人！"

既然凯瑟琳如此坚持，安妮也只好让步了。

的确，珍是天生的好演员，很擅长揣摩剧中人物的性格，而且又全身心地投入。珍对于自己扮演的角色甚感兴趣。安妮好几次目睹到珍的脸上闪过狡猾及胜利似的表情。安妮虽略感惊讶，但并没有仔细想过它们所包含的意义。

排演了几天后的某日下午，安妮发现苏菲在女子衣帽间啜泣。刚开始时，苏菲使劲地眨着她灰色的眼睛，声称什么事也没有，但后来她一下子就山崩地裂似的大哭了起来："我……我……我好想在舞台上扮演玛莉女皇！"苏菲抽噎着说，"可是我没有机会，因为我父亲不让我加入俱乐部！他说为了缴税金，一分钱也不能浪费。不过，我一向很喜欢玛莉女皇。只要一听到她的名字，我就会浑身发抖呢！我一直不相信玛莉女皇是杀死旦雷的凶手——就是以后我也不可能相信——只要我认为自己是玛莉女皇，就算是短短一瞬间，我也会感到非常幸福。"

那时，安妮回答："我为你写台词吧！再亲自指导你，苏菲。珍不见得每次都能够出场。逢到她不能出场，你就可以演玛莉女皇的角色，关于这件事情，你就不要对任何人提起！"

第二天，苏菲就把所有的台词都记牢了。每天下午放学后，她就跟安妮到柳风庄，在尖塔下面练习。苏菲是娴静中带点活泼的女孩子。正因为如此,她跟安妮相处得非常融洽。那一出剧在十一月的最后一个星期五,在市镇的公众聚会堂上演。因为宣传工作做得非常好,全场座无虚席。安妮等人特约了一个乐队,著名的女高音歌手从夏洛镇赶来助阵。

想不到,在该剧上演的那天早晨,珍并没来上学。到了下午,珍的母亲叫人带口信给安妮,说是珍喉咙疼痛,很可能是扁桃腺发炎。

一开始,感到失望与惊讶的安妮和凯瑟琳面面相觑。

"这实在太不妙啦!如此一来,只好延期喽?"凯瑟琳有点怅然地说,"换句话说,我们彻底失败啦!因为一进入十二月,我们就会很忙呢!一开始我就认为在一年的这个时期,实在不应该演出舞台剧。"

"这出戏绝对不能延期!"

安妮的眼睛跳跃着绿色的火焰,她用斩钉截铁的口吻说了这句话。因为安妮已经恍然大悟,珍根本就没有患扁桃腺炎,而是帮布尔克尔族人进行了一项阴谋,临时罢演,叫安妮感到又狼狈又无可奈何。

"好吧……你既然不想延期,那就照原来的日子上演吧!"凯瑟琳幸灾乐祸地耸耸肩膀说,"可是,你要如何处理玛莉女皇这个角色呢?你难道想以朗诵的方式,匆匆地把她一带而过?那可行不通呀!因为,玛莉女皇是贯穿全剧的灵魂人物呢!"

"我并不想那样做。苏菲·辛克利演起玛莉女皇来,绝对不比珍差。而且,那些戏装想必也适合苏菲的身材。"

那一夜，该剧在挤得水泄不通的观众面前上演。苏菲非常高兴能饰演玛莉女皇。她身上穿的天鹅绒衣服、满身闪亮的宝石，以及打满了绉褶的衣领，使她看起来简直就是玛莉女皇的化身。平常穿着黑灰色粗布衣服，戴着寒酸帽子的苏菲，摇身一变成了雍容华贵的玛莉女皇，沙马塞德中学的学生们大为诧异，都用惊骇的眼光看着她。

就在当场，大伙儿都异口同声地说，苏菲应该成为演剧俱乐部的终身会员——安妮当场替她付了会费——从此以后，苏菲就成了沙马塞德中学的"重要人物"之一。这也是苏菲踏上光荣之路的第一步。二十年后，苏菲已经是美、加两国首屈一指的女明星。不过，那一夜震耳欲聋的疯狂喝彩声，恐怕是她毕生听到的最愉快的赞赏声了。

杰姆斯·布尔克尔夫人回到家以后，立刻告诉珍苏菲受到热烈欢迎的情形。听到母亲如此说，珍的一双眼睛燃起了嫉妒之火，并表示非常后悔。正如丽贝嘉所说的，这是珍第一次自作自受。因为如此，珍又在作文里羞辱了安妮。

安妮从长满了羊齿草的石堤当中，一路走到了古老的坟场。细长的桦树把尖细的树梢伸到小径的边缘，树叶并没有完全掉光。阴气沉沉的枞树把半数墓碑倾斜的坟场包围了起来。安妮以为到了此地，绝对碰不到任何人，想不到钻过了坟场的门后，差点就跟华兰妲小姐撞了个满怀。华兰妲小姐有个挺括的优雅鼻子、一张薄薄的优美嘴儿、柔美下垂的肩膀，浑身洋溢着不可侵犯的淑女风范。

安妮也跟几乎所有的沙马塞德居民一样，认识这位"当地"的著名女裁缝师。不过，安妮仍然独自看着碑文，及一个别致的鸳鸯冢。就在这个节骨眼上，华兰妲小姐来到了安妮身旁，牵着她的手，热心为安妮做向导。原来，这个坟场也埋葬着很多考塔洛族的老人，数目之多，并不亚于布尔克尔族。而且安妮的一个得意门生，刚好是华兰妲小姐的外甥，所以安妮认为跟她表示亲热些也无妨。

"今晚，我来得正是时候，"华兰妲小姐说，"我可以对你说出永眠于此地的所有人的轶事。如果你想知道这些人生前的一切细节的话，到坟场走一圈是最聪明的选择。比起新坟场来，我更喜欢到这儿散步。因为，只有出身名门者才能被埋葬在此地。像汤姆、狄克、哈利等市井小民都被埋葬于新坟场。考塔洛族一向被埋葬在这一带。唉……我家办了数不清的葬礼呢！"

"凡是大家族都是如此吧？"安妮说。因为她知道华兰妲小姐期待那样的回答。

"不过，我想没有任何家族办过像我们家族那么多的葬礼，"华兰妲小姐有些不以为然地说，"我们家族的很多人罹患肺病，而且又大部分死于胸部的疾痛。这个是我的考拉姑妈的坟墓。她长得非常可人，当时沙马塞德的一位牧师说，只要瞧瞧我的姑妈就可以写出杰出的现代诗呢！我的考拉姑妈嫁给了美国的北佬，一直居住在波士顿。当她归来，看到了这座古老的坟场时，立刻转过身对姑丈说：'汤马斯，我死了以后，就把我埋葬在这儿吧！'三年后，姑妈过世了，姑丈就把她埋葬于此地。

"此地是佩姬姑妈的。如果说世上有所谓的圣女的话，那么，佩姬姑妈是当之无愧的。不过，佩姬姑妈的妹妹——赛西莉却是最为风趣的人。我最后见到她时，她热诚地对我说：'你就坐下来吧！今夜十一点十分左右，我就要踏上幽冥之路，但是并没有人规定，死之前不能愉快地闲话家常啊。'叫人感到不可思议的是，赛西莉姑妈果然在当夜的十一点十分过后亡故了。雪莉老师，你知道赛西莉姑妈何以能够领悟到这一点吗？"

关于这一点，安妮根本就无从知晓。

"我的堂妹——多拉埋葬在这儿。她有过三个丈夫，但是一个接一个地走上了幽冥路，说起来也怪可怜的，她最后一个丈夫名叫宾杰明，被埋葬在头一任妻子的墓旁——病情很重时，他仍不想上天堂。我堂妹多拉对他说：'死了以后，你可以到一个更好的世界。'雪莉老师，你知道他是怎么回答的吗？他说：'或许是那样吧！可是我已经住惯这个不丰足的世界了呀！'他总共服用了六十一种药物，但仍然长久地昏迷不醒。我伯父的家族都长眠于此。每座坟头都种植着观赏用的玫瑰……哦……开得挺多嘛！每年夏季，我都到这儿来摘取玫瑰花，带回家插在自己的花瓶里。任由它们开在这儿，不是很可惜吗？雪莉老师，你说呢？"

"这个嘛……"

"我的妹妹——哈莉恩永眠于此地，"华兰姐小姐叹了口气，"她有一头很漂亮的长发，颜色跟你的差不多，长达膝盖。亡故时她已订了婚。听说你也订婚了，对不？我从未想过要结婚，

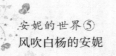

不过，我认为订婚这回事，大可尝试一下，因为它似乎很罗曼蒂克呢！这并不意味着我是嫁不出去的处女，而是我喜欢挑三拣四。我认为堂堂考塔洛家的人，哪能随便嫁人呢？"

华兰姐小姐说得似乎"很对"。

"橡树下的弗兰克——生前他很中意我。我拒绝他时，感到有那么一点儿可惜。想不到啊，他竟然娶了乔娜那个骚婆娘！她呀！为了展示她的新装，总是迟一些才进入教会。她穷其一生都在追求奢华的衣服。她被埋葬时，身上穿着甚为奢华的青色衣服。本来是我为了参加某人的婚礼而缝制的，天晓得，她竟然在自己被下葬时穿着它！她拥有三个可爱的小孩子，每次到教会时都坐在我的前面，我时常给那些孩子糖果吃，不过并非薄荷糖。雪莉老师，在教会里给孩子糖果吃，是不是一件很要不得的事呢？如果是薄荷糖，又如何呢？你认为薄荷糖是否包含着一种"信心深刻"的意义？不过，那些孩子并不喜欢薄荷糖呀！我表哥诺布尔·考塔洛就埋葬在这里。我们都认为这位表哥是活活地被埋葬掉的。不过当我们都有这种感觉时，却为时已晚了。"

"那……那实在是太可怜啦！"安妮说了一句。当华兰姐小姐充满了期待想开口时，安妮知道必须说上几句话，却找不到适当的字句。

"我的堂妹爱达·考塔洛埋葬在这里。爱达长得很漂亮，而且我不曾见过比她更活泼的女孩子，她的任性就仿佛风儿……雪莉老师，她的任性就跟风儿一样呢！"

待介绍完了考塔洛家的坟墓以后，华兰妲的"人物批评"就稍微增强了严厉的口吻。因为对于非考塔洛家族的人，她都认为没什么了不起。

"拉雪儿·布尔克尔的奶奶就永眠于此地。她这个人哪，实在叫人猜不透，都不知道她有没有上天堂？"

"此话从何说起呢？"安妮很惊讶地问。

"因为这个婆子一向讨厌她姐姐玛莉安。玛莉安比她早两三个月过世。她曾说过：'如果玛莉安上了天堂的话，我绝对不到那儿去！'这个婆子一向说话算数，实在是典型的布尔克尔家的人。她生于布尔克尔家，跟表兄拉雪尔结了婚，死时还差一天就七十岁了。或许，她认为不该活得比七十岁还长吧！因为《圣经》里写着：人类的寿命为七十岁……生前，她的丈夫曾经买过一顶帽子给她，可是她不喜欢。雪莉老师，你猜猜看，她是如何处理那顶帽子的？"

"我想象不出来呀！"

"告诉你吧！她把帽子吃进肚子里去啦！"华兰妲用沉重的口吻说，"当然啦，那是一顶很小的帽子——只有缎带和花儿，就连一根羽毛也没有。不过，她一定闹过消化不良症，因为她时常对她丈夫说自己的胃部感到很不舒服。我虽然不曾看到她吃帽子的场面，但是我相信那件事情是真的！雪莉老师，你认为呢？"

"如果是布尔克尔族的人，我认为极有可能！"安妮用尖锐的口吻说。

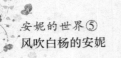
听了这句话，华兰姐小姐立刻产生了"志同道合"的意念，不自觉地捏紧了安妮的腕儿。

"我深切地感觉到，布尔克尔族的人们对待你的态度太过火啦！不过话又说回来啦！沙马塞德并非只有布尔克尔一族啊，雪莉老师。"

"有时，我也会产生这种念头。"安妮浮现出一抹气愤的微笑。

"其实有很多人拭目以待，等着看你战胜布尔克尔族的时候呢！我奉劝你，不管发生什么事，你都不要气馁。因为那一族人已经被恶魔附身了呢！不过他们非常团结，雪勒那个老婆子一心一意想把自己的外甥捧上校长的位置，谁知你抢先一步坐了这个位置。

"这就是杰姆斯·摩利夫妇的坟墓。他俩曾经邀请我参加他们的金婚典礼。那场面热闹得不得了！又是赠物，又是演说，又是花篮……儿女们都千里迢迢地从外乡回来！夫妇俩笑容可掬地致词，外表看来甚为融洽，事实上，他俩彼此怀恨对方呢！"

"什么？彼此怀恨？"

"实在太骇人啦！据说结婚以后他俩都是如此呢！实际上，到教堂举行婚礼后，回家的途中他俩就闹翻了天。我真想不通，这样一对冤家夫妇竟然被埋葬在了一起。"

安妮不寒而栗，这实在是一件非常骇人听闻的事情！在餐桌上，彼此面对面坐着，夜晚又睡在同一张床上，又一块儿带着自己的婴儿到教会洗礼，骨子里竟然彼此怀恨！实在是太不

可思议了。不过在刚开始的那一小段时间内，他俩一定还你侬我侬地相爱着。想到这儿，安妮的脑子里闪出了一个念头——我跟吉鲁伯特会演变到这种地步吗？

"豪迈的约翰·马克达夫被埋葬于此地。沙马塞德的人们都在怀疑，阿妮达投河自尽是因为不能跟约翰结成夫妻。马克达夫家族的长相都很不错，可是，他们喜欢信口雌黄，他们所说的事，几乎没一件是可以相信的。约翰的叔父沙米尔的墓碑就在这里。五十年前，人们都盛传沙米尔在海里溺死啦！不过，待他生还以后，他家里的人就取下了墓碑。卖出这块墓碑的店子不肯回收，于是，沙米尔的妻子就把它当成烤板用。沙米尔的妻子时常夸耀说那块烤板很好用。因此，马克达夫家的孩子们时常带着印有文字和数字的饼干到学校——那些是碑文的一部分。孩子们很愉快地把那些饼干分给同学吃，可是我看了就想吐，根本不敢吃。由此可见我的敏感。

"哈雷·布尔克尔的埋身处在这里。这家伙为了在选举方面下赌注，头上戴着妇女的帽子，使用手推车把小儿子彼德推到街道，惹得沙马塞德的所有居民都出来瞧热闹，叫布尔克尔的族人差一点就羞耻而死咧！

"这里是米莉·布尔克尔的墓地。虽然她是布尔克尔的族人，但我仍很喜欢她。她长得非常可人，走起路来如仙女般飘逸。有时我会异想天开地认为——像今夜这样的晚上，她会从坟里走出来，犹如往昔般翩翩起舞。不过，身为一个基督徒，实在不该有这种想法。

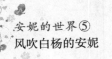

"这个就是哈甫·布尔克尔的坟墓。哈甫是布尔克尔族人中最为乐观的一个。有一次大伙儿都聚集在教堂里面时，他哇哈哈地笑出声音来呢！原来，米达·布尔克尔小姐垂下头在祈祷时，一只老鼠从她帽子的花丛里掉了出来。看到这种情形，我们每个人都笑不出来，只是紧张万分地把自己的裙摆缠在脚踝上面，一直忍耐到做完礼拜。哈甫就坐在我的后面，他笑的声音堪比雷鸣，那些不曾看到老鼠的人们，都以为哈甫发神经了呢！哈甫的爽朗笑声并没有随着他死去，而是一直活在人们的心坎里。如果哈甫仍然活着的话，不管是否有雪勒老夫人的存在，他都会站在你这边……你瞧！那个就是艾普拉罕船长的墓碑。那个墓碑几乎占了整个坟场。重叠的四个石坛构成了四角的台座，上面又有巨大的大理石柱子，在最上端的一个瓮子下面，有一个肥胖的天使在吹角笛。"

"看起来叫人感到不伦不类！"安妮很率直地说。

"咦？你那样认为吗？"华兰姐小姐有些惊讶地说，"它刚建成时，大家都认为美轮美奂呢！吹喇叭的肥胖天使可能就是卡夫利易。我们都认为它增加了坟场优雅的情趣呢！据说耗费了九百美元……艾普拉罕船长的确是位可敬的长者，很可惜他已经过世了。如果他仍在人世的话，那些人就不敢明目张胆地欺负你了。"

走到墓地的入口处，安妮回首一望，没有风儿，地面上笼罩着一片平和、静谧的气氛。一道月光照入幽暗的枞树林里，使墓碑浮现于一片黑暗的环境之中，并且在附近投射出奇妙的影子。不过，安妮感觉到坟场并非悲哀的地方。在听过了华兰姐小姐所叙述的故事以后，她甚至感觉到这个坟场里面的人们仍然活着。

当她俩走进小径时，华兰姐小姐有些担心地说："听说你时常在写小说。不过，我请你别把刚才那些话写成小说。"

"你放一百个心吧！我不会那样做的！"安妮一再向华兰姐小姐保证。

"我实在不该说死者的坏话——或者我们可以这样说，那是一件很危险的事。"华兰姐小姐似乎有点儿不安。

"你不必感到不安，因为你并没有说任何人的坏话。"

听了安妮这句话，华兰姐小姐才放心地回家去了。

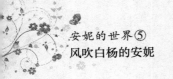

（六）

安妮回到柳风庄以后，立刻给吉鲁伯特写信。

今夜，我信步走到了坟场。"信步"两个字有妥协的意味，因此我时常使用这两个字。如果我对你说，我很喜欢到坟场散步的话，你可能会感到好笑，不过我的确感到很快乐。华兰妲小姐所说的故事非常有趣。当然啦，其中也不乏一些叫人感到毛骨悚然的故事。吉鲁伯特，人的一生，喜剧跟悲剧总是轮回上演的。

其中最叫我难以释怀的是——一对夫妇共同生活了五十年之久仍在彼此怀恨。不过我实在不相信，他俩真的在内心彼此憎恨。我记得有个人说过："所谓的憎恨，是一种循着不同道路的爱。"我个人认为他俩在憎恨的深处，仍然悄悄地彼此爱慕着对方——就跟我自认为憎恨你的那一段岁月似的，在内心深处，我其实是很爱你的。直到一方死去时，活着的一方才痛感到这一点。而我幸亏在活着时就领悟到这一点。同时我也恍然大悟，布尔克尔的族人中，仍然有一些刚正不阿的好人。

昨夜，我很晚才下楼喝茶，以致在厨房碰到凯德大婶用脱

脂奶洗脸。凯德大婶拜托我不要对姬蒂大婶提起这件事情，以免姬蒂大婶取笑她。我当然只有应允她喽！

时至今日，小不点儿伊丽莎白仍旧到围墙的柴门那取牛奶。"侍女"的支气管炎已经恢复得差不多了，可是那家人还是差遣伊丽莎白来取牛奶，这件事实在叫我感到纳闷。尤其是坎贝尔夫人是布尔克尔的族人呢！上星期六的黄昏，那天，她似乎变成了贝蒂——小不点儿伊丽莎白跟我分手后，一边唱着歌儿，一边走回家。当她奔到大门处时，"侍女"就对她嚷着："现在离开神的日子——星期天很近，你怎能唱那种歌儿呢？"

那个"侍女"啊，只要她办得到，不管是哪一天，她都不会让伊丽莎白唱歌呢！

那天黄昏，伊丽莎白穿着新衣服。那件新衣服是深红色的——的确，那家人都会给伊丽莎白穿得漂漂亮亮的——不过，小不点儿伊丽莎白却用悲哀的口吻对我说："今晚穿上这件衣服时，我认为自己有那么一点儿漂亮。所以嘛，我很想让雪莉老师跟爸爸瞧瞧。当然啦，只要'明日'到来，我就能够看到爸爸，但是，'明日'总是迟迟不来！雪莉老师，我能够叫时间稍微走快一些吗？"

吉鲁伯特，说真的，我得好好复习几何学了。如今哪！我的几何复习已经替代了丽贝嘉所谓的"文学修习"。我心中不时飘荡着一种恐惧感，很担心我在授课当中，突然碰到我解不出的题目。天哪！如果我真的碰到这种情形的话，布尔克尔族将会如何取笑我呢？

　　吉鲁伯特，你不是很爱我跟猫谈吗？既然如此，你就为一只遭受到虐待的可怜公猫祈祷吧！前一天，一只老鼠在厨房撞到了丽贝嘉的脚，惹得她极度愤慨。

　　"哼！那只猫除了吃跟睡，什么事都不会做！使得老鼠到处跑呢！我再也忍受不了啦！"

　　于是，丽贝嘉把可怜的达斯特追赶得走投无路，并且把它喜欢的坐垫取掉——正因为被我目击到，我才知道了这件事情——更糟糕的是，她追赶达斯特时，不仅使用她的手，甚至还动用她的粉腿呢！

（七）

　　在晴朗暖和的十二月某星期五，安妮为了出席火鸡晚餐会，独自走到罗威鲁的威尔福·布莱斯家。威尔福跟他的伯父、伯母居住在一起。威尔福羞涩地要求安妮下课后，跟他一块儿出席教会的火鸡派对，再到他家共度周末。安妮认为或许可以说服威尔福的伯父，帮助威尔福完成中学教育，因此很爽快地答应他了。威尔福很担心一月以后，他再也不能继续学业，因此显得很沮丧。威尔福是个聪明、上进、有着远大抱负的少年，正因为如此，安妮对他的将来特别关心。

　　对于这一次的拜访，安妮只是单纯想博得威尔福的欢心。因为他的伯父跟伯母都是叫人不敢领教的古怪人物，再加上星期六早晨的风很强，天空灰暗，仿佛就要下雪。因为，火鸡晚餐会会拖到很晚，叫安妮感到困倦。威尔福必须帮着打麦，屋里连一本书的影子都没有。这时，安妮想到，她曾经在楼上的后面走廊上看到船员使用的旧木箱，以致，她突然想起史坦顿夫人的拜托。史坦顿夫人正在撰写布尔斯郡的乡土史，她曾经问过安妮，是否知道哪儿有古老的日志或者记录文书之类的。

　　"当然啦，布尔克尔的族人有很多对我有帮助，"史坦顿夫

人说，"不过，布尔克尔的族人跟史坦顿家一向不相往来。"

"我也不想理会那些人呢！"安妮有点不屑地说。

"噢！我并非拜托你去做那种事。我是想拜托你在拜访其他人家时，如果发现古老的日志或者地图的话，就麻烦你帮我借一本来。因为，我可以从古老的日志里发现一些趣味盎然的事。凭着那些实际生活的片断，我就可以使昔日的开拓者再度鲜活起来呢！除此以外，像统计和族谱等，对我都有很大的帮助呢！"

安妮问布莱斯夫人是否有古旧的记录时，她摇了摇头说："据我所知，并没有什么古旧的记录。不过，"她的眼睛一亮，说，"安迪伯父的杂物箱子在那儿。也许，它里面有些什么东西吧！安迪伯父往昔跟艾普拉罕船长出过海。我这就去问但康，雪莉老师是否能够翻动那口箱子。"

但康表示，只要安妮喜欢，要如何翻找，悉听尊便，就算发现了什么"写着字的纸张"也可以带走。因为，但康准备把那口箱子里面的所有纸张都烧掉，再把那口箱子充作他自己的道具箱子。安妮果然把里面的东西翻遍，但是只找到一本《航海日记》。在刮大风的上午，安妮就阅读这本泛黄的《航海日记》来打发时间。

安迪伯父精通有关海洋的一切，又跟艾普拉罕船长相处过一段时间，因此对船长相当尊敬。他针对着绕过开普赫恩的至难航海技术，以错误百出的文法，写出了一大堆对船长的赞辞。不过，他并不尊敬艾普拉罕的弟弟——麦洛姆。麦洛姆担任另

外一条船的船长。

"今晚，我到麦洛姆那儿，麦洛姆正在生自己老婆的气，把杯子里面的水泼到他老婆的脸上。麦洛姆在船舱里时，因为船只燃烧了起来，他就跟一伙人坐救生艇逃命。漂流了几天后差一点就饿死。最后，他们吃了用手枪自杀的乔那斯的肉。这一伙人吃着乔那斯的肉维持生命时，终于被玛莉·G号救了出来。这一事件是麦洛姆亲口告诉我的。他认为这是一则很有趣的笑话呢！"

阅读这段日记的安妮不断发抖。关于这种残酷的事实，安迪竟然没有一丝惊讶的痕迹，更使得安妮浑身起鸡皮疙瘩。旋即，安妮就进入沉思的境地。"这本日记对史坦顿夫人没什么用处，但是里面提起种种有关爱莲姐妹所崇拜的父亲的轶事，正因如此，或许她们对这本日记有兴趣。那么，我就把它送给那两姐妹吧！但康说过，箱子里面的东西任凭我处理。"

那一天，威尔福把安妮送回柳风庄。他俩都喜上眉梢。安妮奉劝但康让威尔福接受完整的中学教育，但康勉为其难地答应了。

"中学毕业以后，我要到皇后学院攻读一年，毕业后当一名小学教师，以便筹出上大学的学费，"威尔福很感激地说，"伯父根本就不会接受别人的意见。不过，他在仓库里面悄悄地对我说：'我决定听从红发女教师的话。'不过，那并非老师头发的缘故。雪莉老师，你的头发本来就很漂亮。"

第二天清晨两点钟醒过来的安妮，决定把安迪·布莱斯的

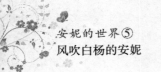

《航海日记》送到枫林庄。不过，安妮在仔细地想着她对那两位老妇人多少抱持着好感，同时，她俩几乎没有人生的喜悦，只有对父亲感到骄傲之后，她决定不把《航海日记》送到枫林庄，可是……雪勒夫人不是对我所说的话装聋作哑吗？真是太岂有此理啦！到了四点时，安妮虽然有些动摇，但是她把心一横，决定把它送过去。安妮不想做小家子气的人。她一向很讨厌派尔家族那种小家子气的作风。

做了决定之后，安妮认为在午夜醒来，能够听到初冬的飘雪声音绕过尖塔，再钻入棉被里面，魂飘梦幻之国，应该是一件很惬意的事情。想着想着，安妮再度进入了梦乡。

星期一的早晨，安妮仔细地将那本古旧的《航海日记》包好，再附上一张简单的信函，把它送到了枫林庄。

布尔克尔女士：

我想，你俩对于这本古旧的《航海日记》一定有兴趣。为了撰写这部历史的史坦顿夫人，我特地向布莱斯先生要来的。它对于史坦顿夫人完全没有用处，不过我认为，你们一定很需要它。

安妮·雪莉

"这是一封非常粗鲁的信函，"安妮认为，"不过，对于那些人，我无法采取比较自然的书写法。正因为如此，就算她们把

它掷回来，我也一点都不感到惊讶。"

一个晴朗而接近冬日黄昏的时刻，丽贝嘉体验到了从未有过的惊讶。原来，枫林庄的马车驰骋过铺了粉雪的幽灵小径，在柳风庄门前停了下来。首先是爱莲夫人走出马车，接下来的情景叫柳风庄的人们感到哑然！因为，十年不曾踏出枫林庄的雪勒夫人赫然出现了！

"天哪！她们走到大门口了呢！"狼狈万分的丽贝嘉上气不接下气。

"那么，你以为布尔克尔家的人会从哪儿进来呢？"凯德大婶一副要吃人的样子。

"那是想当然的事情。可是，那扇门很不容易打开呀！"丽贝嘉用悲剧性的口吻说，"它紧紧地卡住了！自从今天春天大扫除以后，就再也不曾打开过呢！"

大门的那一扇铁门真的无法动弹。丽贝嘉驱使了一阵子蛮力以后，好不容易才把它打开，接着把两个枫林庄的妇人迎进客厅。

"幸亏今天我在这里生了火，"丽贝嘉想着，"如果那只死猫不把毛发散乱在沙发上面就好了。万一雪勒夫人的衣服沾上了死猫的毛发……"

丽贝嘉连想象这件事的勇气都没有。雪勒夫人表示要会见雪莉小姐。丽贝嘉就到尖塔的房间把安妮叫下来，然后，她就一直躲在厨房里面。不过她实在想不出枫林庄的两个老女人来找安妮的目的，以致充满了好奇心。

"如果她们想进一步为难安妮的话……"如此嗫嚅的丽贝嘉，

一张脸充满了凶煞之气。

安妮也是一颗心七上八下地从塔里下来。她俩将以何种轻蔑人的态度，掷回那本《航海日记》呢？

安妮一进入房间里，雪勒夫人没说任何恭维话，霍地从坐位上站了起来。

"我俩是来投降的，"雪勒夫人很悔恨地说，"除了这条路，我俩已经没有任何路可走了！在我俩还未看到那本《航海日记》以前，根本就不知道可怜的叔叔会做出那种事！我想那绝对不是事实！叔父或许在开玩笑罢了——安迪这个人哪！对于任何事情，都会认真的。不过话又说回来啦！除了我们一家人，其他的人一定会把它看成事实而大笑大乐。结果呢？我们这一族人，将永远被当成笑柄——我想还不只于此，你当然也知道，我们的下场将非常凄惨！哦，你实在太聪明了！关于这一点我们都认啦！珍一定会向你道歉，以后再也不敢作怪了。关于这一点，我——雪勒·布尔克尔可以保证。只要你保证不对任何人提起，包括史坦顿夫人，我们什么事情都肯做。你只要吩咐一声，我们什么事都肯做！"雪勒夫人一边说着，一边用脉胳清晰可见的小手捏着一块花边小手帕。因为，她正在发抖。

安妮一时目瞪口呆，不知如何是好。

"好可怜的怪婆子！她俩以为我在威胁布尔克尔的族人呢！"安妮心想。

"啊！你俩根本就误会了我的意思！"安妮握着雪勒夫人发抖的手，叫嚷了起来，"我做梦也没想到，我这么做会叫你们恐慌。我只是认为，你俩对于有关令尊的事实，一定会感到很有兴趣。至于其他的一些零星小事，我才懒得去对别人说呢！因为，那些只是一些无足轻重的小事情。"

在那一瞬间，客厅保持了一段时间的沉默，雪勒夫人温和地抽回她的手，用手帕擦擦眼睛，再度坐了下来："我们哪——我们都误解你了，而且我们对你的所做所为，实在是太过火了。你能够原谅我们吗？"

三十分钟后——对丽贝嘉来说，那是紧张得要命的三十分钟——布尔克尔姐妹告辞回家。那半个小时的时间，安妮跟布尔克尔姐妹和睦地交谈着安迪日记里面无关紧要的部分。到了大门口，雪勒夫人又折了回来——在这次拜访中，她的听觉始终非常灵敏——从她的手提袋中取出了一张字迹清晰的纸片。

"我差一点就忘记了呢！不久以前我答应马克林夫人告知我家 Pound Cake 的制做诀窍。你就告诉她，面起子要放久一些。因为，这很重要呢！爱莲，你的帽子歪向一边了呢！你最好在辞别主人以前，赶紧把帽子戴正！因为我俩在换衣服时，内心一直乱糟糟呢！"

安妮对两位寡妇和丽贝嘉说，因为她把安迪的《航海日记》送给了枫林庄的两位妇人，于是，她俩专程登门致谢。

一开始，丽贝嘉就摆出了——打死我我也不会相信的嘴脸——雪莉老师把我丽贝嘉当成白痴了呢！为了一本陈旧的《航海日记》，那个傲慢的雪勒·布尔克尔会低声下气地来到柳风庄？鬼才相信咧！

"从今往后，我要每天打开正门一次。"丽贝嘉用以斩钉截铁的口吻说，"今天上午打开它时，我差一点就跌倒了呢！反正制做那种饼食的资料已经到手啦！天哪，一次就得使用三十六个鸡蛋哩！如果你们把那只猫处理掉，让我养鸡的话，或许，每年都可以制做一次。"说罢，丽贝嘉昂然地走进厨房。她分明知道达斯特等着要吃牛肝，她却有意整它，只给它牛奶喝。

安妮·雪莉跟布尔克尔族的不和睦已经成为昨日黄花。除了布尔克尔族，没有人知道理由。不过，沙马塞德的居民都认为，安妮一定是用某种手法打垮了布尔克尔族，叫他们个个臣服。第二天，珍·布尔克尔来到学校，在全体同学面前向安妮赔罪。这以后，珍就变成了模范生。布尔克尔族的学生们都向珍看齐。

就连布尔克尔族的成年人也像太阳前的浓雾一般，对安妮的敌意完全消失殆尽。这族特有的巧妙、阴险的冷嘲热讽也化为乌有。他们一改往日的态度，对安妮百般巴结。任何舞会、滑雪运动，一旦没有安妮参加，就如同虚设一般。虽然那本日记已由雪勒夫人亲手焚烧掉，但是安妮已经记住了它的内容。只要有心，她就能够到处说给人们听。如果那个好奇的史坦顿夫人获知麦洛姆船长吃过人肉的话，布尔克尔族人就无法在社会上站住脚了。

（八）

安妮写给吉鲁伯特的书信节录。

现在，我正躲在自己的尖塔里面，丽贝嘉则在厨房里唱着"如果我能够登高一呼"。听到丽贝嘉的歌唱，我立刻想起了牧师太太叫我参加圣歌队的事情。我当然知道，这件事情也是布尔克尔族在搞鬼。如果周末我不回艾凡利的话，到了星期天我就能够唱圣歌了。布尔克尔族完全把我围绕住了，他们完全接受了我，实在是叫人感到哑然的一族。

我参加过布尔克尔家的三个集会。并不是我在嘲笑他们，不过看样子，布尔克尔一族的少女们似乎都在模仿我的发型。关于这种举止，她们笑着说："模仿就是最纯粹的恭维。"吉鲁伯特，很早以前我就知道，只要对方给我机会，我就会喜欢她们的。事实上，我是打从心眼里喜欢她们呢！我甚至有种预感，我很快就会喜欢珍。实际上，珍也正努力地使自己变得可爱。

昨夜，我鼓起勇气进入虎穴。换句话说，我大胆地爬上长青庄的正面阶梯，走到四角型的大门前按了门铃。"侍女"蒙克曼小姐出来开门时，我对她说，我想带小不点儿伊丽莎白出去散散步。"侍女"进去禀告坎贝尔夫人，她出来时对我说，我可以带伊丽莎白到外面散步，但是不能在外面待太久。我想，雪勒·布尔克尔已经下达命令给坎贝尔夫人了。

崔跃着走下幽暗阶梯的伊丽莎白，身上穿着红色衣服，戴着一顶绿帽子，看起来仿佛是个小矮人。她因为太高兴，以至于连句话儿也说不出来呢！

"我感到心痒痒的，非常兴奋呢，雪莉老师！"两个人刚刚走到外面时，伊丽莎白就迫不及待地说，"现在的我是'贝蒂'呢！每次我产生这种心情时，总是变成了贝蒂。"

我俩循着"通往世界尽头的路"，尽可能地走了一段远的距离，然后再折回。今晚的港口在大红色晚霞的笼罩之下，显得特别神秘，使人想到遥远处的"妖精之国"，以及浮现于地球边缘的不可思议岛屿。我的一颗心起伏不已，我手中牵着的小不点儿亦如此。

"雪莉老师，如果咱们拼命奔跑的话，能不能跑进晚霞里面呢？"

伊丽莎白很想知道。看到这种情形，我又想到了保罗跟"晚霞之国"的幻想。

"你必须等到'明日'来临才能够办到。伊丽莎白，你瞧，港口上面有一片金色岛屿似的云，我们姑且称它为'幸福之岛'吧！"

"我好像见过那个岛，"伊丽莎白犹如做梦般地说，"它的名字就叫做'飞翔的云儿'。这不是非常美妙的名字吗？仿佛是取自'明日'的名字！我可以从阁楼的窗口看到它。那个岛屿是个来自波士顿的男人的夏季别墅，不过，我一直把它当成是自己的东西。"

回到长青庄的门口，在伊丽莎白进入屋子以前，我弯下腰来吻了她的面颊。我忘不了她那时的眼神，那热烈渴望爱和关怀的眼神！

今天黄昏，伊丽莎白来取牛奶时，她似乎哭过了。

"我家……我家里的人洗掉了老师留在我脸上的吻，"伊丽莎白啜泣着说，"本来我发誓再也不洗脸了。因为我不想洗掉老师的吻痕。今天早晨，我不曾洗脸就到了学校。可是在黄昏时，可恶的'侍女'逮住我，把老师的吻痕强硬地洗掉啦！我讨厌她！"

我一脸正经地对她说："伊丽莎白真乖，不过，我们不能在不洗脸的情况下度过一辈子呀！关于亲吻的事，你不必介意，你每晚来取牛奶时，老师都会吻你。这样，第二天早晨洗掉也无所谓呀！"

"在这个世界上，只有雪莉老师爱我，"伊丽莎白说，"每次老师说话时，都有一阵紫罗兰的香气。"

吉鲁伯特，我从未听过如此美妙的赞词呢！不过，我仍然对伊丽莎白说："但是，你的祖奶奶还是很疼你的呀！"

"祖奶奶才不疼我呢！她一直都讨厌我！"

"你这个傻孩子，祖奶奶跟'侍女'的年纪都很大啦！人的年纪一大，性情就会变得不稳定，容易闹别扭，动不动就会烦恼。当然啦，有时候，你也免不了会对祖奶奶使性子。而且祖奶

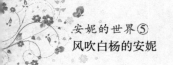
奶在孩童时代所受到的管束，比现在的孩子所受到的管束更为严格呢！正因为如此，她俩才一直采取严格的管束方式管教你。"

不过我非常明白，伊丽莎白并不同意我的说法。这时，伊丽莎白仔细地瞧着大门处，确定了门户紧闭之后，才咬牙切齿地一字一句地说："祖奶奶跟'侍女'是两个坏心眼儿的人！一旦'明日'来临，我就要逃离她们的魔掌！"

或许，伊丽莎白是故意吓唬我才说出这句话的吧？我的确感到惊讶不已，不过我仍然吻了她的面颊。我希望蒙克曼能够从厨房的窗户看到这种情景。

从尖塔左侧的窗口可以一览无遗地看到沙马塞德。自从布尔克尔族变成了我的朋友以后，那些白色的屋顶格外叫我感到亲切。每家的屋顶窗子都闪耀着灯光，灰色的炊烟四起。屋顶的丛林上面群星闪烁。这是一座"梦的市镇"，这个称号吸引人吧？

吉鲁伯特，我感到乐不可支呢！如今，我不必在被打垮之下，失尽面子地回到艾凡利，接受乡亲们的冷嘲热讽。想到此，我就飘飘欲仙了呢！人生实在太美妙了！

雪勒夫人的Pound Cake实在太可口啦！丽贝嘉按照指示，把面起子放置了很长一段时间。丽贝嘉用几张包装纸把面起子包了起来，上面再覆盖一条毛巾，整整放了三天。这样一来，就能够做成非常可口的Pound Cake了。我很高兴能向你推荐这种饼食。

（九）

　　二月的某个夜晚，多莉克丝·泰勒在尖塔里缩成一团。雪花纷纷飘下，轻轻地叩打着窗户。那个小巧的火炉燃烧得通红，犹如一只黑猫发出骨碌骨碌的声音。多莉克丝对着安妮诉说烦恼。自从跟布尔克尔族变成朋友以后，他们一旦有了烦恼事，立刻就会向安妮吐露心声，希望能够谋得解决之道。尤其是沙马塞德的小姑娘们，都知道安妮已经订婚了，她绝对不可能成为情敌，所以敢于向安妮说出她们内心的秘密。

　　多莉克丝要求安妮到她那儿吃晚餐。多莉克丝有一对笑盈盈的灰色眼睛，面颊呈玫瑰色，爽朗而肥胖，但身材娇小。看起来，她的肩膀并没有扛着人生的重担。不过，她仍旧有她自己的烦恼。她说："雷诺斯博士明天晚上将到我家吃晚餐，所以我们一家人都希望你也能够在场。雷诺斯博士最近担任雷蒙学院近代语文学院的院长，是个充满智慧的人。正因为如此，我家的人希望有个聪明的人在场，以便跟雷诺斯博士交谈。你最清楚啦，我的脑筋根本就不值得一提，普林克也好不到哪里去。至于爱丝美嘛，脑筋实在很不错，禀性又温柔，奈何她害臊得离谱，一旦雷诺斯博士坐在她身边，她连一句像样的话也说不

上来呢！而且，她疯狂地爱着雷诺斯博士，实在很值得同情。我也很心仪乔尼，但是，还没有到忘乎所以的程度。"

"爱丝美跟雷诺斯博士订婚了吗？"

"还没有呢！"多莉克丝意味深长地说，"不过……安妮，爱丝美说这次雷诺斯博士极可能向她求婚呢！如果他没有这个打算的话，何以在学期才过了一半，就要到爱德华王子岛拜访堂兄呢？为了爱丝美，我希望他快一点向她求婚。否则，爱丝美可能会踏上幽冥之路。爱丝美告诉我，雷诺斯博士难以取悦，脾气总是叫人捉摸不定。除非他看得起我们，否则决不可能向爱丝美求婚。正因如此，爱丝美一直在祷告明天的晚餐能够进行得很顺利，不过我认为绝对不可能不顺利。因为，母亲的烹调技术非常高超，女佣也很有教养。至于我弟弟普林克嘛……我已经给他这一周的零用钱，再三叮咛他别捣蛋。因为普林克不喜欢雷诺斯博士，他认为雷诺斯很会装腔作势，令人作呕，不过他却很喜欢爱丝美。只要我父亲的'呕气病'不发作，我便感到三生有幸呢！"

"有些叫你父亲感到不安的理由吗？"安妮问。因为，沙马塞德的居民都知道，赛拉斯·泰勒动不动就要呕气。

"他不时会有呕气的毛病呢！"多莉克丝有点悲哀地说，"今晚，我父亲由于找不到法兰绒睡衣，一直在大发雷霆。原来是爱丝美把它放入别的抽屉里面了。到了明天，他可能会好起来的。到时，如果他仍在呕气的话，我们就将颜面尽失呢！我想，雷诺斯博士是不会跟这种家庭结亲的！他曾对我的堂兄说过，男人为了选择亲家，非得小心谨慎不可。如此说来，我父亲的呕气病实在不能等闲视之。"

"你父亲不喜欢雷诺斯博士吗？"

"哪儿的话！他很喜欢。他认为雷诺斯配爱丝美是绰绰有余的。不过话又说回来啦！我父亲一旦跟人呕气，任谁也无法轻易说服他的，因为那是布尔克尔族的特征啊！我父亲不像伯父一下子就怒发冲冠，扯起喉咙来损人。伯父骂起人来，整条街的人都可以听到呢！不过，伯父在'爆炸'过后，就会变得像绵羊一般温顺。而且为了赔罪，他会给每个家庭成员购买一件新衣服。

"我父亲一旦跟谁呕气，或者对某一件事感到不满时，便始终一语不发，只会用眼睛瞪人，吃饭时也不跟任何人说话。而且偏偏逢到家里有客人时，他反而动不动就要呕气，害得我跟爱丝美必须耗费一番口舌，对客人们解释。爱丝美很担心，我父亲为了睡衣而呕气的事情会延续到明天——如果真是这样的话，雷诺斯会把我们看成是哪一类人呢？对啦，安妮，爱丝美吩咐你穿青色的衣服。爱丝美新缝制的衣服就是青色的，因为雷诺斯一向喜欢青色。不过，我父亲一向对青色表示深恶痛绝。如果你穿上青色衣服的话，我父亲可能就不会禁止爱丝美亮出青色的行头了。"

"为何不叫爱丝美穿另外的衣服呢？"

"以招待客人吃饭的衣服来说，爱丝美只有一件。那就是去年父亲在圣诞节时送给她的绿色毛巾布衣服。那件衣服看起来

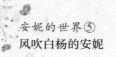
很漂亮，不过穿在爱丝美身上，就叫人不敢恭维了。普林克讥笑她说，看起来像肺病第三期的病人呢！而且雷诺斯又对他的堂兄透露，他绝对不娶身体柔弱的女人。幸亏我的乔尼并没有那样吹毛求疵，否则的话，我就有罪受了。"

"你不曾跟你父亲提起你跟乔尼订婚的事情吗？"安妮问。因为安妮知道有关多莉克丝恋爱的事情。

"嗯……还没有呢！"可怜的多莉克丝呻吟了一声，"我实在没有那种勇气。安妮，我非常清楚，一旦把这件事抖出来，我父亲一定会吹胡子瞪眼的。我父亲一直把乔尼贬得一文不值，因为乔尼很穷。不过我父亲忘了他自己在贩卖五金以前，甚至比乔尼还穷呢！最近这段日子里，我就得如实告诉我父亲不可，但是必须先解决爱丝美的事。如果我率先开口说的话，以后的几个星期，父亲就不会跟家里的任何人说话了。

"安妮，我真希望有人能当我的后盾。可是我的身边压根儿就没有这种人，叫我感到孤苦而无可奈何。安妮，如果父亲明天仍然跟爱丝美呕气的话，我实在不敢想象晚餐将会导致何种结局。明天晚上父亲只要不要胡闹，我就感激不尽了。我父亲的为人，就跟美国诗人朗费罗笔下的小女孩一模一样。他情绪好时，什么都能够进行得很顺利，一旦跟人呕气，他就会整天不言不语，始终不理人呢！正因为如此，我家的阴晴一向由父亲主宰。"

"上个月你们请我吃饭时，你父亲对我很好啊！"

"噢……那是因为他喜欢你呀！所以我们一家人都欢迎你驾

临寒舍，希望你能够影响他，让他快乐。不过，他若严重发作起来的话，仙丹妙药都发挥不了作用。无论如何，我们明天要办一顿很美好的晚餐。至于甜点方面，我想，除了我父亲，天下的男人都会喜欢'派'，只有我父亲喜欢加牛奶的甜鸡蛋羹。虽然明天晚餐的主客是近代语文学教授，但是为了求取晚餐能够在和平气氛中进行，我母亲决定放弃'派'而改为加牛奶的鸡蛋羹。"

"依我看哪！你不如鼓起勇气跟你父亲沟通，如果这么做，你父亲仍在呕气的话，你们不妨忍一下，他应该不好意思再呕气了。如此的话，你们至少能过几个月风平浪静的日子。"

"安妮，你是不了解我父亲，才会那么说。"多莉克丝一脸黯然地说。

"或许，你比我更不了解你父亲呢！所谓当局者迷，旁观者清亦是如此吧？"

"安妮，你说我忽略了什么呀？要知道我可不是什么文学士哦，我只读过中学。事实上，我非常想进大学，可是我父亲说，女子无才便是德，他不希望我上大学。"

"我的意思是说，你一直生活在你父亲的身边，所以反而不能理解他。局外人说不定更能理解你的父亲。"

"安妮，你要知道，我父亲一旦决定了做某件事，我们就再也无法叫他改变主意了。而且，他一直以此为傲呢！"

"那么，你们就不要在乎你的父亲，继续谈你们的话儿吧！"

"我们就是做不到啊。父亲说，他有办法叫我们麻痹。如果他为了睡衣这件事情，明天仍在呕气的话，你就可以亲眼看到那种场面。只要父亲开口说话，不管他语无伦次或者语带疯癫，我们都不会在意。他那种不开尊口的作风才叫我们感到坐立不安呢！如果明天晚上，父亲又那样子的话，我绝对不原谅他！因为对爱丝美来说，明天是关键性的一天呀！"

"多莉克丝，你不要太悲观嘛！"

"好吧，我就不再悲观了。我母亲说最好也邀请凯瑟琳·布鲁克，可是我父亲一向讨厌她，所以我就说免啦！安妮，我实在不懂，你为何要对她那么好？"

"因为我可怜她呀！"

"可怜她？凡是不受到别人欢迎的人，都是咎由自取。说穿了，沙马塞德即使没有凯瑟琳这个人，也不至于感到不方便呀！那个人心眼儿不好，又难以取悦！"

"她是一位好老师呢！"

"这一点我也知道。因为她教过我们班。她的确教了我很多东西——可她是用冷嘲热讽的方式，这叫我感到异常难过，仿佛她是在一层一层地剥掉我的外皮。她的外表一直很邋遢！我的父亲最厌恶外表邋遢的女人。我的乔尼一向不讲究衣着，所以直到今日，他仍不敢轻易踏入我家的大门！因为父亲老是冷言冷语的，叫他感到难堪。所以，逢到天气良好的夜晚，我就会悄悄溜出家门，跟着他在广场徘徊，直到冻得受不了时才回家……"

多莉克丝回去以后，安妮舒了一口气，走到楼下，向丽贝

嘉要了一点儿东西吃。

"什么！泰勒家的人招待你吃晚餐！赛拉斯老爷子要是好端端的，那就没有话儿说，只怕到时他又会呕气……安妮，我感觉他好似以呕气为乐呢！安妮，你就吃一些蛋糕吧！我得去为那只死猫热牛奶呢！"

（十）

第二天晚上，安妮踏进赛拉斯·泰勒家的门坎，就立刻感觉到一股透不过气来的阴霾。打扮得很不错的女佣把安妮带进客厅。安妮上到台阶时，目睹到赛拉斯夫人从餐厅跑到厨房。她的一张脸由于历经疲劳而显得苍白，但仍俏丽迷人。只是仿佛一枝春花带雨，眼里闪着泪光。很明显，赛拉斯有关睡衣的发作，还不曾镇定下来。

关于这件事，由多莉克丝在走进屋子以后就满脸悲凄的表情看来，可获得有力的证明。

"噢……安妮，我父亲没在使性子啦！今天上午，他已经变乖了许多，叫我们感到甚为欣慰。天晓得，今天下午他跟普林克下棋而惨遭失败，我父亲忍不下这口气呢！而且，偏偏又发生在今天！

"那时，爱丝美正在大镜子前顾影自怜。父亲大踏步走进房间，把爱丝美轰走，再将房门上了锁。可怜的爱丝美，她只是看看镜子里面的自己是否完全穿戴妥当。被父亲这么一搞，爱丝美就无法佩戴她的珍珠项链了。至于我嘛……本来想用火钳子烫卷头发——但我父亲说，他不喜欢非自然卷的头发——因此烫不成啦！我自己是无所谓啦！但没想到，父亲又把母亲装饰餐桌的鲜花拔掉了！那些花儿耗费了母亲好一段时间才插好呢！父亲实在太不体恤别人啦，他还禁止母亲戴红宝石的耳环。这年春季，父亲从西部回来以后，突然喜欢紫色。当看到母亲在客厅使用红色窗帘时，他大为光火。这次的发作，几乎跟那次同样严重。噢，安妮，如果我父亲在餐桌前不说话的话，你就引导他开口吧！否则，后果将非常悲惨。"

"我会全力以赴的！"

虽然没有任何的花儿，餐桌还是美轮美奂。大伙儿围席坐定，穿着灰色绸缎衣服的赛拉斯夫人，自始至终小心翼翼。她的脸色比身上的衣服更接近灰色。家里最漂亮的爱丝美，变成了个苍白的美人——淡金黄色的头发、毫无血色的嘴唇、勿忘草般颜色的眼睛——看起来比平日苍白许多，好似就要气绝倒地！淡金黄色头发的普林克戴着眼镜，在平常的日子里，他可是十四岁肥胖的调皮鬼，可是今天看起来，仿佛被狗链子拴住了，多莉克丝则跟胆怯的小学生一般。

雷诺斯博士有一头黑色鬈曲的头发，黑色眼睛戴着银边眼镜，长得的确很帅气，气质又很高雅。不过，他看起来好似并不快乐。因为他感觉到气氛有点儿不对劲——主人傲然地坐在餐桌的上座，始终吝于跟任何人交谈。

赛拉斯并不想进行餐前的祈祷，使得赛拉斯夫人满面通红，用几乎听不见的声音说："主啊！感谢你赐给我们食物。"

一开始，晚餐的气氛就很凝重。胆怯的爱丝美在不小心之

下，把叉子掉在了地板上。除了赛拉斯，其余的人都跳了起来，因为他们的神经实在绷得太紧了。赛拉斯在默默无言中，用他那双蓝色的凸眼瞪着爱丝美。接下来，再轮流地瞪着每个人，使他们惊讶万分，一句话儿也说不出来。可怜的赛拉斯夫人在盛一碗芥粉色拉时，由于老公瞪了她一眼，叫她想到了自己的胃并不好，所以虽然很喜欢吃，但是始终不曾吃一口。

多莉克丝对安妮使眼色，叫安妮说些话，以缓和晚餐桌上紧张的气氛，安妮却是有生以来第一次找不到话题，她脑子里所想到的事，都是一些不能说出口的话。一个别扭古怪的男人，给大伙人的影响实在太大了。安妮在想，如果用一根针去刺赛拉斯的话，他是否会跳起来？安妮很想给赛拉斯一记耳光，再罚他站在餐室的一角。赛拉斯尽管满头飞霜，留着粗野的胡子，但是仍然像个任性的小孩子。

安妮一心一意想叫赛拉斯开口。她想着——如果她故意摔破桌角那个古董花瓶的话，情形又会演变成如何呢？那个花瓶里插满了玫瑰花，一向被收拾得纤尘不染。安妮知道泰勒家的人都不喜欢那个花瓶，赛拉斯却说它是他母亲的遗物，拒绝把它收入阁楼里。如果安妮能够确定赛拉斯会大发雷霆的话，她就会从容地打破花瓶。

为何雷诺斯博士不说话呢？只要他肯开口谈话，安妮、多莉克丝、普林克都能够解除绑住他们的咒文，当然就可以展开愉快的交谈。想不到，雷诺斯只闷声不响地吃东西，一句话也懒得说。或许，他不想得罪自己意中人的父亲吧！

"雪莉老师，就从你开始取腌制食品吧！"赛拉斯夫人压低嗓门说。

听了这句话，安妮的脑海里闪出了一个顽皮的念头。安妮第一个取腌制食品，同时也开始进行别的"事情"。安妮闪动着她灰色的大眼睛，用柔和的语调说："雷诺斯博士，您听了我的话以后，一定会吓一大跳！上一周，赛拉斯先生的耳朵突然听不见了呢！"

安妮认为——只要给雷诺斯博士了解主人并非恼怒而保持沉默的印象，或许，赛拉斯就会开启金口，想不到，赛拉斯并没有说出只言片语，只是以无言的方式继续瞪着安妮。

不过，安妮一说话，多莉克丝跟普林克立刻缓过神来。多莉克丝的内心正燃烧着愤怒的火焰，因为在安妮打破沉寂之前，她正看到爱丝美偷偷地用手帕擦泪水。到了这种地步，雷诺斯博士必定不会向爱丝美求婚啦！反正一切都完啦！于是，多莉克丝产生了残酷打击父亲的念头。普林克一时吓呆了！不过他很快就清醒了过来，而且还一心一意地效尤多莉克丝。只要还活着，对于这以后叫人感到战栗的十五分钟，安妮、爱丝美和赛拉斯夫人是永远忘怀不了的。

"真是可怜，对于父亲来说，这是最叫他感到痛苦的一件事情。"多莉克丝隔着餐桌对雷诺斯说，"我爸爸的年纪还不算很大，只有六十八岁。"

赛拉斯一听到自己的年龄被增大了好几岁，鼻孔旁立刻形成两道白色的凹沟，但是，他仍旧不言不语。

"我父亲能够独个儿进食，我感到很高兴。"普林克煞有介事地说。

"雷诺斯先生，他是个只给自己家族吃蛋和水果的人——因为他的脾气没个准儿。你认为他是何种人物呢？"

"你的父亲难道真的……"

感到迷惑的雷诺斯如此说时，多莉克丝又迫不及待地说："只因为自己的妻子用了他不中意的窗帘，立刻会向自己家人'开刀'的丈夫，你认为他是哪一种人呢？"多莉克丝逼着雷诺斯回答。

"那种丈夫必须叫家里的人流血才肯善罢干休呢！"普林克皱着眉头说。

"天哪！你的父亲真的是……"

"自己妻子缝制的绸缎衣服，叫他看不顺眼，于是用力地撕破那件衣服，你认为他是哪一门子的人呀？"多莉克丝说。

"自己的妻子想要养狗，却是毫不留情地阻止，你认为他是不是个暴君？"普林克说。

"唉……她连做梦都在养狗呢……"多莉克丝叹了一口气。

"逢到圣诞节，只赠送给自己的老婆一双胶鞋——这种人是否太吝啬了点儿？"

如今，说得口角生风的普林克，又继续逗着他的口舌之欲。

"只送一双胶鞋，不足以叫人的心头感到温暖啊！"

就连雷诺斯博士也同意这种说法。当他的眼光接触到安妮时，他开怀地笑了。安妮记得雷诺斯博士一向不苟言笑，如今

微笑起来，使他的脸庞显得柔和，给人一种明快爽朗的印象。

天啊！多莉克丝到底在胡诌些什么呀？

安妮做梦也没想到多莉克丝会变得如此饶舌。

"雷诺斯博士，您想想看！只因为烤肉不够熟透，立刻就怒目圆睁地把它抛到女佣人身上！跟这种人生活在一起，不是非常痛苦吗？"

雷诺斯博士很担心赛拉斯会抓起鸡骨头抛到他身上，所以怀着一颗忐忑不安的心瞧着赛拉斯。但是当他想到男主人的耳朵听不到时，他就不再操心了。

"有人认为地球是扁的呢！你认为他是否有些傻？"普林克问。

安妮以为赛拉斯就要憋不住啦！因为他那张红通通的面庞微微地颤抖了起来，不过并没有发出任何声音。然而，安妮已经看出了他的胡子有些异样。至少，刚开始时的傲然之气已经消失了。

"雷诺斯博士，有人把自己唯一的伯母送进养老院。关于这种绝情的做法，您有什么感想呢？"多莉克丝问。

"而且，他还把乳牛赶到坟场吃草呢！时至今日，沙马塞德的人们还忘不了那种光景。"普林克说。

"每天都把晚餐吃的东西写在日记里面，您以为那是何种人呢？"

"那个伟大的英国政治家贝毕斯就是如此啊！"雷诺斯博士笑着说。从他的声音判断，他似乎在拼命地忍住笑意。看起来

此人并非在装模作样，只不过太年轻，做事很认真又过度害臊。但是，安妮感到非常害怕，她并不存心想让事态演变到这种地步。事到如今，她才感到结束一件事实在比开始一件事更为困难。现在多莉克丝跟普林克就好似着魔了一般，越说越起劲。不过，她俩始终都不曾说那些都是父亲所做的事。普林克把他的眼睛睁得很大，仿佛在说："我只是把这些问题当成'知识'，请教雷诺斯博士而已。"

"雷诺斯博士，擅自剪开老婆的信件阅读的男子，你认为这种行为要得吗？"多莉克丝继续说。

"自己的父亲举行葬礼时，穿着工作服，对于这种人您有什么感想呢？"普林克说。

这两个姐弟又要说些什么呢？赛拉斯夫人一直在啜泣，爱丝美绝望之余，反倒变得非常沉着。她用祥和的眼光看着将永远失去的雷诺斯博士，说出了有生以来最为聪慧的一句话："一只母猫死了，一个人声称不忍心看着小猫儿饿死，耗费了一整天，才找到了那些小猫儿。您认为他的为人如何？"爱丝美平静地发问。

顿时，屋里一片沉默。多莉克丝跟普林克感到有那么一点惭愧。接着，赛拉斯的老婆认为她必须加入阵容，所以提高嗓音说："他的编织手艺非常高超。这个冬天，他因为腰部神经痛而卧床时，为了客厅那张桌子，编织了一块很漂亮的桌巾呢！"

每个人的忍耐力都有限度。如今的赛拉斯就到达了这个限度。他粗野地把自己坐着的椅子挪到后面，使得它在光滑的地板上滑了一段距离，再碰到了放置大花瓶的桌子。桌子被翻倒，花瓶跌得粉碎。赛拉斯竖立着他白色的眉毛，霍地从椅子里站了起来，暴怒道："真是乱嚼舌根！我是堂堂的大丈夫，怎会去搞娘儿们的编织玩意儿呢！那一场磨人的神经痛，叫我感到非常不好受，所以我也不知道自己干了些什么。雪莉小姐，你凭什么说我的耳朵听不见了呢？我可是耳聪目明呢！"

"父亲，雪莉小姐并没有说您的耳朵听不见呀！"多莉克丝叫嚷起来。一旦赛拉斯的呕气变成声音时，她就不会害怕父亲了。

"好吧！就算雪莉小姐没说什么话吧！然而，我分明听到你说，我今年已经六十八岁！你在胡说什么呀？我今年只有六十二岁呢！而且，我何时不让你母亲养狗啊？如果你有心养狗的话，就是养四万只我也不会管你！对于你喜欢别的东西，我何时阻止过你呀？"

"塞拉斯，你一次也不曾阻止过呢！"赛拉斯夫人一边啜泣，一边断断续续地说，"塞拉斯……我不曾……我并不曾……我并不曾想养狗啊……"

"那我何时擅自剪开你的信？我何时作兴写日记？我不曾写过什么日记呀！我何时穿着工作服出席别人的葬礼啦？我什么时候牵着牛吃坟场的草啦？我哪有伯母在养老院？我怎会把烤肉抛到别人身上呢？天地良心！我何时叫你们只吃水果跟鸡蛋啦？"

"塞拉斯……你一次也不曾这样……你一次也不曾这样。"

赛拉斯夫人在嘤嘤哭泣，"打从我嫁给了你，你就是最体贴入微的丈夫。"

"你上次不是告诉我，你喜欢一双橡皮鞋吗？"

"塞拉斯，我确实这样说过，我的确如此对你说过。正因为你买了那双橡皮鞋子给我，在整个冬天里我感到暖洋洋的，真舒服。"

"那样不就得了吗？"

赛拉斯犹如胜利者一般，环顾了屋里一下。他的视线不期然地碰到了安妮的灰色大眼。就在这个节骨眼儿上，发生了叫人预料不到的事情！平常紧绷着一张脸的赛拉斯竟然哧哧笑出来。他的面颊上面浮现出一对酒窝，那对酒窝儿使赛拉斯的表情犹如锦上添花，更叫人动容。

他把椅子拉回原来的地方说："雷诺斯先生，真是不好意思，我总是动不动就跟人呕气，这就是我最要不得的习性之一。夫人，你不要再哭啦！除了你所说的——我编织了一条桌巾的大谎言之外，孩子们所说的事情我都认啦！爱丝美，我很高兴你站在我这一边，我不会忘记这一份情的。玛姬，你去收拾那些花瓶碎片吧……我知道现在你们高兴啦！对不？好吧！就送布丁到餐桌吧……"

安妮几乎不敢相信气氛那么险恶的黄昏，竟然会以皆大欢喜的场面收尾。不再呕气的赛拉斯是再好不过的交谈对象，而且他完全没有报复的念头。

两三天后，多莉克丝到柳风庄拜访安妮，告诉安妮，她已

经把自己跟乔尼订下终身的事情，一五一十地告诉了她的父亲。

"结果，你父亲大发雷霆了，对不对？"

"我的父亲不曾'喷火'呢！"多莉克丝有些难为情地说，"他大笑了好几声，再对我保证他以后不会再'发作'啦！而且，他当场同意我嫁给乔尼。"

"对你来说，他可是很难得的父亲呢！"安妮以十足"丽贝嘉的口吻"说，"可是在吃饭时，你所说的那些话，实在叫人感到哑然！"

"可是……那是你打了'头阵'啊！再加上温柔的普林克帮腔。反正收场很好就是啦！最叫我感到高兴的一件事，莫过于不必擦那个可憎的花瓶了。"

（十一）

选自两周后安妮寄给吉鲁伯特的信。

爱丝美跟雷诺斯博士订婚了。根据当地的流言蜚语，在那个决定爱丝美命运的星期五夜晚，雷诺斯博士决定从那个家庭把爱丝美拯救出来，并且永远保护她！很明显，爱丝美的窘境引起了雷诺斯博士的侠义之心。不过，多莉克丝却到处说，是因为我帮了她们一个大忙，才有这个结果。或许，我真的帮了那么一点儿小忙吧！但是，以后我决定不扮演那种角色了，因为那实在是吃力不讨好的角色！

昨天，从学校回家的路上，珍一直跟着我走了一大段路。除了有关几何学以外，我俩谈及了鞋子、胎儿和封蜡等杂事。珍知道我的几何学不好，但是她很喜欢听有关麦洛姆船长的点点滴滴。

我把一本《殉教者传略》借给珍看。说实在的，我很不喜欢把自己爱惜的书本借给别人看。因为，对方把书本还给我时，书本几乎面目全非了呢！不过，这本《殉教者传略》是往昔在安息日学校时，亚兰牧师夫人送给我的。说真的，我不喜欢阅读有关殉教者的书籍。因为，我害怕别人把我看成是无聊之辈，甚至讥笑我呢！

其实不仅如此，对于在寒冷的早晨迟迟下不了床，以及畏缩缩地不敢去看牙医的事，我也感到非常羞耻呢！

我很高兴看着爱丝美跟多莉克丝都踏上了幸福之船。正因为我的罗曼史绽开了灿烂的花朵，我对其他人也充满了祝福之心。

现在仍然是二月。"修道院的屋顶积雪，在月光照耀之下闪闪发光"。其实，那并非修道院，而是汉弥敦家的仓库。不过，我已经萌生出了这样的念头：

再过两三个星期就是春天了。再过好几个星期，夏天就会翩然来临，接着将迎接漫长的暑假——"绿色屋顶之家"艾凡利的牧场将洒满金色的阳光，黎明时分将是一片银白色，到了正午时又会变成蔚蓝色，黄昏太阳西沉时，海湾将被染成大红色——而且，我又能够陪伴着你。

现在，小不点儿伊丽莎白跟我正在拟定春天的计划。我俩非常要好。每晚，我都会带牛奶给伊丽莎白，偶尔两位老妇人也允许伊丽莎白跟我一块儿散步。最近我俩发现我们的生日竟然是同一天呢！小不点儿伊丽莎白因为太高兴，双颊染成了绯红色。这样的伊丽莎白实在很可爱。在平常的日子里，她的面容很苍白，尽管每天都喝新鲜的牛奶，双颊仍然泛不出桃红色，只有我俩沐浴着傍晚的凉风散步回来时，她的面颊才会染成玫瑰色。

有一天，小不点儿伊丽莎白正经八百地问我："雪莉老师，如果每晚在脸上涂抹脱脂奶的话，我能不能变成你一般的奶油色皮肤？"所谓的脱脂奶，是"幽灵小径"居民们爱用的化妆品。最近，我发现丽贝嘉也用脱脂奶涂抹脸蛋。因为，她担心两位寡妇会讥笑她一把年纪仍然爱俏，所以叫我千万别说出去。

居住在这座柳风庄里必须守着很多秘密，正因为如此，我看起来必定比实际年龄还要苍老。我也想试试脱脂奶，看它是否能够消除我脸上的七颗小雀斑。喔，对啦！你曾经察觉到我拥有"奶油般颜色的皮肤"吗？就算你曾经察觉到，你也不曾对我说过啊。吉鲁伯特，你知道吗？有人给我起了一个封号——比较性的美人。

几天前，我穿上饼干色的新衣服时，丽贝嘉没头没脑地问我："雪莉老师，所谓的'美丽'，到底是指哪种感觉呢？"

"我自己也有这种疑问呢！"

"可是，你就长得很美丽呀！"丽贝嘉说。

"丽贝嘉，想不到你也懂得挖苦啊？"我有些高兴地说。

"我绝对不是在挖苦你。雪莉小姐，你是一个美人——我是说——比较性的美人。"

"什么？比较性？"我实在不懂这句话的含义。

"喏！你就瞧瞧那面镜子，"丽贝嘉指着镜子里面的我说，"比起我来，你是个不折不扣的美人呢！"

的确，丽贝嘉说得没错。

在一个刮风的黄昏，我因为不能带着伊丽莎白到海边散步，只好带着她爬到我的房间，共同描绘"妖精之国"的地图。伊丽莎白为了尽量使自己的个子高一些，坐在青色犹如甜甜圈的

坐垫上面，整个上半身覆盖在地图上面，看起来犹如侏儒一段。

我俩描绘的地图还未完成，因为每天我俩都会新添一些东西。昨晚我俩决定了"雪国女巫"的位置，在屋后描绘了长满野生樱花树的小丘。吉鲁伯特，我真希望咱俩的"梦中小屋"的附近也有樱花树。当然啦！我俩也把"明日"描入地图里面——位置在"今日"之东、"昨日"之西。在妖精之国里面有取之不尽的"时间"。有着春天的时间，长的时间，短的时间，今日的时间，下一次的时间——但是，并没有最后的时间。

因为，比起妖精之国来，那是叫人悲伤的时间——年老的时间、年轻的时间——因为有了年老的时间，必定也有年轻的时间。山岳的时间——这个最具有迷人的魅力——入夜的时间，白昼的时间；不过，并没有夜晚休息的时间和上学的时间，更没有只来一次的时间；因为对妖精之国来说，那未免太叫人感到悲哀了。不过却有逝去的时间。找到它们时，人们都会感到很快乐。例如，叫你怀念的一段时间，使你感到快乐的时间，快速的时间，慢吞吞的时间，花在接吻的十分钟时间，回家的时间，太古的时间……这些都是世界上最美妙的言词。到处都有可爱的小红色箭头指着"时间"。我知道丽贝嘉在讥笑我永远长不大。噢……吉鲁伯特，我俩就互相勉励，不要变成"很精"的成年人，不要变成太聪明的人吧！但也不能越老越糊涂，以致进不了妖精之国。

丽贝嘉认为，我没有好好地感化和教导伊丽莎白。她甚至认为我会把伊丽莎白带上神经兮兮的路呢！

有一天黄昏我不在家时，丽贝嘉代替我把牛奶送给伊丽莎

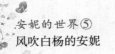

白。那时，伊丽莎白早就走到柴门那儿，心无旁骛地凝视着天空，所以完全没有听到丽贝嘉的脚步声。

"丽贝嘉，我在宁静地聆听天籁呢！"伊丽莎白如此说。

"你听得太入神啦！"丽贝嘉有点讽刺地回答伊丽莎白。

伊丽莎白凝视着远方，安详地露出笑容。

吉鲁伯特，我虽然没有当场看到，不过我知道伊利莎白肯定会展现笑容。"丽贝嘉，如果你知道我问伊丽莎白什么事情，你一定会惊骇不已！"

听了我这一句话，丽贝嘉全身颤抖了几下。

然而，伊丽莎白总是有妖精似的一面呀！关于这一点，我又能够拿她如何呢？

最像你的　安妮

再启：

我绝对忘不了，永远忘不了赛拉斯夫人说及她丈夫善于编织时，赛拉斯的那种表情。不过，我会长久地喜欢赛拉斯这个人的，因为他已经找出了那些小猫呢！我也喜欢爱丝美，虽然她认为自己的希望都泡了汤，但是仍然袒护她的父亲，这一点很叫人感动。

三启：

因为，你并不像雷诺斯博士般装模作样，自以为了不起。而且你的耳朵并不像乔尼一般是招风耳，所以……我更爱你。最重要的理由是——你是吉鲁伯特，所以我会深深地爱着你。

（十二）

我最亲爱的人：

春天降临啦！

在金斯伯多的你，如今正忙着应付考试，或许，你没有心情去注意季节的变化吧？就以我来说，从头到脚，都感觉得到春天的气息呢！沙马塞德的春天气息非常浓厚，就算是在丑陋无比的街道，也可以看到争奇斗艳的花枝伸出墙外。步道两旁恰如镶边般，排列着盛开的蒲公英。

就连我放在棚架上面的陶制贵妇人也感受到了春天的气息。我有一种感觉——只要我能够在三更半夜突然醒过来，就可以看到穿着粉红色鞋子的她——翩然起舞呢！

所有东西都对我说着"春天已经到来了"——笑声盈盈的小河，树梢的青色彩霞，我阅读你来信的地方（枫树之林），幽灵小径两排的白樱花树，向猫儿达斯特挑战的知更鸟，甚至伊丽莎白来取牛奶的柴门上面的常春藤，无一不在喂嘤着："春天已经降临大地！"

几天前的夜晚，我单独到坟场散步。丽贝嘉知道后，颇不以为然地说："我实在不懂，你为什么喜欢到那种阴气沉沉的地

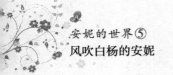

方？"再过一个月就要放暑假了！我现在已经神游在"绿色屋顶之家"白蒙蒙的一片果树园，"闪耀的湖泊"、"恋人小径"，并且时刻想着你，以及海水的嗫嚅……

（省略了两页）

今天黄昏，我到吉甫森家拜访。这一家人居住在白沙镇时，我们就跟他们有来往，所以在不久以前，玛莉娜叫我去看看他们。自从去拜访他们以后，每周，我都要去看他们一次。波琳很高兴我去拜访她，我也感觉到波琳很可怜，同情之心油然而生。波琳根本就是她母亲的奴隶，一点儿自由都没有。

亚德尼兰·吉甫森夫人八十岁，每天都坐在轮椅上生活。这一家人在十五年前迁移到沙马塞德。今年四十五岁的波琳，是亚德尼兰夫人最小的女儿，波琳的兄弟姐妹们都先后结了婚，但是没有一个已婚的儿女愿意收留母亲。幸亏波琳一片纯孝之心，她不仅要做所有的家事，还得整天不分昼夜地照料母亲，以致搁置了婚姻。波琳长得娇小，脸色不佳，眼睛呈淡黄褐色，金褐色的头发亮闪闪的，真是"徐娘半老，风韵犹存"。

吉甫森家的生活很富裕，如果亚德尼兰夫人身子还硬朗的话，波琳早就嫁人啦！就算是单身，还是能过着很惬意的生活。波琳很喜欢教会的工作，她本来可以出席妇女会、传道会，或者拟定教会的晚餐会，以及恳亲会等，生活本来可以过得很幸福、很快乐才对。

但是为了照料母亲，波琳一直足不出户，甚至连礼拜天也无法上教堂。波琳认为她这辈子已无法获救了。看情形，亚德尼兰夫人活到一百岁是绝对没有问题的。她的双脚虽然不善于行走，但是一根舌头却是又尖锐又刻薄。她镇坐在那儿，整天用"炮口"对准波琳，无情地展开冷嘲热讽式的攻击。看到这种情形，我的内心就会燃烧出一股打抱不平的怒火。秉性孝顺的波琳一点也不在意，还说："我母亲很喜欢你呢！只要你大驾光临，她就会对我和颜悦色一些。"

天哪！那样还算是"和颜悦色"吗？如此说来，不"和颜悦色"的话，那不变成山崩地裂了？我实在不敢想象她跟亚德尼兰夫人独处时，会是什么情况。

波琳每做一件事都得请示母亲。否则的话，就是她自己要穿的衣服，甚至一双鞋子也无法购买。就算是鸡毛蒜皮的小事也都得请示母亲，获得她允许之后才能够进行。尽管家境不差，但是衣服穿旧了以后，还得把它翻个面儿，以便再穿上几年。波琳在四五年之内，老是戴着同一顶帽子。

亚德尼兰夫人讨厌家里的任何声音，就连柔和的微风，她也觉得不耐烦。我始终不曾看到她面露笑容，因此我怀疑，一旦她笑起来，脸孔是否能够恢复原状。

吉鲁伯特，你相信吗？家境不错的波琳竟然没有自己的房间呢！她跟母亲睡在同一个房间，到了夜晚，每隔一小时就得起身一次，为她母亲按摩背部，喂她吃药，并且频频更换热水袋——热水袋光温暖是不够的，必须很热才行——后院里一旦有任何声音，波琳就必须到那儿瞧瞧到底发生了什么事情。

亚德尼兰夫人下午都在睡觉，夜晚则思考着应该分配什么工作给波琳做。尽管受尽了折磨，波琳却从未抱怨过。我从来就不曾碰到过如此孝顺的人。她完全没有自我，只一味地为母亲操劳，所以当我知道她养着一只狗，宠爱它时，内心里感到非常高兴！因为这是第一次，也是唯一的一次，她为自己做了一件事。

当时，沙马塞德发生了很多窃案，所以亚德尼兰夫人也不曾反对波琳养狗。不过，波琳并没有让母亲知道，她如何疼爱那只狗，以免引起母亲的反感。而且亚德尼兰夫人一向讨厌那只狗儿，她抱怨说，狗时常把骨头带回家里，但是她又害怕小偷光顾，所以不敢把狗逐出门外。

我非常同情波琳，所以想尽办法放她一天的自由。不过为了陪伴波琳，下个周末，我就回不了"绿色屋顶之家"了。

今夜，我走进房间里就看到波琳在哭。亚德尼兰夫人咬牙切齿地说："波琳这个孩子要撇下我，自己远走高飞呢！雪莉小姐，我真恨自己，为何未能生下知恩图报的孩子呢？"

"母亲，我只想离家一天。"波琳吞下了泪水，努力想挤出笑脸。

"什么？你说只离家一天？好啊，亏你说得出口！雪莉小姐，关于我的一天到底含有什么意义，我想没有一个人不知道的！当一个人罹患疾病时，他似乎感觉一天会变得特别漫长。关于这一点，想必没有人能够体会到……"

因为我知道亚德尼兰夫人并没有病，因此，并没有对她表示同情。

"母亲，你可以放一百个心！我会叫一个人照顾你一整天的。"波琳先禀报她母亲，再对我说明："我堂姐露依莎将在下周六举行银婚典礼。堂姐不只一次叫我去呢！露依莎嫁给摩利斯时，我曾经做过她的伴娘，只要母亲答应，我实在很想去……"

"如果我一个人在家里死了该怎么办？好吧！我不阻止你！一切都凭你的良心吧！"亚德尼兰夫人气呼呼地说。

当亚德尼兰说出"凭你的良心"的那一瞬间，波琳就知道她又失败啦！穷其一生，亚德尼兰夫人就以"凭你的良心"这句话，占尽了便宜，无往而不利。好多年以前，有人来谈波琳的婚事时，她也如法炮制，阻止波琳去当新娘子。

波琳擦了一下眼睛，勉为其难地笑笑，再把她准备出门穿的衣服拿在手上。那件衣服真叫人不敢领教，因为它的条纹是间隔的黑、绿两色。

"好啦！波琳，你别把嘴噘得那么高。我最不能忍受的，就是在我面前噘嘴的人。你呀，别穿那种怪衣服啦！至少也缝上一个衣领子。雪莉小姐，我这个女儿不喜欢在衣服上面缝衣领子呢！如果我允许的话，她想必会穿露出脖子的衣服。"

我看了一下波琳细弱的脖子。如今，虽然多了一点肉，但是看起来还是楚楚可怜，而且她的脖子被硬邦邦的衣领围绕在中间。

"现在流行没有衣领的服装呢！"我提醒亚德尼兰夫人。

"没有领子的服装不够高尚。"亚德尼兰夫人说。

（那一天，我穿着没有衣领的服装。）

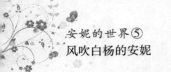

　　"而且，"亚德尼兰夫人又说，"我又不喜欢摩利斯。那个浑球的母亲出身克罗凯名门世家。正因为如此，摩利斯完全不懂得礼节。他每次吻自己的妻子时，都选择极为不恰当的地方。"

　　"可是母亲，那天有匹马儿在教会的广场上撒野，露依莎差点就被踏扁啦！正因为在千钧一发时获救，摩利斯才会感到兴奋吧？"

　　"波琳，你快点闭嘴！你老是喜欢跟我唱反调！到目前为止，我仍然认为在那种地方接吻很不妥当。好啦……我的意见不受到重视也无所谓啦！反正，大伙儿都认为我应该死了。我想在坟地占一席之地，想必没有什么困难。波琳，我知道你嫌我碍手碍脚，我不如早点死了算啦！因为，根本就没有人关心我。"

　　"母亲！你快别这么说！"波琳好言好语地安慰母亲。

　　"我非说不可！你分明知道我不喜欢摩利斯，却想去参加他俩的银婚典礼。"

　　"母亲，我不去了，因为你不高兴了！我不去了，你别气成那个样子。"

　　"咦？为了使我的单调生活稍微活泼一些，我难道不能稍微兴奋一些吗？雪莉小姐，这么早你就要回去啦？"

　　我实在待不下去啦！如果再留下来的话，我不是发疯，就是给不讲理的亚德尼兰夫人几记耳光。于是，我只好以修改考卷为借口，急急告退。

　　"这也难怪，我们两母女都一大把岁数啦，跟年轻的姑娘实在处不来！"亚德尼兰夫人叹了一口气说，"波琳的性情不够开

朗，又不善于交谈，雪莉小姐当然待不下去了。"

波琳跟我走到大门口。月光照耀着小小的庭院，使远方的港湾闪闪发光。柔和的风儿跟白苹果树低语。啊，这是风光明媚的春天呢！春天！春天！就连亚德尼兰夫人也阻止不了杏花怒放呢！

波琳温柔的灰色眼睛里蓄满了泪水。

"我实在非常想去瞧瞧露依莎的银婚典礼！"说罢，她深深叹了一口气。

"你当然要去！"我用斩钉截铁的口吻说。

"哪儿的话！我可不能去，因为母亲不让我去！好吧，我不再想那件事啦！今晚的月色实在迷人。"波琳故意放大声音，用爽朗的口吻说。

"我从不曾听说过，瞧瞧月儿就会引来好事情，"亚德尼兰夫人在客厅那边嚷了起来，"波琳！别在那儿聊天啦！你快进来拿一双红色的室内拖鞋给我吧！我现在穿的鞋子很硬，叫我的脚儿受不了啦！唉……没有一个人知道我有多么痛苦。"

如果换成是我的话，我才不管亚德尼兰夫人的无病呻吟呢！可怜又可爱的波琳！既然我已经夸下海口，要给你一天的休假，让你去参加露依莎的银婚典礼，我就非做到不可！

回到了柳风庄以后，我就对丽贝嘉和未亡人说出了我所看到的事。凯德大婶说，我绝对不能说服亚德尼兰夫人，波琳也别想参加露依莎的银婚典礼，但是丽贝嘉却是彻首彻尾地相信我。她说："如果雪莉老师做不到的话，谁又能够做到呢！"

　　不久以前，汤姆·布尔克尔夫人招待我吃晚餐。她也就是拒绝我寄宿的人（丽贝嘉说，她从来就不曾看到像我一般时时被招待吃晚餐的寄宿人）。我也庆幸汤姆夫人不曾收留我。汤姆夫人的人缘很好，并且以能够做出可口的派而闻名沙马塞德。不过，她的家并非柳风庄，她也不居住在"幽灵小径"，同时她更不是姬蒂大婶、凯德大婶或丽贝嘉。

　　说实在的，我很喜欢柳风庄的三个人儿，到了明年甚至来年，我都准备居住在这儿。我那张椅子被称呼为"雪莉小姐的椅子"，就算我不在柳风庄时，丽贝嘉也会为我留下一个位置，摆好我的餐具，就好像我陪着她们进餐！

　　小不点儿伊丽莎白每周都跟我到外头散步两次，坎贝尔夫人已经同意了。不过她强调不能再增加次数，星期天更不许我带伊丽莎白外出。

　　春天降临以后，那栋阴森森的宅第多多少少也射进了些阳光。房子外面不时有树梢跳舞的影子，使那栋宅第美丽了不少。

　　一旦有机会，伊丽莎白就想逃出那栋屋子。有时，我为了让伊莉莎白看到店里闪耀的灯火和漂亮的橱窗，会带着她到小山丘那儿走走。不过在绝大多数的时间里，我俩循着"通往世界尽头的路"，尽量走远一些，到了拐弯处，怀着冒险和期待的心情，看看是否能够发现"明日"的芳踪。

　　以"明日"来说，伊丽莎白最想做的一件事，就是到费城瞧瞧教堂的天使。不过，我并没有对伊丽莎白解释，圣约翰在《默示录》里面所写的费城，并非指美国宾州的费城——即使是日后我也不会对她说。

我在想，不久以后，我们就会从幻想中清醒过来。现在，我姑且不要说及这一点。如果我俩真的能够进入"明日"的话，我们也不知道那儿到底有什么东西。或许，到处都有穿白衣的天使吧！

有时，我俩顺着风，追随春天的气息，瞧瞧在闪亮水路中进港的船只。这时伊丽莎白都会想象她的父亲正在其中的一只船儿上。伊丽莎白老是丢不掉父亲会突然降临的念头。如果她的父亲知道，女儿正日夜盼望着见他的话，他就是再忙，也会专程来探望女儿的。

我想，他一定想象不到伊丽莎白已经长成水灵的小姑娘了，至今，他仍然以为她是夺走了自己妻子生命的婴儿呢！

时间过得真快！我在沙马塞德中学已经快教完一年了。第一个学期好像在做着恶梦，不过到了第二个学期，我就如鱼得水了。事实上，布尔克尔一族非常爽快，往日，我怎会把他们比拟为艾凡利的派尔族呢？

今天，雪德·布尔克尔带了一束紫罗兰给我。珍专心致志地去争取全班最好的成绩，而爱莲老夫人也逢人便说，真正理解珍的教师只有我一个。美中不足的是，我一心一意想和凯瑟琳·布鲁克亲近，她却一直拒人于千里之外。时至今日，我想死了这条心，不再尝试了。正如丽贝嘉所说——什么东西都有个限度。

啊！差一点就忘了告诉你一件事！莎丽·尼尔森叫我做她

的伴娘。莎丽在六月的最后一天，将在波尼维尔举行婚礼。所谓的"波尼维尔"，就是尼尔森医生在小村落的夏季别墅。莎丽将跟考顿结婚。

莎丽结婚以后，尼尔森的六个女儿当中，将只有诺拉·尼尔森待字闺中。她跟吉姆·威尔考斯断断续续交往了几年，但是不知怎么搞的，竟然没有开花结果。这以后，再也没有人登门说过亲事了。

诺拉的年纪比我大了一轮，而且拙于言谈，不善交际，但是自视甚高。尽管如此，我还是想跟她亲近。事实上，诺拉沾不上美人的边儿，更非聪慧的才女，又不会取悦人家，只是有那么一点儿个性。

前一个月，爱丝美跟雷诺斯博士结婚了。为了星期三下午的那件事，我无法到教会看爱丝美，不过据大伙儿说，爱丝美打扮得美如天仙，雷诺斯也表示自己的选择非常正确。赛拉斯老爷子跟我非常要好。他时常会提起那天晚餐桌上的事情，说着说着就会开怀地大笑起来。

"自从那次以后，我就不曾跟任何人呕过气啦！"赛拉斯说，"不过，这以后我的妻子可能会说，我曾经缝补了衣服呢！"说罢，他又特别叮咛我，别忘了代他向两位未亡人问安。吉鲁伯特，人类实在是非常有趣的动物呢！同时，人生也是挺有趣的。

至于我呢？

永远属于你的安妮

再启：

饲养在汉弥敦家的柳风庄乳牛，最近生下了一只黑白斑纹的小牛。正因为如此，这三个月来，我们都向鲁汉多先生购买牛奶。

五月三十日于柳风庄

（十三）

"哇……如果你的年纪大了，犹如我一般长期卧床的话，你一定会更同情我。"亚德尼兰夫人发着牢骚。

"请您别误会，我并非不同情您。"安妮嘴上虽然这么说，但是由于三十分钟的努力完全泡汤，她内心里感到非常不痛快。不过，安妮一旦想起在她背后的可怜的波琳，她就极力地忍耐着想掉头就走的冲动。她很耐心地对亚德尼兰夫人说："我向您保证，绝对不会叫您感到寂寞或者不方便。我会待在这里一整天，好好地照顾您，不使您感到有任何的不自在。"

"好吧！我承认自己是个毫无用处的废物！"亚德尼兰夫人说了些不关痛痒的事情，"雪莉小姐，你不必一直强调那句话，我随时都准备离开这个世界——只要我两脚一伸，波琳就可以为所欲为了。我实在不想在这里惹人厌。如今的年轻人哪！简直没一个有良心的，只有一张嘴儿能说会道。"

安妮实在弄不清楚，亚德尼兰夫人所说的"没有良心"，到底是指她呢，还是针对波琳而说。但是安妮不管那么多，她打出了一张王牌。

"伯母，如果波琳不出席她堂姐的银婚典礼的话，别人就要

说闲话了。"

"闲话？"亚德尼兰夫人说，"有什么闲话好说的？"

"可敬的伯母，"安妮很认真地说，"你经过了漫长的八十年岁月，当然很清楚'人言可畏'这一句话啰！"

"你不必对我提起年龄的事情，"亚德尼兰夫人以天不怕地不怕的口吻说，"你不必强调'人言可畏'这句话，因为我已经很熟悉这句话的含义和它的可怕性啦！在沙马塞德这个地方……喜欢嚼舌根的人太多啦！想必那些人都在说，我是个骄傲且一无是处的老太婆。那就任由他们说去吧！我不会阻止波琳离开我，一切都凭她的良心。"

"不过，不见得有人会相信。"安妮一脸悲哀的表情。

在那一两分钟之内，亚德尼兰夫人以猛烈的速度吸着薄荷糖，旋即她又说："但是，白沙镇好像在流行耳下腺炎。"

"母亲，我已经患过耳下腺炎了呀！"

"你知道什么呀！有人得过两次呢！波琳，像你那样柔弱的人，往往会有两次机会呢！你呀，自出生以来，什么病没患过啊！前后有好多次医生都说你无法撑到第二天早晨，我茶饭不思，好几夜都不曾合眼，一心一意地照顾你，唯恐你有个三长两短……唉……母亲为儿女牺牲的精神是多么伟大啊！波琳，你要如何到白沙镇呢？你好几年都不曾搭过火车啦！星期六的夜晚并没有班车到那里呀！"

"波琳小姐可以搭乘星期六早上的火车呀！"安妮说，"至于回家嘛……杰姆斯·克雷卡会带她回来的！"

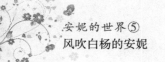
"我一向最讨厌杰姆斯啦！因为她母亲出生于塔卡贝莉家。"

"杰姆斯要驾一辆两个坐位的马车，在星期五那天到达白沙镇。正因为是星期五，他一定会答应带着波琳一块儿到白沙镇的。不过，搭乘火车也很方便呀！波琳可以在沙马塞德上车，到白沙镇下车，这样不就得了吗？"

"我实在想不通，"亚德尼兰夫人用怀疑的口吻说，"雪莉小姐！你为何千方百计地想叫波琳走开呢？你就说出你的理由吧！"

对于亚德尼兰充满怀疑的眼光，安妮微笑着说："那是因为我被波琳的孝行所感动啦！她整年忙个不停，偶尔给她一天的休假也无可厚非呀！"

几乎所有人都抗拒不了安妮的微笑，也许是基于这个原因吧，不然就是想到"人言可畏"这句话，亚德尼兰夫人终于竖起了白旗。她对安妮说："如果可能的话，我也很想摆脱这个轮椅，舒服地休息一整天。很可惜，并没有人为我如此想过，而且我自个儿也办不到，所以只好继续接受折磨。好吧！如果非去不可的话，我也不便阻止。这个孩子一向都是这样，一旦想到了什么事情，就非得把它实现不可。不过我把话先说在前头，如果她得了耳下腺炎，或者被毒蚊叮到的话，可千万别怪我。对啦！雪莉小姐，你要来这里照顾我对不对？不过，你到底不是波琳，你不会服侍我的。不过好歹只有一天，我就忍耐些吧！这几年来，我就是依靠别人的施舍活过来的。反正，你来照顾我也没有什么不可以的！"

虽然不是很宽大的许可，然而，那也相当于是许可了。安妮由于过度兴奋，弯下她的身子吻了亚德尼兰夫人的面颊。

"那就太谢谢你啦！"安妮说。

"你不必那么客气，"亚德尼兰夫人说，"吃一些薄荷糖吧！"

"雪莉小姐，我不知该如何感谢你才好。"波琳送安妮走出客厅。

"你尽量把心情放轻松，到白沙镇玩玩吧！只要你能过得快乐，那就是对我最好的报答了。"

"谢谢你！我会的！没有人知道这件事对我的重要性。我想要看的人，并非只有露依莎。因为，露依莎隔壁的老拉克利家的屋子就要被卖出去，所以我希望在它成为别人的房子之前瞧瞧它。玛莉·拉克利如今已经是霍华·弗莱明夫人，居住在西部——在我的少女时代里，我俩情同姐妹，非常要好。那时的我非常喜欢那栋房子，所以时时在那儿出入。就是到了事过境迁的今日，我还是会在梦中回到那栋房子。我的母亲常说，年纪已经一大把的人了，不应该还做那种梦。雪莉小姐，是否真是这样呢？"

"谁说年纪一大把就不能做梦啊！'梦'这种东西，绝对不嫌做梦者的年龄有多大。"

"听你这么说，我就放心啦！哦！雪莉小姐，我已经十五年未曾看到那个海湾啦！我现在有一种踏在云端、飘飘欲仙的感觉，这都是你的功劳。正因为我母亲喜欢你，才会答应让我到白沙镇的，你是带给别人幸福的福星。你进入了一个房间以后，

就能够使房间里面的人沐浴在喜悦的气氛中。"

"波琳，这是我生平第一次听到如此动人的称赞。"

"雪莉小姐，现在我只有一个问题。除了一件陈旧的黑色丝织衣服，我没有一件穿得出去的衣服。以银婚典礼来说，那种衣服会不会太黯淡了？而且，最近我消瘦了，那件衣服穿起来又大了很多。那件衣服是六年前缝制的呢！"

"我想，你最好要求你母亲缝一件新衣服给你。"安妮很有自信地说。

不过这一次，安妮真的拿亚德尼兰夫人没有办法。后者犹如石头般顽冥不灵，说什么也不答应。她声称出席露依莎银婚典礼时，波琳穿黑色的丝织衣就够体面了。

"六年前，那块布料的价钱是一码两美元，并且是由琴雪普缝制的。琴雪普是手艺高超的裁缝师，雪莉小姐，你有所不知，波琳实在太不像话啦！竟然要挑选明艳的布料呢！如果我允许的话，她可能要全身上下都穿红色的东西哩！告诉你吧，雪莉小姐，波琳准备好了那件黑色的衣服，静静地在等待着我的死亡呢！好吧！但愿我快点踏上幽冥之路，因为我给你添了不少麻烦呢！不过在我还活着的岁月里，我还是要纠正你的！波琳，你的帽子怎么啦？不论你承认与否，你已经老啦！"

"可我的内心因喜悦而激情澎湃，所以……我不想再穿身上的旧衣服了。"波琳如此对安妮说。

她俩走到了庭院，为了对两位未亡人表示敬意，波琳剪了一些百合花和金盏花，很巧妙地做成了两把花束。

"我有个建议！"安妮说，再回头瞧一下从客厅的窗口看着这里的亚德尼兰夫人，压低嗓门说，"我有件银色的洋纱衣服，我想把它借给你。"

"啊！我不能那样做，母亲一定不会原谅我的！"波琳兴奋之余，打翻了花篮子。

"波琳，你什么也不必告诉你母亲呀！你听我说，星期六早晨，你就把它穿在黑色丝织衣服下面吧！我想它一定很适合你的！只是嫌长了一点儿，不过到了明天，我会把裙摆缝高一些。那件衣服没有衣领，衣袖的长度只到手肘。所以只要你把它穿在里面，根本就没人看得见啊。一旦你抵达了白沙镇，你就把外面的黑色丝织衣服脱掉吧！那天回家时，你就把我那件洋纱衣服放在你家里，我会过去拿回来的。"

"不过，它对我来说可能太艳丽了一点……"

"它一点也不艳丽呢！无论多大岁数的人都可以穿银灰色衣服呀！"

"可是，欺骗母亲不是有罪吗？"波琳到底是个孝顺的女儿，感觉到有些不妥。

"以这种场合来说，那样做并没有什么不妥的呀！"安妮淡然地说，"波琳，那种喜气洋洋的场会不宜穿黑色衣服，否则，可能会给银婚的一对男女带来不幸呢！"

"噢！我可不能那样做！虽然我母亲不可能知道这件事情，但是我的良心会感到不安。我希望在星期六一整天，母亲能够过得很顺利，如果我不在的时间内，她完全不吃东西的话，那

该怎么办？上一次，当我去参加堂姐的葬礼时，负责照顾母亲的布伦蒂说，我母亲完全没有吃东西呢！原来，我母亲听说堂姐死时，一直在发怒呢！

"波琳，你放一百个心吧！我保证叫你母亲饮食照常。"

"我想你一定会尽心地照顾我母亲的，雪莉小姐，"波琳让步了，"请你别忘了按时喂母亲吃药……唉……我还是不要去比较妥当。"

"波琳，你在干什么呀！就是四十个花束也该弄完了吧！"亚德尼兰夫人有些生气地说，"为何柳风庄的未亡人要你送花去给她俩呢？柳风庄自己就有开不完的花儿呀！就以丽贝嘉来说，她始终不曾送过鲜花给我啊。我现在口渴得要命，不过，我是一个惹人厌的人，一个多余的人……"

星期五的夜晚，波琳慌慌张张地打电话给安妮。她说她喉咙有点痛，会不会是得了耳下腺炎。安妮用茶色的包装纸把她那件银色的衣服包好，前往波琳的家里安慰她一番。安妮把那件衣服隐藏在木槿丛里面。一直到半夜，波琳才流着冷汗把它悄悄地拿到楼上。那儿虽然不能睡觉，但是放置着波琳的衣服，也是波琳更换衣服的地方。为了安妮的那件衣服，波琳感到忐忑不安。或许喉咙会痛，是欺骗母亲的报应吧？不过话又说回来啦，她可不敢穿那件黑色的丝织品出席露依莎的银婚典礼呢！

（十四）

星期六早晨，安妮起了个大早，精神焕发地赶到吉甫森家。像今天这种阳光灿烂的夏日，安妮看起来最为漂亮。在金黄色的大气中，她宛如钻出希腊之壶的纤细人影一般，不停地在活动。安妮一旦进入吉甫森家，本来郁闷的屋里，立刻变得生气蓬勃起来。

"雪莉小姐，你那么活跃地走动，仿佛把世界当做是自己的东西！"亚德尼兰夫人冷嘲热讽地说。

"本来就是那样啊！"安妮以兴奋的口气回答。

"噢……那是因为你很年轻。"亚德尼兰夫人有些不高兴地说。

"'凡是令人感到欢悦的东西，我绝对不禁止它的来临。'伯母既然对《圣经》有深刻认识，当然明白这句话的含义。"

"'人生的受苦受难，就仿佛飞舞于火焰上面的蛾一般。'《圣经》里面也如此写着啊。"亚德尼兰夫人如此应答。因为，能够跟大学毕业的安妮辩论，亚德尼兰夫人感到甚为愉快。于是她说："我是个不懂得恭维别人的老太婆。不过，那一顶附有青色花儿的草帽很适合你。雪莉小姐，你一戴上它，头发看起

来就不那么红啦！波琳，你认为如此活泼的年轻姑娘，是否很值得羡慕呢？波琳，你想不想变成那样呢？"

现在的波琳又高兴又兴奋，实在不想变成自己以外的任何人。安妮跟波琳上了二楼的房间，帮着波琳更衣。

"雪莉小姐，我的喉咙痛已经痊愈了，母亲的心情难得那么好，叫我感到非常高兴。她会说些冷嘲热讽的话儿，那就表示她心情良好。逢到她愤怒或者感到焦躁不安时，她就会噘起嘴来，整天不言不语呢！马铃薯的皮我已经削好了，烤肉放在冰箱里面，晚餐要用的罐装鸡肉和蛋糕放在厨房。我非常担心母亲的心情会有变化，如果她真的那样的话，我就受不了啦！噢……雪莉小姐，我真的能够穿那件银色的衣服吗？"

"你就穿上它吧！"安妮犹如对小学生下了命令。

波琳穿上之后，简直变成了另外一个人。银色的衣服很适合她。这件衣服没有衣领，只到手肘的袖子，有着优雅的花边褶。安妮把波琳的头发盘好以后，波琳完完全全地变了样，就连她自己也不认得自己了。

"雪莉小姐，如此打扮后，我真不想再穿上那件黑色的衣服了呢！"

话虽这么说，波琳仍然把那件黑衣衫穿在上面，再戴上那顶古老的帽子——不过，在到露依莎的家之前就可以把它脱掉了——那双鞋子是新买的。亚德尼兰夫人允许波琳购买一双新鞋子，不过她一直嫌那双鞋子的后跟太高了点儿。

"我单独一个人搭乘火车到露依莎那儿的话，很可能会引起一阵骚动呢！我希望别人不要认为我家发生了不幸的事。我实在很不愿意把露依莎的银婚礼跟死亡联系在一起……咦？是香水吗，雪莉小姐？哇！是苹果花的香气呢！嗯……气味真好！啊，只要喷一次就够啦！如此一来，我简直像位贵妇人哩！我母亲老是不让我购买香水……对了！雪莉小姐，请你别忘了喂我的狗，它要吃的骨头就放在厨房里，在一个有盖子的瓷盘上面。希望你在这里的时间内，那只狗不至于失态。"

临出发之际，波琳必须经过母亲的检查。由于将出远门的兴奋，以及里面偷穿着一件俏丽的衣服，波琳的面颊泛着异样的红潮。亚德尼兰夫人用怀疑的眼光瞧着女儿："哎呀！我的天哪！你要到伦敦叩见女皇吗？天哪……你的脸色太好啦！人家会以为你涂抹胭脂了呢！波琳，你真的不曾涂抹胭脂吗？"

"母亲，我怎么会涂抹那种东西呢？"波琳用惊讶的声音说。

"那么，你就小心遵守礼节吧！坐下来时双腿要并拢，不要坐在风大的地方，不要一直喋喋不休！"

"好的，母亲，我会特别小心的。"波琳焦急地看着时钟。

"你带一瓶saysa酒给露依莎吧！我个人是不太喜欢露依莎的，因为她的母亲出生于塔卡贝利家。不过，酒瓶子你一定要带回来喔！如果露依莎要把小猫给你的话，你千万别接受，听到了没有？露依莎老是要送人小猫呢！"

"母亲，我会牢记你的嘱咐。"

"你的鞋带系好了吗？"

"母亲，我早就系好了。"波琳又焦急地看了一下时钟。

"你身上有股不高尚的气味——你的身上沾满了香水！"

"啊！没那回事儿，母亲，我只喷了那么一点儿……"

"我说沾满了香水，就是沾满了香水！你的衣服腋下是否掉线啦？"

"没有啊，母亲。"

"你就让我瞧瞧吧！"亚德尼兰夫人顽固地说。

波琳打起了哆嗦。如果举起两手时，露出了银色衣服的下摆，那该怎么办？

"好吧！你可以走了，"亚德尼兰夫人长长地叹了一口气说，"如果你回来时，我不在这儿坐着的话，你就要知道我已经披着花边披肩，穿着黑绸缎的鞋子进入棺材里面了。到时候，你别忘了把我的头发弄成卷的。"

"母亲，您感觉到不舒服吗？"波琳因为穿着银色的衣服，变得很胆怯，"如果您不高兴的话，我就不去了。"

"你如果不去的话，那双鞋子不就白买了吗？你一定要去！你可要记住哦！千万别从栏杆上面滑下来……"

听了这句话，波琳不堪受辱，以致提高嗓门说："母亲！您以为我会那样做吗？"

"参加南施·芭卡的婚礼时，你就是那样做的啊！"

"母亲，那已经是三十五年前的事了，我现在怎么会那样做呢？"

"好啦！好啦！已经是出门的时候啦！你不要再嚼舌根了，你不想搭上那班火车吗？"

波琳慌慌张张地奔了出去，安妮舒了一口气。

"好吧，现在我可以静下来休息了，"亚德尼兰夫人说，"这个家实在乱得很。雪莉小姐，这个家并非始终如此乱七八糟的。只是这两三天，波琳一直魂不守舍，所以并没有好好地整理。对不起，雪莉小姐，劳你驾，请你把那个花瓶向左移动一英寸吧！那盏灯的灯罩也歪斜啦……好啦，经你一动手已经变得很端正了。那片遮阳布帘比另外一片低了一英寸。安妮小姐，请你把它拉好吧！"

安妮的运气也未免太差了些，由于她用力过猛，遮阳布帘发出一阵声响，升到了最上面。

"现在，你总算明白了吧！"亚德尼兰夫人说。

安妮并不知道这句话的含义，但是，她仍小心翼翼地调整了遮阳布帘。

"伯母，我为您泡杯好茶吧！"

"我想，没有那种必要啦！经过了一连串的操心和骚动，我已经筋疲力尽了，哪还吃得下东西呀！"亚德尼兰夫人用悲痛的声音说，"你能够泡出好茶吗？有些人泡出的茶，比泥水还难喝呢！"

"我泡茶的手法学自玛莉娜·卡斯巴德，您不妨试试。在泡茶以前，我先把您推到走廊的椅子上坐着吧！那儿有阳光，一定会叫您感到非常舒服的。"

"前后有好几年之久，我不曾到走廊了。"亚德尼兰夫人大唱反调。

"今天的天气很好，不会到您感到不舒服的。我想让伯母瞧瞧开花的野生苹果树，不走出户外的话怎能看到呢？今天刮着南风，所以从诺曼先生的牧场飘来阵阵的三叶草香气。待会儿，我就把茶水和点心端过来，我俩就在那儿地喝茶吧！喝完了茶，我就拿出刺绣到那儿和您坐着，让我俩来评判从此经过的人们。"

"我一向不赞成批评他人，"亚德尼兰夫人自以为了不起地说，"基督教徒不应该做那种事情。雪莉老师，你的头发都是自己长出来的吗？"

"每根都是自己长出来的呀！我并没有戴假发。"安妮笑着说。

"好可怜哦！不过，据说现在流行红头发呢！我很喜欢你的笑容，我可怜的波琳只能够窃窃地笑。我看到那种笑容都会冒出无名火呢！你既然喜欢到外头，咱们就到外头吧！如果我感冒了的话，你可要负起责任哦！雪莉小姐，你别忘了，我已经八十岁啦！"

安妮巧妙地把轮椅推到外头，并且表示她很善于摆枕头。不久之后，她又端来了茶水。对于这点，亚德尼兰夫人感觉到甚为满足。

"雪莉老师，你的泡茶技巧实在很好。唉……在整整一年之内，我只摄取流质食物呢！那时，大家都认为我活不成啦！如今想起来，活不成才好呢！雪莉老师，你所说的野生苹果树就是它吗？"

"嗯……它是不是长得很漂亮？白蒙蒙的一片花海，以蓝色

的天空为背景……"

"很可惜，我不懂得诗呀！"亚德尼兰夫人的感想只有这句话。不过，喝了两杯茶以后，她似乎感到心情很舒畅，上午的时光一下子就过去了，又到了吃午餐的时间。

"我到屋里准备，待会儿我就把午餐搬到这里。"

"不……不……那样太不成体统啦！在别人面前吃饭，他们会把咱们看成什么样的人呢？不错啦！坐在这里叫人感到很舒服。比起以前的那些日子来，今天上午过得真快，不过，我实在不喜欢在外面吃东西，因为我并非吉普赛人呀！咦？史多利太太好像又要招待宾客了。因为，她正在晾客房的寝具呢！"

安妮做的午餐叫亚德尼兰夫人甚感满意。她说："我一直认为在报刊上面写小说的人，根本就不懂得烹饪呢！你到底是玛莉娜调教出来的姑娘，当然就例外啦！玛莉娜的母亲出身琼森家，那是个望族呢！我那个傻女儿波琳嘛……就跟她父亲一模一样，从来不懂得节制饮食，乱吃乱喝。往日，她父亲会一下子就吃进一大堆的草莓，一个小时后，肚子疼得在地上打滚。虽然如此，他们仍然改变不了暴饮暴食的恶习。

"今天，波琳在银婚晚宴上一定会大吃特吃。这个孩子也真是的，从来就不懂得节制饮食！雪莉小姐，你就到客房的卧床下面拿出波琳父亲的照片吧！你不要看抽屉里面的东西，不过，请你顺便瞧瞧衣橱下面是否积了很多灰尘。波琳这孩子是不能信任的……嗯，对啦！他就是波琳的父亲。我的婆婆出身蒙卡家。最近哪，好像没有这一类人啦！如今的社会是堕落啦！雪莉老师，你说对不对？"

"希腊诗人荷美洛斯在公元前八百年前也说过这句话呢！"安妮说罢，莞尔一笑。

"那些撰写《旧约圣经》的人当中，就有一个喜欢说阴气沉沉的话，"亚德尼兰夫人附和道，"听了他的话，你会想到什么呢？雪莉老师，我的丈夫是一个见解很广泛的人。听说，你已经跟医学院的一个学生订婚了，对不？大体上说来，读医科的学生都会喝酒，为了进入解剖室，不喝酒壮胆是不行的。雪莉老师，你千万别嫁给喜欢喝酒的男人，以及花钱如流水的男人。说得现实些，我们绝对不能光靠爱情生活啊。那只狗身体已经太胖啦！波琳又给它吃那么多。我想，最好把它处理掉。"

"啊！千万别那样！伯母，最近小偷非常猖獗，而且这栋房子独立在果园里面，前不着村，后不着店，你们得多多注意才行。"

"好吧！要留下它就留着吧！我一向不喜欢跟人争执。我的后颈有些酸痛，我担心会变成脑溢血呢！"

"伯母，您必须睡午觉。睡过以后精神就会好很多。我就把您的椅子调低一些吧！伯母，您喜欢在走廊上睡觉吗？"

"在众目睽睽之下睡觉？这比在大众面前吃饭更糟，你呀，点子可真不少呢！你就准备一下，让我在这个客厅睡觉吧！请你把遮阳幕拉下来，这样苍蝇就飞不进来了。我看，你也得好好地休息一下了。你的话多得犹如天上的繁星呢！"

亚德尼兰夫人睡了很长一段时间，但是醒过来时，却变得

很难侍候。她不再允许安妮把轮椅推到走廊上了。

"你要叫我暴露在夜风下？得了严重的感冒怎么办呢？"

这时不过是五点钟，亚德尼兰夫人却愤然地叫嚷起来。无论安妮做什么事，都不能称她的心。安妮给她一杯饮料时，她嫌它太冷，安妮端出另外一杯，她又嫌它不够冰。她又嚷着狗在哪儿，一定是在屋里大小便啦！一下子又是背脊酸疼、膝盖疼、头疼、胸骨发痛等，又大发牢骚说没有人同情她，没有人能体会到她的痛苦。一下子嫌椅子太高，一下子又嫌太低。她叫安妮给她一条披肩，在她的腿上盖一条毛毯，再把她的脚部垫高等。旋即又要喝茶，但是口口声声说不想给他人添麻烦。

"不久以后，我可能就要进入坟场休息啦！到时，大伙儿才会感觉到我的可贵……"亚德尼兰夫人大声嚷嚷着。

安妮以为这一天会过得很漫长，甚至天根本就不会黑呢！然而，太阳还是下沉了。天黑了以后，亚德尼兰夫人开始担心波琳还没有回来。月亮升起来了，但是波琳还没回家。

"我知道波琳为何还不回来，"亚德尼兰夫人神秘兮兮地说，"一直到克雷卡到达以前，波琳是回不来的，而且克雷卡总是要留到最后。"

"伯母，您一定很疲倦了吧？我带您到床上好吗？由我这个陌生人来照顾您，您一定会感觉到格外疲倦。"

想不到，亚德尼兰夫人却很顽固地噘起了嘴，说："我不要睡觉，我一定要等到波琳回来。如果你想回家的话，就请便吧！我一个人死了也无所谓。"

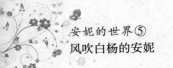

到了九点半，亚德尼兰夫人突然说，克雷卡不到星期一是不会回来了。

"杰姆斯·克雷卡这个人很善变，没人敢保证，他在二十四小时内完全不会改变主意，就算他有意立刻回家，他也会认为星期天不宜旅行而作罢。杰姆斯·克雷卡不就是你们学校的常务委员吗？他对教育方面的意见，你认为如何呢？"

在这一天里，安妮极度忍耐亚德尼兰夫人的任性，接着有些"坏心眼儿"地说："站在心理学角度来说，他好像认错了这个时代。"

亚德尼兰夫人连眼睛也不曾眨动一下就说："我也那样认为。"

说过了这句话以后，亚德尼兰夫人就装成在睡觉的模样。

（十五）

当晚十点钟，波琳才回到家。虽然她身上仍然穿着黑色丝织的衣服，又戴着那顶陈旧的帽子，她的双颊仍然一片潮红，眼睛仿佛星星般闪亮，看起来整整年轻了十岁。波琳把抱在怀里的漂亮花束，迅速献给脸上蒙着寒霜的母亲。

"露依莎叫我把这个花束交给您。它们不是很漂亮吗？是二十五朵白玫瑰呢！"

"不是我这个老太婆苛求，如今，好像没有人送我婚礼的喜饼啦！现在的人哪……越来越没有人情味啰！唉……以前的人啊……"

"母亲，我这个皮包里就有一大块喜饼呀！大伙儿都在问候您呢！"

"你玩得愉快吗？"安妮问。

"我感到非常快乐！"波琳小心翼翼地回答，"婚礼上的美味佳肴太多啦！海鸥湾的弗利曼牧师主持了露依莎跟摩利斯的银婚典礼。"

"我认为那是一件很羞耻的事。"

"还有照相馆的人把我们全体都拍下来啦！花儿多得像

座山……"

"那不是像葬礼一样吗？"

"母亲，玛莉·拉克利从西部回来啦！她现在是弗莱明夫人，她跟我是青梅竹马的好友。彼此以"波莉"、"摩莉"（玛莉的昵称）称呼。"

"那是个不太高尚的名字呢！"

"我很高兴能够再度见到玛莉，我俩一直在谈论往昔的趣事，玛莉的妹妹爱玛也来了呢！她带来了一个可爱的婴儿。"

"你好像在谈论食物一般，"老夫人有些不高兴地说，"婴儿并没有什么了不起呀！"

"哪儿的话，"安妮插好了那些玫瑰花说，"不管哪个婴儿都是令人惊奇的存在啊。"

"嗯……我也生过十个婴儿，其中有一个始终平淡无奇，完全没有什么特点。波琳，你就好好地坐着，不要走过来走过去的。你回来以后，还没问我好不好呢！"

"我不必问也知道，母亲。您容光焕发的脸色已经告诉我一切了。您今天一定过得很好，而且也很健康呢！"波琳因为这一天过得实在很快乐，所以，即使是对自己的母亲，也是以顽皮的口吻说话，"我想，母亲跟雪莉小姐一定'玩'得很愉快！"

"是啊，我俩相处得非常好，雪莉小姐带我到走廊喝茶、看风景。的确，这些年来，我不曾听过如此有趣的话呢！雪莉小姐的谈话很风趣。我想我并没有如很多人想象的一般离幽冥世界很近。最难得的是，我仍耳聪目明。对啦！那些人喜欢我的酒吗？"亚德尼兰夫人似乎也被波琳兴奋的语气所感染，顿时和颜悦色起来。

"嗯……他们非常喜欢您的酒呢！他们都异口同声地说酒的味道很好。"

"那……你为什么不早点告诉我呢？你有没有把瓶子带回来呀？或许要叫你把瓶子拿回来，是一种奢求吧？"

"噢……那个酒瓶子已经破掉了。不过，露依莎给了我一个完全相同的瓶子。所以您就不要再操心了。"

"自从我嫁给你父亲后，就拥有了那个瓶子，已经整整六十年啦！现在不可能有那种瓶子啦！波琳，你再拿一条披肩给我吧！我已经在打喷嚏啦！可能已经感染了严重的风寒。你们哪！一直记不得我不能吹夜风，如此一来，我的神经痛可能全发作了呢！"

这时，有个相识很久的熟人走了过来，于是，波琳就趁这机会把安妮送到房门口。

"雪莉小姐，你就好好休息吧！"亚德尼兰夫人用感激的口吻打了个招呼，"今天真是太难为你啦！非常谢谢你！如果沙马塞德有很多像你一般的姑娘的话，这座市镇一定会充满笑声。"亚德尼兰夫人用没了牙儿的嘴巴笑笑，又说："你不必在乎别人怎么说，我个人认为你很漂亮。"

波琳跟安妮走在凉爽的夜路上，在她母亲的面前，波琳不曾如此说走就走。

"啊！雪莉小姐，我仿佛上了天堂般的快乐！对于你的大

恩大德我该如何报答呢？如此叫人感到愉快的日子，我是有生以来第一次碰到呢！在这以后的岁月里，我将不时地回忆这美好的一天。能够再一次做新娘的伴娘，实在是一件很愉快的事情。伴郎则是船长阿瑟克·肯德。往日，阿瑟克跟我相当要好，他带着我坐马车兜风，对我说了两句恭维的话。第一句是：'往昔露依莎结婚时，穿葡萄酒色衣服的你实在太美啦！至今我还记得很清楚呢！'天哪！他还记得二十五年前我穿的衣服颜色呢！接着他又说：'你的头发也跟往昔一样，叫人想起了蜜糖似的……'他这样说着，并没有什么不妥吧？"

"当然没有。"

"大伙儿都回去以后，露依莎、摩利斯跟我三个人一起去吃晚餐。那时我真是饿扁啦！几年以来，我从来就不曾那样饿过。我可以自由自在地吃自己想吃的东西，没有一个人在我身旁说那也不能吃这也不能吃的，实在叫人感到非常惬意。晚餐后，我跟玛莉到往昔她们居住的屋子，一边叙旧，一边在庭园徘徊。往昔我俩所种植的木犀已经蓊郁成一大片。在孩提时代，我俩时常在这个庭园里玩耍。

"太阳下山后，我俩走到海边，默默无语地坐在岩石上面。港口响起了晚钟的声音，海风轻拂着我们的脸，我俩一语不发地看着在水底移动的星星影子。天啊！我们几乎忘了海湾的夜晚有那么迷人呢！天黑以后，我们才回到了家里，这时，克雷卡先生已经准备上路，于是我就笑着对露依莎·玛莉说：'再见啦！波琳'奶奶'就要回家啦！'"

"波琳，如果你不必在家里过那种凄惨的生活，那该有多好。"

"雪莉小姐，我现在不认为是件苦差事了，"波琳若有所思地说，"我那可怜的母亲需要我呀！能够成为母亲需要的人，我感到非常高兴。"

波琳是世上罕见的孝女，安妮深深地被感动了。不错，作为一个"被需要"的人，是一件叫人感到快乐的事。回到塔中房间的安妮如此想着。在安妮的房间里，巧妙地逃过丽贝嘉和未亡人"魔掌"的达斯特，正在安妮的床榻上面盘着睡觉。安妮想着回到苦日子的波琳，吃苦而心甘如饴的波琳。

"我也希望能成为人人需要的人，"安妮对着达斯特说，"达斯特，能够给某人幸福也是一件很好的事啊。想起我给了波琳这么一天，我就感觉仿佛发了一笔大财般。可是达斯特，就算能活到八十岁，我也不会变成亚德尼兰夫人那样，你说对不对？"

达斯特用低哑的声音叫了一声"喵"，好像同意了安妮的说法。

（十六）

　　安妮在举行结婚典礼的前一天--也就是星期五的晚上到达波尼维尔。尼尔森家的人，正为家族的朋友们和婚礼的贺客们召开晚餐会。尼尔森博士把这栋宽敞的宅第当成夏季的别墅，它在海角的针枞树森林里面，两侧是海湾，海湾对面的金色沙丘在夏日阳光下闪闪发光。

　　安妮一见到这座宅第就立刻喜欢上了它。古老而石造的房子，不管经过多漫长的年代，都能给人安详且威严的感觉。它不仅不惧怕风雨，更不怕时势的推移。六月的黄昏，这栋房子洋溢着年轻的气息——姑娘们彼此间问好的声音，老朋友们的寒暄，不断出入的马车，到处奔跑的小孩子，陆续被送到的礼物。每个人都沉浸在婚礼喜气洋洋的气氛中。

　　另一方面，尼尔森博士的两只黑猫——芭娜芭和索鲁，正端坐在阳台的栏杆上面，犹如悠然的黑色怪兽一般，虎视眈眈地看着所有东西。

　　莎丽离开了人群，把安妮拉到二楼，对她说："我为你安排了北边的山形墙房间，当然啦，除了你，还有三个人要共同使用那个房间。天哪！这一场喧哗实在够瞧的呢！为了那一群参加婚礼的男士，父亲要在针枞树林里搭帐篷。屋后镶着玻璃的庭院，将安置很多简易的卧铺，至于小孩子嘛……将被'塞进'放置干草的仓库。噢……安妮，我真的很兴奋，原来结婚会这么愉快！我的结婚礼服刚刚从蒙特娄送到。它美得像梦境，是由奶油色的混织衣料缝成的。领子有花边，而且还镶满了珍珠呢！安妮，这个就是你的床铺。其余的床铺分别属于玛米·克雷、露多克蕾和芭玛娣。

"我母亲要让艾美·史都华睡在这个房间，可是我不依。艾美不喜欢你，因为她想当我的伴娘。可是，我不喜欢肥婆当我的伴娘嘛！而且她一旦穿起了淡绿色的衣服，看起来仿佛是晕船的阿婆！啊！猫婆婆来了唉！她才抵达不久，我们最怕她呢！可是，我们不邀请她是不行的，我以为她明天才会抵达呢！"

"你说的'猫婆婆'又是谁呀？"

"就是我父亲的伯母，也就是杰姆斯·洁妮蒂夫人。其实，我们应该称她为葛蕾丝伯母，不过，汤米为她取了一个'猫婆婆'的诨号。她走起路来，犹如猫儿一般，一双眼睛炯炯发亮，似乎什么东西都逃不过她的眼睛！她每天一大早就起床，晚上总是最后一个上床。而且对于不能说出口的事，她偏偏要抖出来。关于她所说出的事，父亲笑着说，那是'猫婆婆的惊人之语'。我想，由于猫婆婆的光临，晚餐的美好气氛将被破坏殆尽。啊！她来啦！"

那扇门被打开啦！一个肥胖、小个儿、黑皮肤、圆眼睛的妇人走了进来。她一旦移动身体，四周就会充满刺鼻的樟脑丸

气味，脸上写满忧郁的表情。如果没有这种表情的话，她实在跟捕捉老鼠的猫儿没什么两样。

"那么……你就是人们时常提及的雪莉小姐喽？你跟以前我认识的雪莉小姐完全不一样。她呀，一双翦翦双瞳就像宝石呢！说多美就有多美！莎丽，你就要披上新嫁装啦！如今哪！只留下一个可怜的诺拉守着空房。唉……你的母亲好不容易才把五个女儿'解决'掉啦！她的成绩还算不错。八年前，我曾问过你们的母亲：'你能够把全部的女儿都嫁出去吗？'在我眼里，男人哪！不外乎是些叫人心烦的东西。不过话又说回来啦，在这个世界上除了结婚，女人又能够做什么事呢？所以我就对诺拉说：'诺拉，你听我说，身为一个推销不出去的女人，实在不是件光彩的事。吉姆·威尔克到底在干什么呀？'"

"天哪！葛蕾丝伯母，你大可不必说出这件事啊。吉姆跟诺拉在今年的一月吵了架后，就不曾露面了。"

"我这个人哪，想到什么就说什么。不管什么事，说出来总是比较好。至于那对人儿拌嘴的事，我早就听说啦！正因为如此，我才对诺拉说：'你想必也听说过，吉姆正在追爱莉娜·布尔克尔的事吧？'经我如此一说，诺拉满脸通红，恼羞成怒，退出了现场。

"咦？薇拉·琼森在这里干什么？她又不是亲戚！"

"薇拉是我的老朋友啊！葛蕾丝伯母，她要弹奏结婚进行曲呢！"

"唉？她会弹奏吗？但愿到时别弹出送葬曲！多拉·贝丝

举行婚礼时，汤姆·斯考特的妻子自告奋勇，弹奏了一曲乱七八糟的结婚进行曲，简直叫人不堪忍受，她啊，真叫人失望透啦！哟！我的天哪！这么一大堆人，到底要叫他们睡在哪儿啊？难道要叫我睡在屋顶上面？"

"伯母，每个人都有睡觉的地方呢！"

"莎丽，但愿你到紧要关头时别出糗。像海伦·莎玛丝一般，到紧要关头时出尽了洋相，以致演变成一场叫人喷饭的骚动，这总不是件光彩的事吧？

"你的父亲看起来，似乎一副志得意满的样子，不是我幸灾乐祸，不过我希望那不是脑溢血的前兆。因为我见过类似的情形。"

"伯母，我父亲的身体一向很好，他只是有点儿兴奋。"

"莎丽，你毕竟太年轻了，不知道发生意外会有多么危险。我问过你母亲，她说婚礼在明天中午举行。真是天晓得！就连结婚典礼的方式也被改啦！然而，却不是往好的方面改善。我的婚礼是在黄昏时举行的。我的父亲为了婚礼，准备了五州酒呢！唉！什么都跟以前不一样啦！玛西·丹尼儿到底在干些什么呀？我在楼梯那儿碰到她。天啊，她的皮肤变得好难看呀，又是雀斑，又是面疱的！"

"莎士比亚说过：'慈悲（mercy，读音"玛西"）之德为双重。'"莎丽说着，咯咯笑出了声。

"你不要动不动就引经据典！"猫婆婆开口骂道，"雪莉小姐，你就不要把这个女孩子的话当真吧！她一向神经兮兮的，真是叫

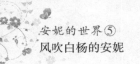
人不敢领教呢！但愿你到时不要出太大的糗。对啦！我希望新郎
别忘了带戒指。阿普敦这个宝贝就是那样！他跟佛劳拉在要举行
婚礼时，才发觉自己忘了带戒指，急得犹如热锅上的蚂蚁。到头
来，只好从窗帘上解下一个铁圈子，充当应急的戒指。

"好吧！我要仔细地瞧瞧你的结婚礼物。噢……你的礼物挺
多嘛，都是高级品！莎丽，我认为那些汤匙柄必须好好擦拭一
下，你认为如何？"

那一夜，宽敞又金碧辉煌的庭院里，召开了一场非常热闹
的晚餐会，四周吊满了各种颜色的灯笼，柔和的光线照耀着身
穿华服、头发整齐的年轻姑娘。两只受尽宠爱的猫——芭娜芭
和索鲁坐在博士椅子的挂肘处，由博士亲手喂它们吃佳肴。

"真是可怜！他比芭卡·布尔克尔更无可救药啦！"猫婆婆
说，"那个神经有问题的婆子，给她的狗披上餐巾，叫它坐在一
把椅子上面，跟家里的人围着餐桌吃饭呢！依我看哪！她一定
会遭到天谴的，只是时间早晚的问题。"

宾客多如天上的繁星。除了尼尔森家嫁出去的女儿和女婿
外，还有负责招待的男女，以及成群的伴郎、伴娘。尽管"猫
婆婆"一直在啰唆，说出她的招牌"名句"，但是，这并没有
破坏美好的气氛，反而使宾客们大乐。年轻人甚至把"猫婆婆"
当成笑柄。当猫婆婆被介绍给哥顿·希尔时，她说："天哪，你
跟我所想象的完全不同嘛！打从好几年以前，我就认为莎丽会
挑选一个高个儿的帅哥呢！"

猫婆婆如此说时，庭院里响起了一阵大笑声。的确，哥顿

是长得矮小了一些，即使是他最要好的朋友也认为哥顿的脸面差强人意。接着，猫婆婆又对露多·佛蕾莎说："咦？我每次看到你时，你身上都穿着新衣服呢！照这情形看来，你父亲的荷包能够饱满两三年已经很不容易了。"

对于露多来说，她恨不得把猫婆婆给炸了，但是其他少女却感到非常好笑。当有人报告"宾客请入席"时，猫婆婆又叹了一口气说："我如今最盼望的一件事，就是宾客们千万别'顺手牵羊'把银汤匙带回去。卡蒂·鲍儿举行婚宴以后，发现银汤匙少了五支，怎么找也找不到。"

借来三打银汤匙的尼尔森夫人，以及借的人都显露出了不安之色。不过，尼尔森博士却是爽朗地笑了出来。他说："伯母，你放一百个心吧！宾客们回去以前，我会叫他们把口袋翻开来的。"

"沙米尔，你不要一副嬉皮笑脸的模样，如果今天发生了这种事情，我想，你一定会笑不出来。如今哪！一定有人带着那些汤匙。而且不管到何处，我都在注意那些汤匙，虽然时过境迁已经二十八年了，但是我仍然能够一眼就认出那些汤匙。"

"二十八年前，诺拉还是个婴儿呢！那时，她穿着白色刺绣的小衣服，想不到一晃就二十八岁啦！啊，诺拉，你也老大不小啦！不过在这种柔和的灯光下，实在看不出你真正的年纪。"

接下来的一阵哗然大笑，诺拉并不在场，看她那时的脸孔，仿佛生气得就要爆炸开来！诺拉穿着水仙色的衣服，黑色的头发用珍珠装饰着。虽然如此装扮，诺拉仍然给安妮一副像只黑蛾的印象。

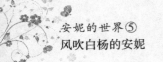
诺拉跟沉着、金发白肤的莎丽迥然不同。她有着一头浓密的黑发，稍带黑色的蓝眼，两道眉毛又浓又黑，天鹅绒似的面颊却泛着红晕。她的鼻子越来越像鹰钩，从来就没有人称她为美人。而且她的脾气叫人摸不着准儿，表情阴郁。虽然如此，安妮还是被诺拉吸引住了。安妮认为，比起人缘良好的莎丽来，她或许更喜爱诺拉。

晚餐后，召开了一场舞会。活泼的旋律及笑声从古老石造房子的低矮窗户飘了出来。

到了夜晚十点钟，诺拉不见了。安妮对于喧哗和热闹感到厌倦，所以悄悄地溜出客厅，从面临海湾的后门溜出去，走下了石阶，穿过枞树林子，走到了海岸。经过了一连串热闹的活动以后，沁人的海风叫人备感凉爽。洒在海湾的银色月影是那么的动人，梦幻般的帆船正朝港口的沙洲靠近。安妮恍惚觉得似乎要进入美人鱼的舞会里面呢！

诺拉坐在水边的黑色岩石阴影里，脸上一片凄楚。

"诺拉，我能坐在你身边吗？"安妮问，"我实在不喜欢跳舞这玩意儿，白白错过这种充满诗意的夜晚，实在是一件叫人感到可耻的事呢！我真羡慕你家拥有这种后院，因为从这儿可以看到整个港口呢！"

"像我这种岁数的女人，如果连个追求者也没有的话，你会有什么感想呢？"诺拉以颓丧的口气说，"拥有追求者是很叫人感到高兴的事情。"

"你之所以没有追求者，只能怪你自己啊。"安妮说着，坐

到了诺拉的身边。

诺拉不知不觉地把自己的烦恼吐露给安妮听。人们一旦有了什么烦恼，都喜欢对安妮倾吐。

"安妮，你是基于礼貌才这么说，我自己很清楚，甚至你也甚为明白，我是一个缺乏男人缘的女人，我是'尼尔森家最丑陋的小姐'。正因为我长得貌不惊人，男人才不想接近我。我实在不想到人多的地方。到了那种地方，我得强颜欢笑，否则的话，大伙儿就会对我指指点点，说我是结不了婚，以致心里有一点儿'反常'。

"到了明天，尼尔森家将嫁出第五个女儿，刚才在吃晚餐时你不是听见猫婆婆在公开我的年龄吗？而且在吃晚餐前她又对我母亲说，自从去年夏天以来，我老了很多。当然啦，我能不老吗？我已经二十八岁了呢！再过十二年，我就是四十岁啦！在那种年龄以前，如果没有把根扎牢的话，我又怎能过得了四十岁的人生阶段呢？"

"如果我是你的话，我才不理会老女人所说的话呢！"

"噢！是真的吗？那是因为你的鼻子很秀气。如果你有我这样的鼻子的话，你就不会那样说啦！我想，再过十年，我的鼻子就会变成父亲那种典型的鼻子——也就是鸟嘴儿般的鼻子！如果你心仪的男子，好久都不向你求婚的话，你会在意吗？"

"这个嘛……我当然会在意呀！"

"我感到最痛苦的事，就是这一点。你想必已经听说过我跟吉姆的事了吧？吉姆跟我交往好多年了，然而始终不曾提起结

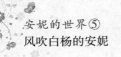

婚的事。"

"你喜欢吉姆吗？"

"当然喜欢，虽然我一直装成若无其事的样子。自从今年一月以来，他就不再接近我了，我俩闹翻啦！事实上，我们已经拌过好几百次的嘴，但是每一次拌嘴后吉姆都会回来，谁知道，这一次他却是不回来了！你瞧海湾对面、月光照耀下的吉姆的家。他居住在那儿，我在这儿，我俩之间隔着一片湖水，以后仍然会保持这样的局面。我实在受不了啦！然而，我却是一点办法也没有。"

"如果你叫他来的话，他也不会来吗？"

"叫他来？你以为我会这样做吗？如果有人叫我那样做的话，我宁可选择死。只要他肯来，根本就没有不能来的理由。如果他没有那个心的话，我倒不希望他来……但是，我很希望他快一点儿来！因为我爱他，我希望跟他结婚。我很想拥有自己的家，让人称呼为'吉姆太太'。如此一来，我就可以扬眉吐气了！但愿我能够变成一只黑猫一阵子，以便痛快淋漓地大骂猫婆婆。如果她再次说我是'可怜的诺拉'的话，我就要把煤炭箱扔到她身上！虽然事实上，她只不过把大家在内心里想的事情说出来罢了。

"母亲在很早时，就表示不管我的婚姻大事，有意让我'自生自灭'，但是她又担心别人的冷嘲热讽。老实说，我憎恨莎丽，或许我的这种想法不对——可是，我还是憎恨她。莎丽有了很好的丈夫，即将建立一个美好的家庭。莎丽几乎什么东西

都有，而我却一无所有，这样不是太不公平了吗？莎丽并不比我善良，又不聪明，更不漂亮——只不过是运气比较好。"

"我认为，你是在经过了好几个星期的准备与紧张气氛才深感疲倦，使得把平时受的委屈一股脑儿发泄出来罢了。"

"你很理解我！嗯……我早就知道你能够理解我，其实我一直都想跟你交朋友呢！安妮，我很喜欢你的微笑，如果我也拥有你那种笑容，那该多好。其实我并不如外表般难以取悦，我之所以会给人这种印象，都是这两道眉毛害的！因为我有一双深锁的眉毛，使得男人们不敢接近我。到目前为止，我不曾拥有过知心的女友。不过吉姆时常在我身边，我俩是青梅竹马的一对好友，逢到我要吉姆过来时，我就把油灯放在屋顶房间的小窗前面。只要我如此安排，吉姆就会划着船儿过来。

"我俩不管到哪儿都在一起，其他的男孩子根本就没有接近我的机会。万万料想不到，今天已经万事皆休了。我想，吉姆很可能对我感到厌倦，所以以吵嘴为借口，逃之夭夭啦！啊，我实在不该对你说出这些话，因为如此一来，明天我可能就会恨你！"

"那又是为什么呢？"

"我认为一旦向谁说出了内心的秘密，一定会憎恨起那个人来，"诺拉有点儿苦闷地说，"不过逢到别人举行婚礼时，我的内心就会萌生出一种特别的感慨，所以我不可能恨你的。

"安妮，我感到非常凄惨呢！你让我靠在你肩膀上面哭个痛快吧！因为到了明天，我就得强颜欢笑了。莎丽说我太迷信于

'三度为伴娘，自己就成不了新娘'的说法，所以不敢当她的伴娘。安妮小姐，你想我是那种迷信的人吗？我只是不想听莎丽将在婚礼中所说出的那句'我要做你的妻子'。因为，一想到我没有机会对吉姆说出这句话时，我就无法继续站在那儿。

"到时，我可能会抬起头来大声叫嚷说，我也要当一名新娘！我要嫁妆！我要印有文字的亚麻布，以及种种高尚的赠礼。我甚至要猫婆婆的银制牛油壶。猫婆婆每逢参加婚礼时，都会送给新娘牛油壶，它的盖子很像圣贝多洛寺院的圆屋顶。把它放在早餐桌上的话，吉姆一定会啧啧称奇。安妮，到了莎丽举行婚礼时，我可能会抓狂呢！"

安妮跟诺拉携手回家时，舞会已经结束了，每个人都进入了自己被分配的睡觉之处。汤米·尼尔森把两只黑猫带到仓库。猫婆婆坐在沙发上面，想着"明天最好不要发生的事情"。

"我希望没有人站起来说出这对新人不该结成夫妇的理由。德莉·哈多辉结婚时经常发生那种事情。"

"哥顿不会有那种'好运气'的。"新郎的其中一个伴郎说。

"年轻人，结婚并非儿戏呀！"猫婆婆用冷淡的眼光看着说那句话的人。

"那当然，"对方厚着脸皮回答，然后提高嗓门说，"诺拉，咱们何时能喝到你的喜酒呢？"

诺拉并没回答。她走到说话者的身旁，啪啦给了他两巴掌，接着头也不回地上了楼。

"那孩子紧绷着神经呢！"猫婆婆说。

（十七）

星期六的上午进行了最后的准备工作，时间就在大伙儿忙得团团转中过去了。安妮穿上尼尔森夫人的围裙，到厨房帮诺拉做色拉。诺拉犹如自己所预言的一般，似乎很后悔对安妮说出自己内心的秘密，所以显得相当不和蔼。

"看样子，我们的疲倦会拖一个月以上。事实上，父亲并没有大事铺张的能耐，只是莎丽一直希望举行'豪华的婚礼'，所以父亲不得不打肿脸充胖子。我父亲哪，自小就把莎丽惯坏了。"

"你呀，根本就是嫉妒心及坏心眼儿在作祟！"

猫婆婆出人意料地探头望了一下厨房如此说。她一直在说些"最好不要发生的事情"恫吓尼尔森夫人，使尼尔森夫人感到六神无主并慌张起来。

"猫婆婆完全说对啦！"诺拉对安妮说，"不错，我是在嫉妒莎丽。时到如今，我瞧到幸福的人的脸庞就会感到厌恶呢！不过，对于昨夜我赏了杰德两巴掌的事，我一点也不觉得后悔。我感到最遗憾的是，不曾把他的鼻子往上揪……好啦！色拉已经做好啦！安妮，你看它是否很美呢？在平常的日子里，我是打从心眼儿里喜欢莎丽的。不过现在，我却非常恨她！恨所有

145

的人！尤其憎恨该死的吉姆！”

“勤恩，我由衷地希望，在举行婚礼时新郎能在场……”厨房外面响起了猫婆婆悲切的声音，“奥斯汀就是这么个宝贝蛋，他竟然忘了那天就是他的大喜之日。奥斯汀一家人以健忘而闻名。不过我个人认为，那未免太过火了一些。”

安妮跟诺拉面面相觑，接着哄然大笑起来，一旦笑起来，诺拉的脸蛋就完全改变了——她的脸闪闪发光，布满红霞，甚至荡漾着欢愉的神采。这时有人来说，猫儿芭娜芭吐了，很可能是吃了太多鸡肝的缘故。诺拉奔出去处理猫儿的呕吐物。猫婆婆走出了房间，犹如十年前雅儿玛在举行婚礼时一般，瞧瞧喜饼是否消失了。

到了中午，差不多准备妥当了。桌子被排了起来，卧铺也整理妥当，到处都放置着花篮。在一楼向北的房间里，莎丽跟三个伴娘打扮成花枝招展的模样。

安妮穿起了淡绿色的衣服，戴起了一顶帽子。她站在镜子前面顾影自怜，希望吉鲁伯特能够看到她现在的模样。

“你长得可真美呢！”诺拉有那么一点儿嫉妒地称赞安妮。

“你才美丽动人呢，诺拉！那件青色绸缎的衣服，再加上鸵鸟羽毛的宽边帽子，使你光泽的头发和蓝色的眼睛更为迷人。”

“不管我穿戴得多漂亮，仍然没有人注意到我呢！”诺拉很遗憾地说，“安妮，你就看着我装起笑容的样子吧！到了婚礼举行时，我可不能臭着一张脸了，你瞧瞧，我这种“人工笑容’还通得过吗？想不到，我还得弹奏结婚进行曲呢！薇拉嚷着头疼，不能弹奏了。恰如猫婆婆预言的一般，我好想弹奏送葬曲咧！"

整个上午猫婆婆一身邋遢，穿着陈旧的衣服，戴着一顶寒酸的帽子，在人潮汹涌的房间里踱来踱去，妨碍人们的工作。现在她却摇身一变，穿起了枣红色的混纺纱衣服，表现出她焕发的容姿，纠正莎丽的衣袖没有拉直，再喋喋不休地说，她不希望犹如亚妮克伦举行婚礼时有人从衣摆下面露出衬裙。

进入房间的尼尔森夫人，一直在擦眼泪哭泣，口口声声说，穿上新娘装的莎丽太美了，简直像天上的仙女呢！

"勤恩，你不要老是哭呀！"猫婆婆开始安慰尼尔森夫人，"你哭什么啊，你仍有个压箱底的女儿嘛！我保证她能够陪伴你好多年的岁月。对于婚礼来说，眼泪是凶煞呢！如今的我只希望，千万别像罗芭德举行婚礼时一般，她的克罗姆叔叔在婚礼当中倒地死了呢！罗芭德被吓昏啦！整整卧床两个星期咧！"

新娘一伙人听着猫婆婆"激励"的言辞，配合诺拉弹奏的"五音不全"的结婚进行曲，走到了楼下。所幸，并没有人倒地死亡，新郎也不曾忘带戒指。在热闹的气氛下，莎丽与哥顿完成了结婚仪式。

这是一场很华丽的婚礼，使得猫婆婆暂时忘记了说一些不登对的"名言"。

在举行完婚礼以后，猫婆婆对莎丽说："看来，这并非很幸福的婚礼，但是还差强人意啦，大概不至于变成不幸的婚姻吧！"

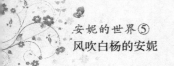

只有诺拉一个人坐在钢琴的椅子上面，狠狠地在使白眼儿，不过她还是走到莎丽身边，粗暴地拥抱了她。

"唉……好不容易完结啦！"婚宴完毕，新娘一伙人和大半的宾客走掉以后，诺拉满面忧郁地说。她环顾了一下房间——实在是乱得可怕——地板上有一件被践踏过的女士小棉袄，椅子被弄得乱七八糟，甚至还有撕断的花边、手帕。孩子们洒下的面包屑东一堆西一堆的。猫婆婆打翻的一壶水在地板上形成了一条小河。

"经过了一阵骚动以后，我得收拾残局呢！"诺拉心有不甘地说，"年轻人多数正在等班车，有些人要留在这儿直到星期一。婚宴的最后一个节目是到海岸燃起篝火，在月光照耀下，在岩石间跳舞。我实在不太喜欢在月光下翩翩起舞呢！今夜，我会在床上整夜痛哭的。"

"刚办完婚礼的家总是格外冷清，我会帮你收拾残局的。然后，我们就一块儿喝茶吧！"

"安妮，你以为一杯茶就是万灵丹吗？看来，应该由你来当老小姐才对，因为你好像一点也不在意呢！比起婚礼来，我更忍受不了海边的舞会。以往，每当我们举办海边舞会时，吉姆一定会参加呢！

"安妮，我决定要接受护士的训练。说实在的，我一向不喜欢护士这行业——将来受到我照顾的病人，一定会很受罪——不过，这总比待在沙马塞德被人当成笑柄好啊！好吧，我俩就咬紧牙关来洗这些油腻的盘子吧！"

"其实，我一向就喜欢洗盘子，因为肮脏的东西又会变成清洁的东西啦。"

"唉……你呀，可以进博物馆了。"诺拉说。

待月亮升起时，海边的舞会已经准备妥当了。年轻人在海边把枯树点燃，在熊熊火光的照耀下，海水泛出了奶油色的光辉。安妮本来准备好好乐一阵子，然而，当她看到提着三明治篮子步下阶梯的诺拉时，内心感到一阵疼痛。

"可怜的诺拉是那么的沮丧，我能不能帮上一点忙呢？"

想到此，一个念头在安妮的脑海里一闪而过。安妮飞奔到厨房，抓起了一个手提式的灯盏，再迅速赶到阁楼，把那盏油灯放在俯瞰港湾的阁楼窗边。因为灯光被树丛遮住了，在海边跳舞的人根本就看不到。

"看到这盏油灯，吉姆很可能会渡海而来。或许，诺拉会责怪我，但是只要吉姆能够来到这儿，我就不在乎挨骂了。好吧！为了丽贝嘉，我就包一块喜饼回去吧！"

吉姆并没有来，等待着他的安妮只好无奈地摇摇头。她在目睹热闹的舞会之中，逐渐把吉姆的事情给忘了。

诺拉早就消失了芳踪，猫婆婆破天荒早早上了床。曲终人散，当参加完月光舞会的疲惫男女们频频打哈欠上楼时，时钟已经指着十一点。安妮感觉到很困，以致忘了阁楼窗边的那一盏油灯。想不到两点左右，猫婆婆蹑手蹑脚地进入房间里面，用她手中的蜡烛照着姑娘们的脸。

"咦？到底发生了什么事情？"露多·佛蕾莎被吓坏啦！从

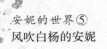

床上跳了起来。

"嘘!"猫婆婆的眼球差一点就跳出来了,"好像有人进入屋里……的确有人进入屋里……刚才有一阵声响……"

"还不是猫在打架,狗在吠叫?"露多·佛蕾莎在咻咻笑。

"不是啦!绝对不可能是猫狗之辈!"猫婆婆以严肃的口吻说,"仓库的狗的确叫了几声。不过,我分明听到翻倒东西的声音——那是轰然的一阵声响呢!"

"那无非是幽魂在啃食尸体的魔鬼,或者毛茸茸、腿儿长的动物。这些东西都会在半夜作怪呢!神哪!快来救救我们吧!"安妮自言自语。

"安妮小姐,这可不是一件很好笑的事情!家里有小偷进来啦!我这就去叫沙米尔。"猫婆婆走出去以后,姑娘们一直在小声交谈。

"会不会是真的呢?所有的结婚礼物都放在下面的书房里呢!"安妮说。

"好吧!我要下床瞧瞧。"玛米说,"安妮,你看到猫婆婆拿着蜡烛,以致影子往上伸,头发全部垂下来的怪脸了吗?她呀,像极了隐多尔的巫婆①呢!"

四个穿着睡衣的姑娘悄悄来到客厅。猫婆婆带来了穿着睡衣、拖着拖鞋的尼尔森博士。

"噢……尼尔森,你千万别逞强哦!小偷很可能会开枪

---

① 《旧约圣经·撒母耳记上》,第二十八章里的人物。

呢……"尼尔森夫人忐忑不安地在窗户处叮嘱她的老公。

"真是大惊小怪！哪儿有小偷嘛！"尼尔森博士自信满满地说。

"可是，分明有一阵声响啊。"猫婆婆用颤抖的声音说。

两个青年加入了捉贼的行列，一伙人小心翼翼地踮起脚尖，蹑手蹑脚地走下楼梯。尼尔森博士站在前面，一只手拿着蜡烛。猫婆婆在后，手中抓着一把火钳。

的确，书房里传出了某种声音。尼尔森博士打开门进入里面。

当猫索鲁被带到仓库时，另外一只猫芭娜芭却不知去向。如今，它却坐在书房的沙发背上，好似感到很有兴趣地眨动它的眼睛。在几支蜡烛的照耀下，房间中赫然站立着诺拉和一名年轻男子。该男子抱着诺拉，把一条大手帕覆盖在诺拉的脸上。

"啊！小偷用麻醉药让诺拉闻呢！"猫婆婆尖叫了起来，以致她手里的火钳掉在了地上。

年轻男子回过头，由于一时慌张，手里的手帕掉在了地上，气氛顿时尴尬起来。他是个眉清目秀的青年，有着一双迷人的赤褐色眼睛、卷曲的赤褐色头发和收紧的下巴。

诺拉捡起手帕，再把它按在自己的鼻子上面。

"吉姆，这到底是怎么一回事啊？"尼尔森博士用严肃的口吻问。

"我也不晓得是怎么一回事，"吉姆有些不悦地说，"我只知道诺拉给了我信号。我参加沙马塞德的秘密共济合作社的宴会回来时，已经是半夜一点钟啦！因为发现了灯光，所以赶紧划船过来。"

"胡说！我并没有给你送信号呀！"诺拉有点恼怒地说，"噢，爸爸！您不要摆出那种脸孔嘛！我一直都没有睡觉，坐在房间的窗口瞧着外面，我甚至还不曾换衣服呢！不久以后，我看到一个男人爬上海岸。当他走到我家附近时，我才看清他就是吉姆，于是就奔到楼下。可是，我撞到了书房的门，流了鼻血，吉姆不过是想帮我止血。"

"我是从窗口跳进来的，所以翻倒了那把椅子。"

"听到了没？我没有说错吧？"猫婆婆得意地说。

"天晓得，诺拉却说她没有送出信号。所以……我只好向大家赔不是，再回到自己家里，谁叫我那么不受欢迎呢！"

"你好不容易牺牲睡眠，专程渡海而来，谁知竟然落得如此下场，实在太不值得啦！"

诺拉故意装成冷漠的样子，一直在找手帕上没有沾到血液的部分。

"谁叫你是不速之客呢！"尼尔森博士说。

"你要回家的话，就从前门走出去好了！"猫婆婆如此叮嘱着。

"是我把那盏油灯放在窗户旁的，"安妮羞涩地说，"但是，我忘了把它取下来。"

"你呀！"诺拉嚷了起来，"我绝对不会原谅你的！"

"你们到底在搞什么把戏呀？"尼尔森博士坐立不安地说，

"这又是怎么一回事啊？快把窗户关起来！吉姆，我觉得冷到骨髓里了呢！诺拉，你把脸抬高些，就不会流鼻血了。"

诺拉由于气恼、羞耻，脸上布满了泪痕，又加上了流出的鼻血，看起来就跟鬼婆一样！

吉姆站在那儿感到非常不好受，真希望地板能裂开一个洞，叫他跌进地下室去。

"吉姆，"猫婆婆用对交战国的口吻说，"如今你唯一能走的路，就是跟诺拉结婚！如果诺拉在这儿跟你独处，又是夜半两点钟的幽会，一旦传出去，诺拉这辈子就嫁不了人啦！"

"你叫我跟诺拉结婚！"吉姆用激动的口吻说，"我本来就一心一意想娶诺拉，这也是我唯一的愿望啊！"

"既然如此，你为何不早说呀？"诺拉瞪着吉姆。

"什么！你在怪我没有说出来？这么多年来，你一直在奚落我，对我冷嘲又热讽，叫我感到心寒如冰。你不是时常在轻蔑我吗？在这种恶劣的情况下，我认为向你求婚，免不了碰一鼻子灰。而且，今年一月，你又……"

"那是你逼我说的嘛！"

"天哪！我逼你说？天地良心！你呀，还不是想甩掉我，故意跟我过不去……"

"人家才没有那种心眼呢……"

"我以为你有事需要帮忙，才对我送出信号呢！虽然是三更半夜，我还是迅速赶了过来呢！好吧，我现在就一厢情愿地向你求婚。你要在这么多人的面前奚落我也无所谓——喂！诺

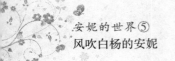

拉·尼尔森！你肯嫁给我吗？"

"嗯……我肯！我当然肯！"诺拉一点也不害臊地叫嚷起来，就连母猫芭娜芭也红起了脸呢！

吉姆用一种难以置信的眼神瞧着诺拉。但是，他飞快地跳到诺拉身旁。或许，诺拉已经不再流鼻血了吧？

"我说你们这一伙人哪！好像忘了今天是安息日了呢！"猫婆婆"清醒"了以后，如此说，"如果有人肯动手的话，我倒很想喝杯茶呢！我实在很不习惯这种'现场表演'。不过我非常高兴，可怜的诺拉终于'钓到'了吉姆。而且，又有那么多的证人！"

一伙人走到厨房，尼尔森夫人下楼泡了茶。不过，吉姆跟诺拉却是例外，他俩跟猫儿芭娜芭待在书房里。

一直到第二天早晨，安妮才看到了诺拉——现在的诺拉跟昨晚的诺拉迥然不同。她因为沉浸于幸福，脸上飞满了红霞，看起来，整整年轻了十岁。

"安妮，非常谢谢你！如果昨天晚上，你不曾摆上那一盏灯的话……其实在昨夜，我非常愤怒，那时的我恨不得咬掉你的耳朵呢！"

"实在太遗憾啦！那时我一直在睡觉呢！"汤米·尼尔森发出了悲痛的呻吟。

不过，说出结尾语的人却是猫婆婆。她说："我只是希望诺拉不要急着结婚，然后嘛，再慢慢地后悔……"

（十八）

摘自安妮寄给吉鲁伯特的信件。

今天，学校已经停课了。一想到我能够回到绿色屋顶之家度过两个月的假期，心底仿佛已经长出了翅膀，恨不得立刻飞回家去！

我要在"恋人小径"徘徊，那儿有沾满露水、埋没脚踝的芳香羊齿草。还有贝尔先生牧场的野生草莓，"魔鬼的森林"里的蓊郁成群的枞树……啊！我迫不及待地想回去呢！

珍·布尔克尔带了一束铃兰给我，希望我能够度过愉快的暑假。她还说将来有机会她会到绿色屋顶之家，跟我一起欣赏那里的风景呢！乍听起来，好像是奇迹一般。

不过，小不点儿伊丽莎白却舍不得我离开。本来，我想带伊丽莎白到绿色屋顶之家与我同住，但是坎贝尔夫人认为不恰当，所以只好作罢。所幸，我不曾向伊丽莎白提起这件事，否则的话，她一定会感到非常失望。

"雪莉老师，你不在这儿的日子里，我一定会变成'莉姬'的！雪莉老师，我现在的心情就跟'莉姬'一样！"

"伊丽莎白，你不妨想想我回来时，我俩将有多么快乐！我想，你不会变成'莉姬'的！你的心灵里根本就没有所谓'莉姬'那种人啊。况且，我会每天都给你写信的。"

"啊！雪莉老师，你真的会写信给我吗？到现在为止，都没有人写过信给我呢！如果她们肯给我邮票的话，我也会写信给雪莉老师的。如果她们不给我邮票，我也会在内心里想着你的。

"雪莉老师，我给后院的斑纹松鼠取了老师的名字，叫它雪莉。这样，没有什么不妥当吧？刚开始时，我想叫她安妮·雪莉，但是如此未免太失礼了，而且'安妮'这个名字很不适合斑纹松鼠。况且，搞不好它是'男'松鼠呢！告诉你哦，松鼠实在很可爱。不过，'侍女'说它会啃食玫瑰的根。"

"天哪！你怎么会提到那些呢？"

"我实在太惊讶了呢！"

我问凯瑟琳将到哪儿度暑假时，她如此回答："就在这儿过呀！那么，你以为我会到哪儿过呢？"

我曾考虑过邀请她到绿色屋顶之家度假，可是我实在不敢说出口，因为我知道她绝对不可能来。而且她最擅长扫别人的兴，我实在害怕她会破坏好气氛，所以始终不曾开口。不过，想起她一个人在廉价寄宿处生活的情景，我的良心就会受到苛责。几天前，猫儿达斯特咬回一条活的蛇，把它放在厨房的地板上，吓得丽贝嘉尖叫了起来。

"天哪！我实在忍受不下去啦！"丽贝嘉说。

丽贝嘉最近动不动就会使性子。因为她必须牺牲所有的空闲时间，抓玫瑰树上面的灰绿色虫儿，再把它们放入石油罐子里面。丽贝嘉一直在发牢骚说，世界上的虫儿太多啦！她语重心长地说："如此搞下去的话，全世界都将被虫儿吃光了呢！"

诺拉·尼尔森和吉姆·威尔克将于九月举行婚礼。他俩准备悄悄地举行仪式，不招待宾客，甚至免了伴郎和伴娘呢！否则的话，将无法逃脱猫婆婆的魔掌。诺拉以前曾经对我说过，她绝对不让猫婆婆看到她的婚礼，不过我是例外。诺拉叮嘱我一定要到场。她时常以感激的口吻说，若非我当时把灯盏放在窗边的话，吉姆是绝对不可能回来的。诺拉说吉姆将卖掉自己的店，与她一起到西部开拓他们的未来。

吉鲁伯特，你不妨数数看！经由我牵红线而配成对的男女已经有多少对了呢？

最最心仪的人儿啊，现在已是夜深人静，你也该休息啦！如果我的思念能够进入你的梦境的话，你将会有一场甜蜜的睡眠。

第二年

（一）

　　至今我仍然难以确信，我俩愉快的两个月假期已成为历史的陈迹。在这段时间内，我感到非常幸福。吉鲁伯特，只要再过两年……

　　（省略数节）

　　不过，回到柳风庄这件事，还是叫我感到非常愉快。对于尖塔里的那个房间，高得离谱的卧铺，以及那张我专用的椅子，我都有熟悉的感觉和浓得化不开的情感。就连在厨房窗边晒太阳的猫儿达斯特，也叫我感到怀念异常呢！

　　两位未亡人看到我时，脸上浮现出喜悦的笑容。丽贝嘉率直地说："雪莉老师，你回来啦！我真高兴！"

　　小不点儿伊丽莎白亦是如此。我俩怀着喜气洋洋的心情，到绿色小门那儿见面。

　　"我很担心老师你会先进入'明日'呢！"小不点儿伊丽莎白说。

　　"哇！好漂亮的黄昏！"

　　我如此说时，小不点儿回答："雪莉老师，只要有你的地方，就有漂亮的黄昏呀！"

真是又别致又美妙的赞词！

"伊丽莎白，你是如何度过夏天的呢？"

"我在想着'明日'将要发生的一些事情。"她的表情非常宁静。

接着，我俩到塔里的房间，看些有关大象的图画书。现在的伊丽莎白对大象很感兴趣。"'大象'这个名字，实在非常吸引人！"伊丽莎白用双手支撑着她的下巴，正经八百地说："到了'明日之国'，我们一定能够看到很多很多的大象。"

我俩在"妖精之国"的地图里，添上了大象的公园。吉鲁伯特，或许你在阅读这封信函以后，会认为我幼稚，永远长不大，而装出了类似轻蔑的表情吧？事实上，没那必要，你就是装出那种脸色也无济于事。世界上不可能缺少妖精的。一旦没有了妖精，这个世界就"经营"不下去啦！正因如此，必须有些人提供妖精才行。

回到学校也是一件很愉快的事。凯瑟琳仍然难以取悦，可是学生们很高兴再度看到我。珍将在安息日学校举办的音乐会上，演出一个节目，并且想在天使的头顶做一个光圈，因此叫我帮她的忙。

今年的课程似乎比去年更为有趣，加拿大的历史被加入学科里面。明天我得针对一八〇二年的战争，举行一次简单的"演讲"才行。在我们这辈人当中，想必没有人会对往昔的战争感兴趣。我想加拿大不会再发生战争，同时也很感激那种混乱的时期已经过去了。

我们这些教师又开始组织演剧俱乐部了，凡是跟学校有所关联的家庭，我们都要求他们捐一些款项。刘易斯和我负责的区域为多利修街道，我们将在这个星期六下午展开募捐。刘易斯订立了一个两全其美的计划。他将针对"乡村家庭"这个摄影比赛，拍摄几张农家照片。最优秀的作品可获得二十五美元的奖金。有了这些钱，他就可以添置些迫切需要的衣服和外套了。刘易斯是个穷学生，暑假期间一直在农场打工。现在为了赚取食宿费而到处兼职。

我一向很喜欢刘易斯。他有勇气，有远大的抱负，微笑时又会露出整齐的牙齿，显示出了他刚毅的特色。不过，他的身体不是很健壮。去年我真担心他会搞垮身体，所幸，他在农场度过了这个夏季，身体也硬朗多了。

刘易斯今年就要从中学毕业。这以后，他打算到皇后学院攻读一年。

我计划在这个冬天里，在礼拜天夜晚都邀请刘易斯跟我们共进晚餐。我的意思是每个月邀请刘易斯两次，多出的费用由我支付。凯德大婶冷淡地拒绝了，说她没有能力收留一个无依无靠的男孩子。听了这句话，丽贝嘉悲痛万分地叫了起来："我实在忍受不下去啦！虽然家里不够富裕，但是偶尔请一个上进、自己赚取学费又可怜的男孩子来吃晚餐，绝对不是办不到的事啊！你给那只猫吃的鸡肝就不止这些了！而且那只猫也实在吃得太肥了！好吧，我也愿意出一美元。请你邀请那可怜的男孩子来吃晚餐吧！"丽贝嘉的意见好不容易被接受了！

　　这以后，刘易斯就时常来吃晚餐。不过，猫儿达斯特所吃的鸡肝，以及丽贝嘉的薪水并没有减少。我非常感动，真想喊一声："丽贝嘉万岁！"

　　　　　　　　　　　　　　　　九月十四日于柳凤庄

（二）

多利修街道弯弯曲曲的，那天下午在那儿散步的安妮跟刘易斯都认为，这个地方实在很适合散步。

他俩走了一段距离以后，从万丛绿意的间隙看到了青玉色的海峡，他俩不自觉地驻足观赏。刘易斯拍了几张特别美丽的风景照，以及洼地上面充满诗情画意的小房子。但是挨家挨户去请人为演剧俱乐部捐款，并不是件叫人感到愉快的事。在这方面，凡是妇人，都由刘易斯去对付，安妮则专门去说服男子。

"雪莉老师，如果你穿那件淡绿色的衣服，再配上那顶帽子的话，一定能够吸引男人，"丽贝嘉提醒安妮说，"在年轻的岁月里，我也体验过募款这件事。只要身上穿得漂亮一些，人又长得美的话，男人们就会踊跃捐款。如果是以女人为对象的话，最好穿着朴实而不起眼的服装。"

安妮跟刘易斯在金黄色的洼地路旁，找到了一处泉水。他俩就坐在浓密的青苔上面。刘易斯用一个桦树皮做的杯子喝着泉水。

"当一个人感到口干舌燥，好不容易才找到水源时，更能体会到水的可贵。我在西部参与铁路铺设工程的那个夏季，有一天，我在大草原上迷了路，前后走了好几个小时都找不到道路，我以为自己会渴死呢！所幸，我踽踽地走到了移民的小茅屋。在那儿，有好几捆柳树围绕着一池清泉。我已经记不得自己喝了多少！但是从那次以后，我就能够充分体会到《圣经》里面所说的，必须珍惜好的水源的含义。"

"可能就要下一场骤雨了呢！"安妮很担心地说，"刘易斯，我虽然喜欢骤雨，不过我现在戴着最好的帽子，穿着最好的衣服。偏偏在这半英里之内没有任何房子……"

"雪莉老师，那边有个无人居住的旧打铁场，我们跑过去吧！"刘易斯说。

他俩就奔到打铁场躲雨。不久以后，随着一阵呼呼的刮风声，骤雨开始哗啦哗啦下起来了。硕大的雨点打在树叶上面，好似在冒着烟的红色街道上跳着舞，又在古老的打铁场屋顶滴滴答答作响。

"如果雨下个没完，我们要怎么办？"刘易斯担心地说。

但是，骤雨还是停下来啦！它就像突然地降下来一般，骤然就停止了。太阳光闪闪地照耀着潮湿的树叶，白云的缝隙展现出了蓝色的天空。他俩眼前的山谷升起了桃红色的雾，周围的森林犹如春天一般，突然变得光鲜起来，伸到打铁场的枫树枝丫上面，停留着好几只鸟儿，它们或许以为是春天来临了吧，纷纷展开歌喉唱起了曼妙的歌儿。

"咱们就顺着这条小径，展开冒险之旅吧！"当他俩又开始举步时，安妮发现在老的围栅之间蜿蜒着一条小径，而且小径

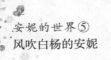
旁开满了秋天的麒麟草呢！

"看来，这条小径好像没有人居住，"刘易斯说，"似乎只能通到港口。"

"不要紧啦，咱们走走看，我一向很喜欢走岔路呢！我钟爱离开被踏践的主要道路——带着绿色，被人遗忘的寂寞小岔路。刘易斯，你闻一下草儿的味道，这种味道分明在告诉我们，附近一带有民房……或许有某种值得拍摄的房子呢！"

安妮的第六感并没有错。不久以后，眼前展现出了一栋古意盎然的屋子，真的很值得拍摄下来。这栋房子充满了野趣，屋檐很低，有着四方形的小玻璃窗。一棵巨大的柳树把枝丫伸到了房子上面，周围有众多的常年生植物和灌木，一看就知道多年未曾整理。屋子经过了风吹雨打，已经有了斑驳的迹象，看起来有那么一丝寒酸，然而位于屋子对面的仓库却是最新式的，看起来很整洁，贮藏的东西似乎也很丰富。

小径上有很深的车轮痕迹。刘易斯一边在长满草的小径上走着，一边说："雪莉老师，我听人们说过，仓库盖得比住屋更好的人，就说明他的收入远超过支出。"

"那很可能是表示，主人爱他的马儿胜过家人吧！"安妮笑着说，"依我看哪！想要这家的主人捐钱给我们的俱乐部，可能很不容易，不过，以我们看过的房子来说，这栋房子似乎最容易入选。斑驳的墙壁从照片上是看不出来的。"

"这条小径很少有被人踏践过的痕迹，"刘易斯耸了耸肩膀说，"的确，住在这栋屋子里的人，一定不善于交际，或许，他

们连演剧俱乐部是什么东西都不知道哩！我想在叫唤里面的人以前，先拍一张照片。"

那栋房子好像没人住，拍好了照片以后，他俩打开了白色的小门，再穿过庭院，敲起了厨房褪了颜色的门。

这栋房子的大门就跟柳风庄一样，并非讲求实用，而是用来当做装饰品罢了。

不管主人是否会爽快地捐款，安妮和刘易斯都期待着主人能够以跟别家相同的礼貌对待他俩。想不到门开了以后，出现在门口的人，并非他俩想象中的庄稼主妇，更不是朴实无华的乡下姑娘，而是一个一头灰发、两道眉毛仿佛扫把、肩膀宽阔的五十多岁的男子。

"你们要干什么呀？"他"轰"出这句话时，安妮和刘易斯都吓了一大跳！

"先生，您好，我想请您支持我们学校的演剧俱乐部。"安妮有点儿结巴地说。

"我不曾听说过那种玩意儿，我不想听，也不想知道。"他抛下这句话，就当着安妮的面砰的关起了门。

"唉！吃了一次闭门羹呢！"安妮一边走一边咕哝着。

"他不是待人和蔼的绅士吗？"刘易斯笑着说，"如果他有妻子的话，他的妻子未免太可怜了。"

"我想，他不可能有妻子。如果他有妻子的话，她一定会露脸说几句话的。"安妮努力想恢复内心的平静，"我真希望由丽贝嘉来对付他。反正，你已经拍下他的房子啦！收获已经算不

错啦! 我有一种预感, 你拍摄的那张照片一定会入选……啊! 有石子跑进我的鞋子里面了, 不管那位绅士是否答应, 我们就坐在他的石墙上, 让我把石子取出来吧! ”

"反正, 他从房子里又看不到这边。" 刘易斯说。

当安妮系好鞋带时, 一个约八岁的男孩子从右边的丛林里拨开灌木走了出来。他那两只肥胖的手抓着一大片苹果派, 用一种羞涩的表情看着安妮他们。他是个很可爱的孩子, 褐色的头发充满了光泽, 一双大大的褐色眼睛不懂得怀疑别人, 鼻子很端正。他不戴帽子, 不穿鞋子, 身上只穿着褪了色的青木棉衬衫, 以及擦破了的天鹅绒短裤。尽管如此, 他看起来气质仍很高雅, 仿佛是个落难的小公子。

孩子的背后有一只黑色的大狗, 它的头几乎到达孩子的肩膀。

安妮微笑地看着男孩子, 安妮的这种微笑最能够赢得小孩子的信赖。

"你好! 你是哪一家的孩子呢? " 刘易斯先发问。

男孩子开怀地笑出来, 往前走了一步, 拿出了苹果派。

"我请你们吃这个, " 男孩子羞涩地说, "这是爸爸为我做的呢! ”

刘易斯本来想婉拒, 他认为不应该吃小孩子的东西, 但是安妮迅速地用手肘撞了刘易斯一下, 刘易斯明白了安妮的意思, 正经八百地接受了那块苹果派, 再把它交给了安妮。安妮把它分成两半, 一半给了刘易斯。

"哇！真好吃！"安妮夸奖了一句，"孩子，你叫什么名字呀？"

"我叫迪迪·阿姆斯特朗。不过，爸爸叫我'心肝宝贝'。这也难怪，爸爸只有我一个孩子呢！爸爸很爱我，我也很爱爸爸。爸爸当着你们的面啪哒的关上门，我感到很难过。其实，我爸爸并非那种硬心肠的人。我听到姐姐说要一些吃的东西……（"天哪！我并没有那样说啊！不过，这并不重要。"安妮如此想着。）那时，我就在庭园的小树丛里面。我很想把我的苹果派送给你俩，因为我一向很同情没有多少食物的穷人……我的爸爸很会做点心呢！我很想叫你们瞧瞧我爸爸做的米布丁。"

"孩子，你的母亲呢？"安妮问。

"我妈妈死了。梅莉阿姨告诉我，我妈妈上了天堂，我爸爸却说根本就没有什么天堂。我爸爸不怎么喜欢别人，但是很疼我。"

"你上学了吗？"刘易斯问。

"嗯……我不曾上过学，爸爸在家里教我。不过，学校委员会的叔叔们对爸爸说，明年我非上学不可。我很想到学校跟其他的男孩子玩耍呢！不过等我长大一点，我就要尽力帮爸爸做事情。我爸爸很忙咧！一个人又要耕田，又要打扫房子，等我能够帮爸爸的忙以后，爸爸就会有些空暇，到时，他就会对别人好一点。"

"你那个苹果派很好吃，孩子。"刘易斯吞下了最后一片派。

迪迪闪耀着他的眼睛说："你们喜欢的话，我就高兴了。"

"孩子，你想不想照相？"安妮笑着说，"如果你喜欢的话，刘易斯哥哥就为你拍一张。"

"啊，太好啦！快给我拍一张！"孩子热烈地要求。

"我的狗——卡洛也可以拍进去吗？"

"当然可以。"安妮就以灌木为背景，让迪迪跟卡洛摆好可爱的姿势。小男孩用两手环绕着游伴——狗的颈部站立着，两者都表现出很高兴的样子。刘易斯就把他和狗拍进最后一张底片里面。

"等我冲洗好以后，再寄给你，"刘易斯许下了诺言，"你的地址应该怎么写呢？"

"克林考甫街，杰姆斯·阿姆斯特朗先生交迪迪收就可以了。啊！想到邮差先生会带给我东西，我就高兴得不得了！我暂时不要对爸爸说，以便到时给他个意外的惊喜。"

"好吧！你就等着，两三个星期后就有信件寄到这儿了。"

刘易斯如此说着，再与安妮跟迪迪说再见。不过，安妮却突然弯下身子，吻了吻迪迪晒黑的小脸蛋。这个男孩子牢牢地吸引着安妮。他是那么的善良，那么的像个小男子汉，但可怜的是，却没有了母亲。

安妮跟刘易斯在小径拐弯处回首时，迪迪跟狗儿正站在石墙上，向着这边挥手呢！

当然啦！丽贝嘉很清楚阿姆斯特朗家的底细，她说："杰姆斯仍然忘不了五年前过世的妻子。以前，他可不是现在这样子。他以往对人彬彬有礼，只是有那么一点儿不合群。他的妻子整

整小他二十岁，生前，他们夫妇的感情甚好，所以他的妻子过世时，他一时承受不了打击，性格就完全变了。他拒绝雇月女管家，自己亲自管理家庭和带孩子。因为在结婚以前，他独自一个人生活了好多年，所以家务活干得很不错！"

$$（三）$$

三个星期以后，刘易斯把照片冲洗了出来。第一个星期天，他到柳风庄吃晚餐时，顺便把冲洗好的照片带去给大伙儿瞧瞧。无论是屋子还是迪迪都拍得很好。

"啊！这个孩子很像你呢，刘易斯！"安妮嚷了起来。

"的确很像，"丽贝嘉说，"我在看到他的那一瞬间，就发觉这孩子像一个人，不过，一时想不起到底像谁。"

"天哪！不管是眼睛、表情……一切的一切都像你嘛！刘易斯！"安妮说。

"我不认为我是那么漂亮的男孩子，"刘易斯耸了耸肩膀说，"我在十岁时曾经拍过一张照片，我就把它找出来跟迪迪的照片比较一下吧！雪莉老师，你看到那张照片时，一定会笑出来，因为我垂着很长的鬈发，穿着花边衣领的衣服，头上又戴了个三爪似的帽子。如果这张照片像我的话，也不过是巧合罢了。因为我在爱德华王子岛并没有亲戚。"

"你在哪儿出生的呢？"凯德大婶问。

"我在新·布兰斯威克出生。父母在我十岁那年过世了。为了投奔母亲的堂姐，才来到了这儿——我管母亲的堂姐叫爱达

阿姨。不过，这位阿姨也在三年前去世了。"

"杰姆斯就是从新·布兰斯威克来的呀！"丽贝嘉说。

"我才懒得去管杰姆斯是否是亲戚！"刘易斯说罢，就用心去进攻姬蒂大婶的肉桂面包，"就算我母亲的亲戚还活着，我也不认识他们。至于我的父亲嘛，根本就没亲戚。"

"如果你亲自把照片送过去的话，小男孩就不能品尝到从邮局人员手中接过信件的乐趣了。他很可能因此而感到失望呢！"安妮说。

"没关系！我可以补偿他，我会寄些别的东西给他。"

那个星期六的下午，刘易斯把一辆古老的马车驶入了幽灵小径。

"我想到克林考甫街送照片给迪迪。如果雪莉老师不怕我的马儿撒野，不担心引起心脏病的话，就跟我一块儿去吧！你放心好啦，车轮子不会脱落的。"

"刘易斯，你在哪里发现这件古董的啊？"丽贝嘉笑嘻嘻地说。

"狄恩小姐，你不要嘲笑我勇敢的战马好吗？你应该敬老才对。我以替宾达先生到多利修街头做事为条件，向他借了马儿和马车。因为我今天实在没有多余的时间走到克林考甫街，再回到这儿。"

"没有时间？"丽贝嘉说，"不管是去或者回来，我都能够走得比那匹马儿快。"

想不到，那匹马儿发挥了惊人的潜力。坐着马车在街道上

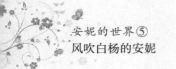

摇晃时，安妮咯咯地笑了起来。如果姬茵西娜阿姨瞧到我现在的情形，她会作何感想呢？其实，为何要管那么多呢？坐着老马拖的破旧马车又如何呢？只要能够抵达目的地，又何必计较是以何种方式前往的呢？不管搭乘何种交通工具，高地宁静的绿意看起来仍然青翠，街道也是不折不扣的红色，枫叶也展示着它们华丽的颜色。

刘易斯是个很勤奋、开朗的青年，他为了食宿费，去做一些他寄宿处的杂事，为此，有些中学生嘲笑他是个"没有男子气概的男人"，可是，他一点也不在乎。就如同这个道理，世间的男女要说什么话，就由他们说去吧！

或许他囊中羞涩，口袋里一文不名，然而，脑袋里面却非空空如也。

那天，宾达的拜把兄弟梅利在马车后面装马铃薯袋时，安妮他俩正要去看小迪迪。

"听说，你拍摄了小迪迪的照片？"梅利嚷了起来。

"是啊，而且拍得很棒呢！"刘易斯得意地拿出照片，"就算专家，拍得也不过如此。"

梅利看了一眼说："天哪！拍得再好不过啦！很可惜，迪迪已经死了。"

"什么！死啦？"安妮惊讶万分地叫了出来，"噢！梅利，不可能有这种事！请你别瞎说！那个可爱的男孩子……"

"实在太遗憾了呢！安妮，那可是千真万确的事情，迪迪的爸爸都快疯了呢！最令人同情的是，他连一张迪迪的照片都没

有。想不到你给他拍了这么一张好照片！实在太好啦！实在太好啦！"

"我……我还是不相信那是真的！"安妮如此说着，情不自禁地流出了泪水。她仿佛又看到迪迪向她挥手道别呢！

"真是太可怜啦！他过世也快三个星期了。他患了肺炎，虽然很痛苦，但是很有忍耐力。我不敢想象杰姆斯以后会变成什么样。就目前的情况来说，他简直跟疯了没什么两样。他始终闷闷不乐，喃喃自语着：'如果我有迪迪的照片，那该多好……'"

"杰姆斯实在太可怜啦！"梅利的妻子突然加入了谈话的阵容。她身材消瘦，少许白发间杂于黑发之中，穿着一件粗布衣服，围着一条方格围裙。她说："那个人一向很幸福，而我们却都很贫穷，所以我一直有种被看扁的感觉。不过，我俩有儿子啊，只要拥有可爱的孩子，就算再穷也无所谓。"

安妮以一种尊敬的眼神看着梅利的妻子。梅利的妻子并非美人，不过，当她凹陷的灰色眼睛和安妮接触时，她俩之间似乎心心相印了起来。安妮对于梅利妻子懂得人生的微妙心理——一旦有了自己的心爱之物，内心就不至于感到贫乏的想法，一直念念不忘。

本来，看起来充满了诗意的那一天，对安妮来说，竟然成了压在心头的一块石头。虽然会晤的时间并不长，但是小迪迪却紧紧地抓住了安妮的心。他俩都默默无语地驾着马车从克林考甫街进入小径。迪迪的狗儿卡洛看到安妮和刘易斯走下马车时，立刻走过来舔安妮的手，犹如在询问小游伴的去处般，用

悲哀的眼神看着安妮。门开着，一个男子把头低垂在桌子上面。

安妮敲门时，男子惊讶万分地跳了起来。安妮看到他时几乎不敢相信自己的眼睛！

他的面颊深深地凹陷了进去，面容憔悴万分，胡子犹如一片杂草，深陷的双眼似乎要火山爆发般圆睁。

最初，安妮以为他又要大声骂人了呢！但是他认得安妮，用一种有气无力的声音说："你又大驾光临啦！那孩子说，你很亲切地跟他交谈，又吻了他，那孩子很喜欢你呢！以前我不该用那种态度对待你的，请你原谅！你今天来这里，有什么事吗？"

"我们有件东西要送给您。"安妮温柔地回答。

刘易斯一言不发，取出了迪迪的照片。杰姆斯接过照片，发了一阵子呆，再贪婪地看了照片好几分钟，接着瘫进椅子里面，哇的大哭起来。安妮不曾见过男人如此痛哭过。但是，她跟刘易斯默默地站在那儿，用无言的同情眼光抚慰着杰姆斯。

不久，杰姆斯恢复了过来。

"啊！我非常感激你们给我这张照片，它对我来说，实在是太重要了！"杰姆斯断断续续地说，"我连一张迪迪的照片都没有呢！我跟其他人不同，在心坎里不能浮现一个人完整的脸庞。迪迪死了以后，我竟然想不出他的模样儿了呢！我虽然那样无情地对待你们，你们却带来了迪迪的照片！啊，我很想表示内心的感激！你俩使我免于发狂，甚至可说是救了我的命！啊，这张照片拍得真好！迪迪仿佛就要开口说话了。失去了迪

迪，我已经没有活下去的意义了！先是那孩子的母亲撇下了我，接着又是迪迪……"

"迪迪是个很可爱的男孩子。"安妮用充满安慰的口吻说。

"是啊，他的母亲时常说，迪迪是上天的恩赐。想不到，他死得那么残酷。那么伶俐又一向活蹦乱跳的孩子，却是那样痛苦地死去！不过，他很有忍耐力，从来就不曾喊疼。有一次，他微笑地看着我说：'爸爸，真有天堂吗？'我说：'是啊，天堂的确存在。'神啊！请您原谅我吧！我以前竟然对迪迪说——天堂根本就不存在。听了这句话，那孩子满足地笑了笑说：'爸爸，我就要到那儿去啦！我可以跟妈妈生活得很快乐，可是我非常担心爸爸您……我一旦走了，爸爸一定会感到非常寂寞……爸爸……您就对别人好一点……好好地活下去吧！时间到了以后，您就到我们这里来吧！'可是迪迪一走，我实在忍受不了这种空虚。如果你俩没有带迪迪的照片来给我的话，我一定会发疯的。有了这张照片，我就不至于感到生不如死了。"

如此说着，杰姆斯如脱了一件衣服般，完全去除了粗暴的性格。接着，刘易斯把自己幼小时的照片拿出来给杰姆斯看。

"杰姆斯先生，您见过这个人吗？"安妮如此问。

杰姆斯用迷惑的表情，凝视了照片一阵子，然后说："太像迪迪啦！他到底是谁呀？"

"是我呀！"刘易斯回答，"那是我在七岁时拍的。因为实在太像迪迪，雪莉老师叫我拿来给您瞧瞧。我的名字叫刘易斯·阿伦，我的父亲叫乔治·阿伦，我出生于新·布兰斯威克，

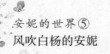
会不会是您的亲戚呢？"

杰姆斯摇了摇头，再问："你的母亲叫什么名字？"

"她叫玛莉·卡多娜。"

杰姆斯在一瞬间凝视着刘易斯，终于说道："玛莉是我同母异父的妹妹。我父亲亡故后，我一直是由伯父抚养的。母亲再婚后曾经带着一个小妹妹来看我，不久后母亲也去世了。从此以后，我再也不曾获得妹妹的消息。你就是我的外甥，也就是迪迪的表哥。"

对于自认无亲无故的年轻人来说，这实在是一个惊人的消息。刘易斯跟安妮一直跟杰姆斯相处到黄昏，才知道他是个博学而聪明的人。总而言之，他俩逐渐地喜欢上了杰姆斯这个人，完全忘了他以前拒人于千里之外的态度，开始接受他深藏于硬壳下的人格与气质。

"刘易斯，你就过来跟我这个舅舅一起住吧！我会像疼爱迪迪般照顾你。你在这个世界上孤零零一个人，我也是孤苦无依，如果我再独自一个人生活在这儿的话，一定会变成偏激而无情的人，你就过来跟我一起住吧！"

"谢谢舅舅，我这就搬过来跟您同住。"刘易斯伸出了他的手。

"还有你这位漂亮的老师，欢迎你常来，迪迪十分喜欢你。他曾经对我说：'爸爸，除了您，我不喜欢任何人来吻我，不过我喜欢那位姐姐吻我，她的眼睛有一种叫人心仪的东西呢……'"

（四）

"走廊的温度计显示为零度，门旁的新温度计则显示为十度。因此，我拿不定主义否应该戴领巾。"在一个寒冷的十二月黄昏，安妮如此说。

"我看，最好是相信古老的温度计，这么寒冷的夜晚，你要到哪儿去啊？"丽贝嘉说。

"我想到邓布尔街邀请凯瑟琳跟我到艾凡利度圣诞假期。"

"如果你那样做的话，你的休假就会被搞得乱七八糟的！"丽贝嘉说，"她那种人哪，就是天使也拿她没办法呢！"

"我认为凯瑟琳只要剥掉不愉快的那层皮，就能够变成内向而惹人怜爱的女人。我想，把她带到绿色屋顶之家以后，她一定会心平气和起来。"

"你就是用十辆马车也拖不动她！"丽贝嘉如此预言，"如果你那样做的话，她可能会认为你是在搞慈善事业呢！在你来到柳风庄的前一年，我们邀请她来这儿共度圣诞节时，你猜她怎么说？她竟然说：'噢……不必啦！我最讨厌'圣诞快乐'这句话了。'"

"那……未免太过分了吧？怎么可以说讨厌圣诞呢？我得

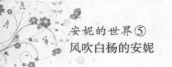

想想办法才行！丽贝嘉，我有一种奇妙的预感，认为她会答应我！我认为凯瑟琳冷漠的外表下面，一定深藏着寂寞与孤独，因此，我的招待可能会在她的心理方面发生作用。"

"我并非什么文学士，"丽贝嘉说，"正因为如此，我并没有权力禁止你说些我不懂的词儿。同时，你说服布尔克尔一族的手法也挺叫人佩服的，不过你想把那个冰山般的人带到绿色屋顶之家，我实在为你担心……"

安妮走到邓布尔街时，凯瑟琳寄宿处的房东太太把安妮引进了客厅。当听到安妮表示想见凯瑟琳时，她不自觉地耸了一下她肥胖的肩膀。

"我会对她说你想见她的。但是她要不要见你，我就不敢保证啦！今天晚上她一直在生闷气。因为洛林太太说凯瑟琳是沙马塞德女教师中最邋遢的一个。"

"她们大可不必说这种话啊。"安妮用责备的口气说。

"可是，我认为让凯瑟琳听到总是比较好。"德尼斯夫人好似稍微动了怒气。

"那么，督学说凯瑟琳是海岸地区最优秀的教师这事，想必你也知道吧？"安妮问。

"嗯，我当然知道。不过，她今天特别不好侍候。如果跟她提起这件事的话，她不是会更嚣张吗？而且她又说要养一只狗。她要求我说，愿意付狗的伙食费，不会给我添麻烦。可是她的语气太叫人不敢领教啦！她说：'如果我对你说，我要饲养一只狗的话，想必你不肯答应吧？'因为她的语气太自傲，所以我

就生气了，顺口说道：'是啊！就像你说的那样！'想不到她那种孤僻的人，也有你这种开朗和蔼的朋友。好吧！你就对她说养狗我并不反对，只要不在客厅方便就行。"

安妮私底下认为，就算狗在客厅方便，那间客厅也决不会变得更糟。瞧了瞧花边很脏的窗帘，以及叫人作呕的紫色玫瑰花纹地毯，安妮不自觉地打了个寒颤。

"在这种寄宿的地方度过圣诞节的人，未免太可怜了，"安妮自言自语地说，"难怪凯瑟琳讨厌'圣诞快乐'这句话。天哪！里面充斥着各种难闻的味道呢！为何不把外面的风儿放进室内呢？凯瑟琳的薪水并不少，为什么要住在这种地方呢？"

"她叫你上去呢！"走下楼梯的房东太太，用难以置信的表情回答。

那种狭窄的楼梯叫人感到甚为不快，除非万不得已，否则，决没有人想在那儿上下。安妮到达的里面的小卧室，比起客厅来，更显得阴沉。

唯一的光线来源就是没有盖子的瓦斯口。铁制的卧铺摆在房间中央，一个挂着马马虎虎的布帘的窗户，面对着积满了山一般铝罐子的后院。不过，对面却有一片充满诗意的天空，以远方连绵的紫色山脉为背景，罗列着一排白杨树。

"啊！凯瑟琳小姐，你快来瞧瞧那个落日吧！"安妮从凯瑟琳那张吱吱作响、又没有垫子的摇椅上站了起来，用恍惚的表情说。

"关于夕阳嘛！我已经看腻了！"凯瑟琳在内心如此想着。

"我保证你还没见过这个落日。所谓的落日，并没有完全相同的呀！你来这边坐着吧！就让那个夕阳沉入咱们的内心吧！"安妮如此说着，内心想："真希望你也能够说一些叫人愉快的话。"

想不到，凯瑟琳说："请你不要说那些无聊的话吧！"

世界上还有第二句比这更侮辱人的话吗？安妮霍然站立起来，准备回柳风庄。这时，安妮发觉凯瑟琳的眼睛有了些许改变，难道她哭过了？不可能的呀！安妮实在想象不出凯瑟琳哭泣的模样。

"你好像并不欢迎我。"安妮缓慢地说。

"我生来就不会说好听的话，我可比不上你，你才华横溢，举止就像女皇一般。我当然不欢迎你，因为这个房间太不像样啦！"

凯瑟琳用轻蔑的眼光看着褪了色的壁纸、没有坐垫的陈旧椅子和挂着裙子和衣服的化妆台。

"这并非一个好房间，如果你不喜欢的话，为何还要住在这儿呢？"安妮问。

"因为我一点也不在乎啊。好吧！今晚你来这儿做什么呢？难道是来浸染夕阳的光辉？"

"我是来邀请你和我一起前往绿色屋顶之家共度圣诞假期的。"

"好吧！你就展开一连串的攻击吧！"安妮如此想着，"她始终不坐下来，好似在等我告辞……"

接下来是一连串的沉默。不过，凯瑟琳还是开了口："你为何要邀请我呢？"

"因为在这种地方度圣诞，实在叫人感到心寒。"安妮率直地说。

"雪莉小姐，你又萌生搞季节性慈善的冲动了，对不？谢啦！我不会成为你施舍的对象的！"凯瑟琳对安妮冷嘲热讽。

安妮再也忍受不了这个奇怪而冷酷的人，她站起来，走到凯瑟琳身边，凝视着她的眼睛说："凯瑟琳，你实在不识好歹呢！"

两个女教师以白眼相向。

"说到这里，你的气已经消了吧？"凯瑟琳说。

但奇怪的是，她的声音已经没有了侮辱的意味，口角甚至带着些笑容。

"你说得对极啦！我早就想说这句话了呢！我并非基于慈善方面的理由，才邀请你到绿色屋顶之家度假。关于这点，我想你比任何人都明白。我想，任何人都不该在这儿度圣诞节，光是想想就叫人感到浑身不舒服呢！"

"你可怜我，所以才邀请我，对不？"

"你实在太可怜啦！因为你把人生关闭了起来。如今，轮到人生把你关闭啦！凯瑟琳，你就勇敢地打开人生的那扇门吧！"

"那是安妮·雪莉的陈腐论调。在镜子里展露笑容的话，你就会碰到笑容。"凯瑟琳说罢，耸了耸肩膀。

"陈腐的说法大致上合乎理论，你到底要不要去绿色屋顶之

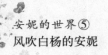

家呢？"

令人感到惊讶的是——凯瑟琳竟然笑了起来。她走到窗边，凝视了一阵子夕阳，然后转过身说："好的！我要去！哇，我好高兴！我俩就愉快地度过圣诞假期吧！"

"我真高兴！不过你是否能够过得愉快，就看你自己啰，凯瑟琳！"

"你放心好啦！我会处处遵守礼节的，到时你一定会大吃一惊的。我不敢保证自己会是个爽朗的客人，不过我绝对不会用刀子吃东西，有人跟我交谈时，我也一定会笑着回答。告诉你也无妨，我非常不想在这儿孤零零地度过假期。到时，房东太太将到夏洛镇的妹妹那儿度假，我得自己动锅铲呢！想到这里我就头大。不过，你不要对我说'圣诞快乐'好吗？因为我不太喜欢过度兴奋。"

"嗯，我不会说，可是我不敢保证双胞胎也不会说。"

"待会儿月亮出来以后，我俩就到外面散步，我帮你赞美一下美婵娟吧！"

"那实在太好啦！"安妮说，"请你记住，艾凡利的月亮比这儿的美婵娟动人多了。"

（五）

　　小不点儿伊丽莎白从长青庄的屋顶窗户看着安妮走出柳风庄时，眼眶里噙满了泪水，一直目送着安妮离开。凡是使她感到有意义的东西暂时从她的生活里消失殆尽时，她便感觉到自己变成了'莉姬'之中最像莉姬的小可怜。不过，等到马车迅速地绕过幽灵小径的拐角，消失了踪影以后，伊丽莎白就进入了自己的房间，跪在床榻旁嗫嚅着："神哪！就算我祈求你给我快乐的圣诞也是徒然的。祖奶奶跟'侍女'也过不了快乐的圣诞。不过，请你给我的雪莉老师快乐的圣诞吧！待圣诞过后，让她平安地回到我的身边。"

　　接着，伊丽莎白就站了起来。

　　"好啦！我已经把力所能及的事都做到了。"

　　安妮已经在品尝圣诞所带来的幸福了。火车徐徐地出站，到了空旷的郊外时，黑压压的，叫人联想到"魔鬼的森林"。没有树叶，光秃而优美的白桦树点缀着大地。周围笼罩着白色和淡紫色的雾霭。在森林后方低处的太阳，随着火车的奔驰，犹如发光的神仙一般，在树木间来回奔跑。凯瑟琳则一直默默无言。

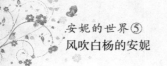

德威开了一辆两人搭乘的雪橇，到布莱多·利伐车站迎接安妮和凯瑟琳。德威一看到安妮，就欢天喜地地拥抱她。两个女教师都坐在后头。每逢安妮周末回到绿色屋顶之家时，她就会不期然地想到马修，以及马修开着马车载她驰过"欢欣的白蒙路"和"闪耀的湖泊"的往事。

如今，在雪橇下面，冰雪正发出咔哩咔哩的声音，银铃般的声音响彻于枞树之间。到了"欢欣的白蒙路"，星星点点的小花缠绕在树木上。来到最后小山前的山丘时，雄壮的海峡正躺卧在月光之下，泛着神秘的光辉。

在绿色屋顶之家，庭院里的每棵树都在欢迎安妮，窗户上的每一盏灯都在向安妮招手。当她俩打开厨房的门时，玛莉娜正在烹调香气四溢的食物。一伙人又是拥抱又是欢笑的，就连凯瑟琳也不再是旁观者，而变成了其中的一员。林顿夫人取出了珍藏的灯盏，把它放在餐桌上面。它放射出玫瑰色的暖和光辉，使桌面上的食物看起来格外可口。多拉已经长成一位美丽的少女，德威也长成了一位翩翩公子。

餐桌上，大家传递着最新的消息。黛安娜生了一个女孩子。乔依有了年轻的情郎。查理·史龙已经订婚了。这些消息的重要性，决不亚于大英帝国的各种消息。林顿夫人取出了一条号称用五千片碎布拼成的被子，赢得了大伙儿的一致赞美。

"安妮姐姐一回来，什么东西都会充满了蓬勃之气。"德威说。

"嗯，这就是真正的人生。"多拉说。

　　吃过了晚餐，安妮说："我一向抵挡不了月夜的诱惑，凯瑟琳，我俩穿着雪鞋去散步吧！"

　　"不过，我已经有整整六年不曾穿过雪鞋了。"说着，凯瑟琳耸耸肩膀。

　　安妮从阁楼里找出了自己的雪鞋，德威到黛安娜的娘家借了双雪鞋给凯瑟琳穿。她俩通过"恋人小径"，越过牧场，穿过森林。两个人一直都是默默无语，仿佛一旦开了口，就会损及美妙的东西。安妮从未如此接近凯瑟琳。想不到冬季的夜晚，凭着它独特的魔术，几乎使她俩的心连在了一起。

　　她俩来到街道时，一辆雪橇响起了铃声，在一片欢笑声中，飞快地奔了过去。安妮跟凯瑟琳叹了一口气。对她俩来说，被她们抛到后面的世界，以及她俩将回去的世界，似乎并没有共通点。现在，她俩抛在后面的世界，并没有所谓时间的概念，能够永远保持年轻。无须所谓语言的粗俗之物，她俩的心灵就能够彼此倾谈。

　　"真是太美啦！"凯瑟琳说。很明显，她是在自言自语，所以安妮并没有回答。

　　在绿色屋顶之家的下面，"闪耀的湖泊"已经为冰雪所封闭，树木的影子投射在它上面。四周一片静谧，马儿踱过桥梁时，就会带来断断续续的声音。往昔，安妮睡在阁楼的房间时，曾经几度听到那种声音。逢到这时，她都把它当成是妖精马儿的脚步声。

　　突然间，有个声音打破了沉寂。"凯瑟琳！你……你……你

不会是在哭吧？”

照理说，凯瑟琳并不像是个会哭泣的人。然而，她的确是在哭。泪水使凯瑟琳更具有人情味，使得安妮再也不怕凯瑟琳了。

“凯瑟琳，你到底怎么啦？我能够帮上什么忙吗？”

“噢……安妮，你不会懂的。你一向生活在美妙浪漫的世界，过着顺心的日子。你的生活态度是‘今天我能够发现叫人感到愉快的事吗’，而我呢？从来就不知道如何生活。我就好比跌入陷阱里面的动物，不仅逃不出陷阱，还担心被人们虐待。至于你呢？朋友众多，也有情人。但请你别误会，我并非想要个情人，我一向讨厌男人。就算我死了，也不可能有人会为我难过呢！如果你连一个朋友都没有的话，你会有什么感觉呢？”

凯瑟琳一直在啜泣。

“凯瑟琳，你不是说过你喜欢率直吗？那么，我就率直地对你说吧。你之所以没有朋友，其实都要怪你自己。我不是很想跟你交朋友吗？你却一直拒人于千里之外。”

“嗯，我知道，我刚看到你时，实在很恨你！因为你一直在展示你的珍珠戒指。”

“凯瑟琳，我并没有展示珍珠戒指啊！”

“这一点也就是我最要不得的地方。在我的眼里，那个珍珠戒指好像在对着我示威呢！正因为如此，当布尔克尔族在集体攻击你时，我曾经在内心里窃喜呢！你有的是魅力、友情、青春！而我呢？只有凄惨的岁月。”

安妮只好用痛彻的言词，说出了她到达绿色屋顶之家以前的悲惨孩童时代。

"如果我早知道这些就好了，"凯瑟琳说，"那样的话，情况就会改变了呢！我一直以为你是命运的宠儿，使我又嫉妒又感到痛苦。你的地位又高过年纪较大的我，人又长得美。而且，你每天的生活里充满了欢笑和刺激十足的冒险。我时常认为，你是从遥远的星球来的人呢！"

"凯瑟琳，你那么夸奖我，叫我愧不敢当。我俩一定能够成为好朋友的。"

"这个嘛……我也说不上来。至今为止，我没有任何朋友，更不知道如何交朋友，不过，我真的再也不恨你了。啊……或许你的魅力对我发生作用了呢！我只是想对你倾诉我过去的一切——如果你不曾告诉我你来到绿色屋顶之家以前的那一段遭遇，我也不敢开口呢！我很想告诉你，我为何会变成今天这样。"

"凯瑟琳，你就告诉我吧！我很想多了解你一点。"

"我的父母在我出生那一瞬间就憎恨我了。他俩彼此憎恨，一天到晚吵架。我的孩童时代简直是一场恶梦！我七岁时父母双亡，只好到亨利伯父家生活。在那里，我是多余的。伯父一家人都轻蔑我、侮辱我。我始终只能穿堂姐妹的旧衣服。我的脑筋很不错，很想成为一名文学士，但那只是痴人说梦罢啦！亨利伯父以我任教职后归还所有费用为条件，同意我到皇后学院攻读。伯父给我租了一间最下等的房间。这个房间在厨房上

面，夏天像火炉，冬天像冰窟。一年到头，房间里弥漫着炒菜的味道……"凯瑟琳继续悲切地说，"自出生以来，唯一叫我感到幸福的一件事，就是我成了沙马塞德中学二年级的教师。为了偿还伯父的一切费用（包括我在他家吃住的费用），我只好节衣缩食。结果好不容易才全部偿还完毕，心里的石头也好不容易放下来……

"我不善于社交，更不知道在社交场合应该说些什么话。在社交场合里，别人都无视我的存在，或者视若无睹。学生们在背后骂我是女暴君，对我感到厌烦……我什么都知道呢！你以为我不曾感到苦恼吗？噢……安妮，所谓的'憎恨'，已经变成了我的心病。其实我也想跟其他人一样，但我始终办不到啊，所以我一开口就会带着芒刺……"

安妮笑了起来。其实，凯瑟琳的声音已经不带着芒刺了，只是听起来还有些焦躁。

"反正，我俩必定能够成为好朋友的，我俩就在这儿度过愉快的十天吧！"

"你真的那样认为吗？我倒是感到有些不可思议呢！来到绿色屋顶之家以后，我竟然有一种回到自己家里的感觉。我准备对明晚抵达的吉鲁伯特展露出爽朗的笑容，我已经记不得如何跟年轻男子交谈了。或许，吉鲁伯特会把我看成古怪的老小姐吧？如今，我已经摘下了自己的假面具，赤裸裸地向你暴露出我那一颗颤抖的心。或许今晚上床了以后，我会感到非常后悔呢！"

"不会有那种事啦！你最好如此认为，'我已经叫安妮知道，我也是个具有浓厚人情味的人'。我俩就要钻入暖烘烘的毛毯里面了呢！我想，床上很可能已放着两个热水袋。玛莉娜跟林顿夫人将彼此认为对方会忘记，而各自放了一个热水袋到床上。在这么寒冷的月夜散步以后，人将特别容易入睡。等到第二天早晨醒过来以后，将以为自己比任何人都早看到蔚蓝的天空呢！"

两人进入屋里后，安妮看到凯瑟琳的美貌而吓了一大跳！因为在冷冽寒气里行走了一段时间后，她的皮肤闪闪发光，鲜丽的血色给了她很大的变化。

"哇！只要穿上像样的衣服，戴好点儿的帽子，凯瑟琳就会变得美丽动人呢！"安妮想象着凯瑟琳的黑色头发上戴着暗红色的帽子，再把帽子拉到琥珀色眼睛上方的情形……"好吧！我一定要想想办法。"

（六）

绿色屋顶之家的周末和星期一都很热闹。他们准备做些李子布丁，并且把圣诞树搬入屋里。

为了充作花环，凯瑟琳、安妮、德威，还有多拉摘取卧藤松和卧藤、针枞的树枝。他们一路采着羊齿草，到处徘徊时，太阳已经把余晖投射到白色的山腰。一伙人回到了绿色屋顶之家时，一个年轻男子迎接了他们。因为，他留起了胡子，看起来比实际年龄大，安妮实在无法确定他是否是吉鲁伯特。

凯瑟琳只是笑笑，说了些俏皮话儿，就把安妮跟吉鲁伯特留在了客厅。这个夜晚在睡觉以前，凯瑟琳一直在厨房里跟双胞胎玩耍。凯瑟琳也料想不到自己会玩得那么高兴。她拿着蜡烛跟德威进入了乡村的地下室，发现世界上真的还有甜的苹果。在蜡烛照耀之下，一切都显得那么神秘而柔和，使她感觉到自己的人生也能够变得美丽动人。

圣诞节的早晨，德威摇着系在牛脖子上的银铃，在楼梯跑上跑下。银铃发出了惊天动地的噪音。玛莉娜责骂德威说："你不要吵醒客人呀！混小子！"

不过，凯瑟琳已笑着走到了楼下。不知怎的，她跟德威之

间产生了志同道合般的感情。她率直地对安妮说，德威跟她有着共同的"缺点"。

她俩打开了客厅的门，在早餐前分发礼物。就连多拉这个正经八百的女孩子，在还未取得礼物以前，也吃不下东西呢！凯瑟琳以为除了安妮，不可能有人送她礼物，想不到一家人都送了她礼物。林顿夫人送了她一件编织的毛毯，多拉送她菖蒲根制成的香袋，德威送了割纸刀，玛莉娜送了一篮子瓶装的果酱，吉鲁伯特送她青铜制的小猫文镇。圣诞树下面系着一只小狗，它有着褐色的眼睛、绢布似的耳朵，此刻它正躺在温暖的毛毯上面。小狗的脖子上有张卡片，上面写着：

我还是要对你说一声圣诞快乐！

安妮　赠

凯瑟琳抱起了挣扎的小狗，用颤抖的声音说："安妮，这只狗好可爱！可是德尼斯太太不让我养啊。我问她能否养狗时，她一口就拒绝啦！"

"关于德尼斯太太方面，我已经跟她沟通过了，她再也不反对你养狗了。不过，你最好再找一个比较好的居住环境。"

林顿夫人说，银色圣诞是最理想的一件事情。因为只要圣诞下雪，墓地就不会肥沃。不过对凯瑟琳来说，那是紫色、红色和金黄色的圣诞。接下来的一个星期可以用"非常美好"来形容。在这以前，凯瑟琳并不曾体会到幸福为何物。安妮发觉自己跟凯瑟琳在一起时非常快乐。

安妮跟凯瑟琳到更远的地方散步。她俩到过静谧无声息的"恋人小径"、"魔鬼的森林"、小雪纷纷飘下的山丘、笼罩着浓厚紫罗兰色的古老果树园，以及晚霞照耀下的森林。

此刻，再也看不到歌唱着的小鸟的影子、吱吱喳喳地叫嚣的松鼠，以及小河潺潺流动的声音。只有风儿演奏的曲调，点缀着静寂的原野。

有一晚，公共聚会堂召开了音乐会，事后史龙家又举办了派对。安妮怂恿凯瑟琳参加。

"把你的朗诵列入节目表里面吧！我听过你出色的诗歌朗诵。"

"本来我是非常喜欢诗歌朗诵的，不过去年夏天，我到海滨的音乐会朗诵诗歌时，大伙儿都在背后笑我。"

"你怎么知道他们在笑你呢？"

"绝对错不了啦！因为并没有其他值得可笑的事情嘛！"

安妮忍住了她的笑意，再度要求凯瑟琳朗诵诗歌。

对于诗歌朗诵，凯瑟琳勉为其难地答应了，但是她对派对则表示不敢领教。

"去是可以啦！"凯瑟琳说，"但是压根儿就没人愿意跟我跳舞。正因为如此，我往往会闹别扭，或者在恼羞成怒之下损人，或者对人冷嘲热讽呢！绝大多数人都认为我不会跳舞，事实上，我非常精于此道呢！住在伯父家的那段时间里，我跟厨娘时常配合着客厅的音乐婆娑起舞呢！"

"凯瑟琳，你绝对不会在派对里坐冷板凳的！你的头发本来就很吸引人。我能给你梳一种新的发型吗？"

"哦，就有劳你的双手吧！我实在没有时间把头发弄卷，而且也没有赴派对的衣服。安妮，你说那件绿色的丝织品行不行？"

"如今，只好穿它凑合一下啦！其实任何颜色都比绿色适合你。凯瑟琳，你就戴上那个薄天鹅绒、打着红色衣褶的衣领吧！对啦，你可以穿上红色衣服啊！"

"我一向对红色最不敢领教！住在亨利伯父家的那段时间内，伯母老给我系上大红色的围裙。每逢我系那件围裙走进教室时，其他孩子就会大声叫嚷：'哇！发生火灾啦！'因此，我一向不怎么注重衣饰。"

"你的想法并不正确，衣饰对我们非常重要呢！"安妮一边梳理凯瑟琳的头发，一边严肃地说。不久以后，安妮瞧着自己的杰作，感到非常满意。

安妮用她的手腕围绕着凯瑟琳的肩膀，使凯瑟琳面对着镜子："你不认为我俩都是美人吗？"安妮笑着说，"想到别人瞧到我们时会眼前一亮，你高不高兴，凯瑟琳，你的眼睛是近乎琥珀的茶色。今晚，你千万别辜负了你的姓氏'布鲁克'①，尽量使自己爽朗、清澈，及闪闪发光吧！"

"你所说的那些特点，我连一个也没有呢！"

————————

①小河的意思。

"这一星期来，你一直很漂亮。所以嘛！你当然能够继续漂亮下去。"

"那只不过是绿色屋顶之家所变的魔术，一旦我回到了沙马塞德，时钟就会对灰姑娘敲十二下呢！"

"正因为如此，你应该把魔术也带回去呀！你就瞧瞧镜子里的自己吧！这可是你应该拥有的姿容呢，并非只有今天拥有。"

凯瑟琳瞧了瞧镜子里面的自己，好似不相信自己的眼睛，一直凝视着镜子。

"的确，我看起来年轻了不少。安妮，你说得很对，衣着对于我们非常重要。因为我一向邋邋遢遢的，看起来比实际年龄苍老。安妮，你天生懂得生活的艺术，而我呢？全然不懂。我只是一味地对人冷嘲热讽，说起来也够悲哀，这是我给别人的唯一印象。"

"凯瑟琳，你就瞧瞧镜子里面的自己吧！你的眼睛仿佛寒星一般在闪耀着，你的面颊也艳如桃花呢！你不必感到畏缩了。好吧！咱们走吧！快迟到啦！幸亏犹如多拉所说的'每个人都有指定的坐位'，否则的话，咱们就得被罚站了。"

吉鲁伯特驾马车把两位打扮成天仙似的美人送到公共集合堂。一切的一切都跟往昔相同。只是安妮的伴侣由黛安娜变成了凯瑟琳。想到这个，安妮叹了一口气，如今的黛安娜必须操心的事情太多啦，再也不出席音乐会和派对了。

这是个美丽动人的夜晚。下了一场粉雪以后，街道仿佛是一条银色的绸缎，西方展现出浅绿色的天空，猎户星座在遥不

可及的天际眨眼，小丘、牧场、森林，在万籁俱寂之下包围着一行人。

凯瑟琳的诗歌朗诵一开始就紧紧地扣住了观众的心弦。在派对里面，一连串男士希望跟她翩翩起舞。到了这时，凯瑟琳突然发觉自己在毫不痛苦之下，花枝招展地笑了出来。

回到绿色屋顶之家后，凯瑟琳跟安妮在两根蜡烛照耀下的客厅暖炉旁烤着火，暖暖脚。林顿夫人问她俩是否再需一床毛毯，然后又说，小狗睡在炉灶后头暖和的地方。凯瑟琳感到无比心安。

"我的人生观已经完全改变了。我做梦也想不到世界上还有如此亲切的人们……"将进入梦乡的凯瑟琳如此想着。

"凯瑟琳小姐，请你再来玩。"凯瑟琳和安妮将离去时，玛莉娜如此嘱咐。除非她的内心感到特别高兴，否则的话，玛莉娜绝对不会这样说。

"当然啦！凯瑟琳会再来的！"安妮说，"到了暑假，你更可以来这儿度过漫长的假期。我们可以升起篝火，摘苹果，牵着牛散步，到池子里划船，到森林里面玩捉迷藏。凯瑟琳，我很想带你到赫斯达的庭园、'回声庄'和'紫罗兰之谷'瞧瞧呢！"

（七）

我最尊敬的友人：

这个词儿并非姬蒂大婶的奶奶所写出来的。我只是在想，如果姬蒂大婶的奶奶想出来的话，她或许会这样写。

离开绿色屋顶之家以后，我又回到了柳风庄。丽贝嘉在尖塔里的房间，燃起了火炉，再把热水袋放在我的卧铺上面。

我很喜欢柳风庄。我一向不喜欢在死气沉沉的地方生活。柳风庄虽然守旧了些，但是它仍然爱着我。

我很高兴再度看到姬蒂大婶和凯德大婶，甚至丽贝嘉。这三个人虽然长得不漂亮，但是我仍然喜欢她们。

昨天，丽贝嘉对我说了一句"很绝"的话："雪莉老师，自从你来到这儿以后，幽灵小径完全改变了呢！"

吉鲁伯特，我很高兴你喜欢凯瑟琳。她对你的良好态度叫我惊讶万分；关于这一点，我想，凯瑟琳本人也应感到非常诧异才对。

因为我全力协助我的副校长，使得学校的营运有大幅度的改变。凯瑟琳就要改换居住的地方，经我说服以后，她也购买了天鹅绒的帽子，甚至决定要参加合唱团了呢！

昨天，汉弥敦的狗来追咬猫儿达斯特。

"老娘实在咽不下这口气！"丽贝嘉如此说，把本来就够红的脸儿，涨得犹如关公一般，浑肥的背因愤怒而颤抖不已。她因过度激动，连帽子戴歪了也毫无所知，就这样奔到街道上面，数落起了汉弥顿先生的不是。

"我虽不喜欢那只猫，"丽贝嘉说，"但好歹它也是咱们家饲养的宠物，正因为如此，我绝对不允许那只狗来这儿撒野，欺负达斯特。"

想不到，汉弥敦先生却嬉皮笑脸地说："我的狗只是半开玩笑地赶你的猫罢了。"

"你那种汉弥敦式的开玩笑方式，我可不能接受。因为，它跟丽贝嘉式的想法是背道而驰的！"丽贝嘉愤然地说。

"啧啧……丽贝嘉，你在午餐时，一定吃了不少洋白菜。"

"我才没有吃洋白菜呢！"丽贝嘉愤然地说，"如果我想吃的话，还是可以吃到的。

自从去年秋天洋白菜大涨价以后，你就把所有的洋白菜卖出去啦！连一颗也不留给家族享用！马坎巴船长的夫人才不会那样绝呢！世上就有一种人挣钱不择手段，这种人还会有什么人性呢！"

丽贝嘉如此谩骂以后，回到了柳风庄。

粉白色的"旋风之王"上面，有一颗闪耀的红色星星。我真希望你就在这儿跟我肩并肩地瞧着那颗星星。不过话又说回来啦，如果你真的在这儿的话，我恐怕很难只跟你维持尊敬与

友情的关系喽!

一月五日

于柳风庄幽静的小径

昨天晚上，凯莉·布鲁克林家举办了一场舞会。凯瑟琳穿着一件深红色的绸缎衣服，它的衣摆打着很多褶边，头发也到美容院梳理过。正因为如此，凯瑟琳进入屋里时，大伙儿都在问："她是谁呀？"

我心想凯瑟琳会有如此大的改变，与其说是她的服装使然，不如说是来自内心的变化比较恰当。

以前，凯瑟琳在人群里总是抱持着这种态度："我要叫这些人感到索然无味，想必他们也会对我感到索然无味吧！反正这样比较好……"

但是昨天晚上，她已经在她的心灵窗户上点燃了明亮的蜡烛。

为了要获得凯瑟琳的友情，我耗费了很多心思，不过话又说回来啦，价值连城的东西并不容易获得。一开始我就知道，凯瑟琳的友情肯定是有价值的东西。

姬蒂大婶因为伤风而发烧，一连躺了两天，她说如果是肺炎的话，明天非请医生来看看不可。一听到医生要来，丽贝嘉就用一条毛巾把她的头缠了起来，一心一意地打扫房子，准备

给医生一个良好的印象。现在她正在厨房里面，用熨斗烫着姬蒂大婶的白色木棉睡衣。

一月十九日

以正月来说，寒冷而灰色的日子未免太长了一些，港口方向时时有狂风吹来，并且给幽灵小径带来了纷纷的白雪。昨天晚上，我看到银色的雪堆融化了，今天就有艳阳高照的日子。那堆枫树反映着阳光，正泛出耀眼的光芒。在平常看来平淡无奇的东西，今天也显得美丽夺目。铁丝的围墙看起来仿佛是水晶的花边。

今夜，丽贝嘉热心地翻看我的一本杂志。原来，她正在聚精会神地瞧"各种不同典型"的美人图片呢！她若有所思地对我说："雪莉老师，如果只要挥动一下魔杖，就能够使每个人都变成美人的话，那该多好。如果我能够在转眼间就变成一个美人的话，不知道自己会有什么感受呢！不过，如果我们都变成美人的话，那么，由谁来担任制造美人的工作呢？"

一月二十八日

（八）

可怜的吉鲁伯特：

我好担心自己年纪轻轻就长了白头发。我很担心自己必须在救济院养老。我很害怕自己的学生期末考试都不及格。星期六晚上，汉弥敦先生养的狗冲着我吠叫，所以我害怕自己会得狂犬病。

今晚，我想去瞧瞧凯瑟琳，但是害怕伞会开花。现在的凯瑟琳对我太好啦！所以我很担心她不可能老是这样呢！我也担心我的头发不是金褐色。我更害怕到了五十岁时，鼻头上面会长出一颗黑痣。我又担心学校会发生火灾，更害怕我的房间里藏着老鼠……

我最心仪的吉鲁伯特呀，我并没有发疯，我根本就没疯，只是受到了丽贝嘉的堂妹亚妮丝汀的感染。

时到如今，我才恍然大悟，丽贝嘉何以叫她堂妹亚妮丝汀为"烦恼的根源"了。看到她那种自寻烦恼的个性之后，我才相信所谓"命中注定"的说法。

人世里，虽然极少有亚妮丝汀那样严重的忧郁症患者，但是仍然有很多自寻烦恼的人，他们因对明天感到茫然，以致不

敢充分地享受今天的快乐。

　　吉鲁伯特，我俩就不要太过度地烦这烦那吧！因为，那实在是一件很苦的差事，我们就大胆而冒险地期待明天吧！就算人生有着山一般高的烦恼、伤寒，或者生下了双胞胎，我俩也不妨用欢乐的态度迎接它们吧！

　　今天，仿佛是六月中的一天掉进了四月，积雪已经完全消失，淡金黄色的牧场，以及金色的小丘正唱着春之歌。这些日子以来，陆续地在下雨，我只好坐在尖塔的房间里面，欣赏着静谧的春天黄昏。不过，今夜的风儿稍强，甚至在空中奔驰的云朵看起来也是匆匆忙忙的……

　　吉鲁伯特，我对你的思念，已到了无可救药的地步。这件事对神来说，或许有些不敬吧？还好，你毕竟不是牧师。

　　　　　　　　　　　　　　　　四月二十日
　　　　　　　　　　　　　　　　　柳风庄
　　　　　　　　　　　　　　　尖塔状的房子里

（九）

"我跟其他人不同呢！"荷雪儿叹了一口气。

跟其他人太不相同的话，实际上也叫人感到窘困，但是，仍然会给人一种来自另外一个世界的优越感。荷雪儿跟其他人不相同的事情，叫她感到处处为难，但是她也绝对不想变成一个太平凡的人。

"每个人都有其不同之处啊！"安妮感到兴趣盎然地说。

"你是在笑我吗？"荷雪儿把异常白皙的双手交叉在一起，用一种憧憬的眼光瞧着安妮。不管荷雪儿说出什么话，她都会在她所说的话里面，挑出一句加强语气。

"你的微笑非常迷人，那是一种收放自如的微笑呢！初次碰到你的瞬间，我就感觉到你什么都会明白。我俩具有相同水平的灵气嘛！有时，我认为自己就是聪明的精灵呢！雪莉小姐，不管碰到什么人，只要在那么一瞬间，我就会明白自己是否会喜欢上他。我一看到你，就知道你是一位富有同情心的人，是一个能够理解我的人。我非常高兴，因为没有一个人理解我呢！我碰到你的时候，我就知道我不必戴上面具，可以凭本来的面目见你！啊，雪莉小姐，你起码会喜欢我一点点吧？"

"你实在很可爱。"安妮轻盈地笑着，用她纤细的手指拢起了荷雪儿的头发。安妮毫不造作地喜欢上了荷雪儿。

荷雪儿在尖塔的房间里面，对着安妮述说她的心事。从房间的窗户可以瞧见港口上空的新月，以及窗下大红色的郁金香。

"现在，还不要点灯，好吗？"荷雪儿如此要求。

安妮也附和着说："嗯，好吧！跟黑暗交朋友是一件很有诗意的事！一旦点了灯火，黑暗就全变成了敌人，用憎恨的眼光瞧咱们呢！"

"我也能想象得到那些事情，但是，却不能够很诗意地把它表述出来。"荷雪儿进入恍惚之境，呻吟了一声，"雪莉小姐，你能够用紫罗兰的语言说话呢！"

就连荷雪儿自己也无法说出这句话的含义。不过，这件事并不重要，因为她的声音听起来充满了诗意。

在柳风庄里，只有尖塔的房间是和平的地方。在那一天的早晨，丽贝嘉用一种受到迫害的表情说："妇女会在这儿召开以前，必须更换客房和客厅的壁纸呢！"

为了不妨碍工作人员贴壁纸，那两个房间的家具统统被搬出来啦！谁知工作人员却推说工作太忙碌，再过一天才能够贴上新壁纸，所以柳风庄看起来非常混乱，唯一的绿洲为尖塔里面的房间。

荷雪儿·马尔一家在去年的冬天，从夏洛镇搬到了沙马塞德。荷雪儿可以称为"十月的金发美人"，她有着金铜色的头发和褐色的眼睛。而且，她很受年轻男子的青睐。他们都认为荷

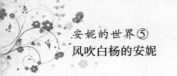

雪儿的眼睛和鬓发实在充满了吸引人的魅力。

安妮很喜欢荷雪儿。这天黄昏，因为下午在教室上课的疲累，安妮陷入了一丝悲观的境地。不过，安妮的情绪已经完全镇定下来了，这到底是从窗外吹进的苹果香气使然，还是荷雪儿的喋喋不休所带来的呢？安妮实在弄不清楚。总而言之，对安妮来说，荷雪儿的一切使她想起了自己少女时代的喜悦、理想，以及充满了浪漫气息的一切思想。

荷雪儿抓起了安妮的手，轻轻地吻了一下。

"雪莉小姐，我憎恨所有爱过你的人，因为我想独占你的爱。"

"我看哪！你是有那么一点儿任性，除了我，你不是很喜欢德利吗？"

"噢，雪莉小姐，我就是想跟你谈谈这件事呢！事实上，我再也忍耐不下去啦！我非对你全盘说出来不可！因为只有你一个人理解我啊！昨天晚上，我犹如梦魂一般，在池塘四周徘徊。依我看哪！大约走到十二点钟吧！我对于所有的事情都感到痛不欲生！"荷雪儿在浑圆的眼睛、绯红的白色脸庞及修长的睫毛允许之下，尽量装出悲剧角色的嘴脸。

"噢……荷雪儿，我看到你跟德利那么要好，以为万事都进行得很顺利呢！"

这也难怪安妮会这样想。因为这三个星期以来，荷雪儿如做梦般，断断续续地说着有关德利的琐事。荷雪儿的这种态度好像在对人们说，如果不能对别人提起心上人的种种的话，那

么，又何必拥有爱人呢？

"大家都认为是那样呢！"

荷雪儿用悲痛的口吻说："啊！雪莉小姐，人生无时无刻不充满复杂的问题呢！有时，我甚至认为躺下来，什么都不去想最好。"

"咦！荷雪儿，你的葫芦里在卖什么药呀？"

"没卖什么药啦！不过，这件事也不能等闲视之，雪莉小姐，我能够对你倾吐一切吗？我能够把心事完全说出来给你听吗？"

"可以呀！"

"我这个人哪！根本就是有话无处说呢！"

荷雪儿用悲切的口吻说："当然啦，日记除外！雪莉小姐，有一天，我想把日记拿给你瞧瞧。因为，那完全是我的自我表白呢！不过我不能写出我内心里燃烧的东西，因为那样做的话，我非窒息不可。"说罢，荷雪儿以戏剧性的举止，抓了她的喉咙一下。

"好吧！如果你有那种想法的话就让我瞧瞧吧！你跟德利之间又有什么问题呢？"

"雪莉小姐，如果我说，我把德利当成完全不认识的人的话，你会相信吗？"荷雪儿为了避免误解，缓慢地说。

"天哪！荷雪儿，你不是很爱他吗？那么，你想说的是……"

"嗯，我一直都以为自己爱着德利呢！时至今日，我才知道全弄错啦！我做梦也不曾想到，我的立场原来如此尴尬。"

"关于这件事儿嘛，我也略知一二。"

安妮想起了罗耶尔（参照《安妮的爱情》）的事情，所以对荷雪儿表示同情。

"啊……雪莉小姐，我并没爱德利到非跟他结婚不可的地步。直到现在，我才恍然大悟。我仿佛是在月光的催促之下，机械般的爱着他！如果没有月光的话，我一定能够冷静地考虑一番呢……想不到，我陷入了无法自己的境地。时至今日，我仿佛大梦初醒，完全明白过来了。啊！我非逃脱不可！我可能会蛮干一场呢！"

"荷雪儿，如果你认为看走了眼的话，不妨对德利直说啊。"

"天哪！我可不能那样做！"荷雪儿说，"如果我说出了心里的话，德利非死不可！因为他是那样崇拜我。你想想看，他已经向我提出有关婚礼的事宜了呢！我今年只有十八岁，每次和朋友说悄悄话，跟她们说我已经订婚时，她们表面上都向我道喜，但是在内心里，一直都认为我另有意图，图谋不轨呢！

"我那些从小玩到大的朋友都认为德利'很不错'，她们所谓的'不错'也都并非指德利的人格或者外貌，而是他到了二十五岁那年就可以获得他爷爷留给他的一万美元。他们的意思是我是为了人财两得才跟德利订婚，真是太岂有此理啦！这个世界的人们贪欲太甚啦！"

"或许，有一些人的确贪得无厌，但是并非所有人都这样啊。荷雪儿，大家对于你接近德利之事，有着太不应该的想法，他们都错了。事实上，有时我们自己就很不容易理解自己呢！"

"噢……是那样吗？我就知道你能够理解我。我这个人哪，一直以为自己爱着德利呢！雪莉小姐，第一次看到德利时，我整个晚上就坐在一旁瞧他，每逢他的眼光跟我接触时，我就会浑身颤抖起来。

"不错啦！大伙儿都认为德利是个美男子，关于这一点，我一向不否认。不过在我首次邂逅他时，我就认为他的头发太卷曲了点儿。不过，我这个人一向不拘泥于'小节'，而且又非常容易冲动。正因为如此，每逢德利靠近我身旁时，我就会感到脑海里一片茫然，身体也连连打起哆嗦来呢！

"可是现在不管他多靠近我，我都已经没有那种感觉了，一丁点儿的感觉都没有了呢！真是天晓得！啊，这几个星期以来，我已经苍老了很多！

"雪莉小姐，我说出来你可能不会相信，自从订婚以后，我几乎没有吃过任何东西呢！如果你不相信的话，不妨问我母亲。的的确确，我没有爱德利到必须跟他订婚的地步，或许对于别的事情我不太清楚，不过对于这件事嘛……我非常清楚。"

"如此说来，你是准备……"

"就是德利向我求婚的那个月夜，我仍然在为约翰·布尔克尔举办的化妆舞会伤透脑筋呢！因为我拿不定主意该穿哪件衣服。我私底下在想，只要把自己打扮成'五月的女王'，穿上淡绿色的衣服，系上浓绿色的腰带，头发上面插几朵淡红色的玫瑰的话，就能够十足引人注目啦！

"万万料想不到约翰伯父竟猝然去世，结果呢？约翰的派对

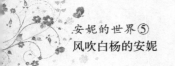

开不成啦！什么都被取消了。可是最重要的一点，就是在我感到如此垂头丧气时，不明白自己是否还能够爱着德利。雪莉小姐，你认为我能够办到吗？"

"我也说不上来呢！因为我们的情绪，老是喜欢跟我们过意不去。"

"自始至终，我一次也不曾想到结婚呢！雪莉小姐，我能够对你说出心里的话，实在太妙啦！这种机会是很难碰到的呢！

"这个世界上的人们都喜欢幸灾乐祸……她们都在背地里论及德利跟我的是非呢！噢……对啦！关于我和德利之间的事，我该怎么办呢？雪莉小姐，我想请教你的意见，我如今就仿佛掉进陷阱里的动物！我该怎么办才好呢？"

"荷雪儿，这很简单。"

"噢……我认为不简单呢！雪莉小姐，我感觉到非常沮丧！我母亲显得很高兴，可是伯母就不是了。我的伯母不喜欢德利，偏偏她的判断力又比较正确。老实说，我不想跟任何人结婚。因为，我抱持着很大的期望呢！我计划度过美妙无比的生涯。有时，我甚至会萌生出当一名修女的冲动呢！雪莉小姐，你不认为做一个神的新娘是一件浪漫的事情吗？我认为天主教堂美如图画，你有没有这种感觉呢？

"不过话又说回来啦，你又不是天主教徒，而且就算做了修女，也不能度过美妙的生涯啊。

"有时，我认为当一名护士也很不错。雪莉小姐，你不认为那是一种很浪漫的职业吗？我希望自己在为发烧的病人服务时，

能够碰到俊美的百万富翁，跟他谈一场轰轰烈烈的恋爱，再由他带着我到利乌伊拉的别墅蜜月旅行。那栋别墅面对着朝阳和地中海呢！

"我时常做着这种白日梦，或许我有些痴人说梦，不过内心里仍然感到很快乐呢！

"如果跟德利结婚的话，我就得一辈子住在沙马塞德，实在很不甘心哪！所以嘛，我不能不做这种美梦。"

"我也这么认为……"安妮说。

"雪莉小姐，我俩具有一个共同点。德利并不喜欢诗和浪漫，而我却把它看成生命。有时，我认为自己是埃及艳后投胎转世的，不然就是特洛伊的海伦再世。反正，我认为自己定是魅力十足的人转世的。我有着超俗的思想和感情，至于德利嘛，实在现实得可怕。他呀，可不是什么灵秀的人转世的！当我提起薇拉的鹅毛笔时，他的回答实在叫人失望透啦！雪莉小姐，你认为呢？"

"可是，我不曾听你说过有关薇拉鹅毛笔的事情啊。"安妮很有耐心地说。

"噢……我以为已经对你说过了呢！因为我说过的话太多，所以也就忘了啦！是这样的：苏拉的未婚夫捡到了一根乌鸦的羽毛，于是他就把它跟鹅毛混在一起做成一支鹅毛笔，送给薇拉。而且还说：'每逢你使用这支鹅毛笔时，希望你就像拥有这根羽毛的鸟儿一般，心灵在天空飞翔。'这句话不是很动人心弦吗？想不到德利这个凡夫俗子却嗤之以鼻地说：'那种羽毛笔一

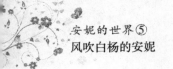
下子就会被磨损掉呢！如果薇拉写出长篇大论的话，那就更不必说啦！而且乌鸦并不会在很高的天空飞翔啊！'反正德利这个人是十足的呆瓜，他并不理解这句话所包含的真正意义。"

"那又具有什么意义呢？"安妮依然不太明白。

"咦？那不就……那不就表示飞翔吗？也就是指离开这个浑浊的世界啊！雪莉小姐，你喜欢薇拉的戒指吗？它是翠玉的呢！我认为当我的订婚戒指的话，它的颜色稍嫌暗了一些，还是你的珍珠戒指比较理想。

"德利很想立刻把订婚戒指套在我手上，可是我不依。他的表情仿佛在进行一桩买卖！好像一旦失去了机会，就永远娶不到我了。雪莉小姐，如果我真正爱他的话，不可能有这种感觉吧？"

"也许是吧！"

"对一个人倾吐心声，真是一件快事。啊！雪莉小姐，如果我能够再度恢复自由身，更进一步探究人生的深刻意义的话，那该有多好！即使我苦口婆心地对德利说，他也不可能明白的！搞不好，他还会向我大发脾气呢！说穿了，那家人都这样……啊！雪莉小姐，如果你能够代我向德利游说一下，那该多好……德利一直很崇拜你呢！他认为你的学识非常渊博，他一定会听你的话的。"

"荷雪儿，你认为我有那种能耐吗？"

"如果你不能的话……"荷雪儿以悲剧性的口吻说，"那……谁又能够做到呢？反正，我再怎样也不能跟德利结婚。"

"如果你真的不爱德利的话，不管他会如何伤心欲绝，你最好还是把实际的情形告诉他！我想，你一定会碰到你真正喜欢的人的。到那时你就千万别再怀疑他啦！"

"我再也不会爱任何人啦！"荷雪儿冷静得近乎无情。她说，"爱只会带来悲哀，我虽然年纪不大，但已经看透这件事啦！或许这件事能够成为你写作的材料呢！啊，雪莉小姐，我得回去啦！我不曾想到会谈到这么晚。向你倾吐了心声后，我感觉好过多啦！

"莎士比亚说过：'在影子的国度里，接触到你的心弦。'"

"这一句是波林·琼森说的呀！"安妮很温柔地纠正。

"噢……我知道说过这句话的人是何种人物，我也知道他是以前的人。今夜，我可以睡得很香甜啦！雪莉小姐，我跟德利订婚以来，一直都在钻牛角尖，所以一直都不能好好地睡觉呢！"

荷雪儿甩了一下她的头发，戴上了帽子。帽子的边缘有一层玫瑰色的里子，周围点缀着玫瑰花。戴上这顶帽子以后的荷雪儿，简直美得叫人发狂呢！

安妮情不自禁地吻了荷雪儿。

"像你这么漂亮的人儿，真是极为少见呢！"安妮感叹着说。

荷雪儿纹风不动地站在那儿。旋即，她抬起了头，透过尖塔房间的天花板，看着夜空里眨眼的星星。

"我绝对忘不了如此曼妙的一瞬间，雪莉小姐。"荷雪儿如此嗫嚅着，"如果说，我真的长得漂亮的话，我此刻该是最为清静的时候了。啊！雪莉小姐，当一个人被称为甚为漂亮，而大伙儿在看过她时认为并不怎么样的时候，实在叫人感到欲哭无泪呢！一个人的失望到达极点时，有时会感到心有不甘而认为不如死了算了呢！

"或许，这只是我的想象力吧！我的想象力非常丰富呢！有时，由于它实在太丰富了，反而成为累赘。因为，我竟然想象着自己在爱德利呢！雪莉小姐，你熟悉苹果花的香气吗？"

安妮的嗅觉很灵敏，当然熟悉苹果花的香气。

"那种感觉不是很神圣吗？"荷雪儿说，"天堂到处开满了花儿，如果一个人居住在百合花里面的话，他一定会成为好人。"

"居住在百合花里面，未免太挤了吧？"安妮说。

"噢……雪莉小姐，你就不要对你的崇拜者说一些风凉话嘛！从你嘴里说出来的风凉话，会叫我像被摘下来的叶片一般枯萎的……"

"天哪！我看你差点儿就被那女孩子'喋死'了呢！"安妮送荷雪儿到幽灵小径尽头再度回到柳风庄时，丽贝嘉对她说，"亏你还忍受得住。"

"丽贝嘉，我好喜欢那个女孩子，我真的很喜欢她。我在孩童时代也是一个喋喋不休的女孩子。与荷雪儿谈话以后，我才恍然大悟，我或许也对别人说过类似无聊的话呢！"

"你在孩提时代，我还不曾认识你。可是，我认为你绝对不会像她样喋喋不休的。不管说话的方式如何，你所说的话都是

事实。荷雪儿就不是啦！那个女孩子，不过是装成奶油的脱脂奶罢了。"

"嗯……你说得很正确，荷雪儿也几乎跟别的女孩子一般，有那么一点儿演戏的味道。不过，她所说的话当中，也不乏真实的事情。"

安妮想到了德利的事情。

安妮满以为荷雪儿所谈及的有关德利的事情，一切都是真实无讹。正因为如此，对德利并没有良好的印象。就算德利会"继承"一万美元，安妮也认为荷雪儿只不过是他过去的情人。

在安妮的想象中，德利是个眉清目秀但很懦弱的年轻人。他必定是个见异思迁的人，碰到对他表示好感的女孩子，总是犹如一只蜜蜂，从这朵花飞到那一朵花。

在那年的春季里，安妮时常跟德利在一起。因为荷雪儿要求她当"电灯泡"。

而且，当荷雪儿见到金斯伯多拜访友人时，德利以"近水楼台"之便，时常对安妮表示好感，邀请安妮跟他一块儿驱马车兜风。而且他不管邀请安妮到哪儿，都会非常殷勤地把安妮送回柳风庄。

他俩彼此以"安妮"、"德利"称呼。安妮的年龄虽然跟德利相仿，但是一向以朋友之道对待他。正因为"聪明的安妮"把德利当成朋友，德利感到得意非凡。

在玛莉·考纳莉召开派对的夜晚，在月光照耀下的庭院里面，德利显露出了太多的感情，以致安妮有那么一些调皮地搬

出了荷雪儿的名字。

"噢！安妮，你就别提那个女孩啦！"

"咦？'那个女孩'不是跟你订婚了吗？"安妮以严肃的口气说。

"那根本就不算订婚，我只不过是做了些傻瓜的举止。我想，我因为处在月光下面，以致太兴奋了些。"

安妮迅速地转动她的脑子。如果德利真的在心坎里没有荷雪儿的话，那就不如叫他早早放开她。或许，如此才能够把她救出愚蠢的暗斗呢！这两个男女都很年轻，所以往往把一切事情看得太认真，而且一旦陷入泥潭，根本就无法自拔。

德利把安妮的沉默看成是同意他的说法，所以继续说："当然啦！我现在处于很尴尬的立场，我认为荷雪儿把我俩之间的事情看得太认真，我实在不知道如何着手，才能够使荷雪儿领悟过来。"

冲动的安妮断然地采取了教训的态度。

"德利，你俩是一对模仿成年人的小孩子哩！就仿佛你不爱荷雪儿一般，荷雪儿也根本不爱你呢！我看哪……你俩确实受到了月光的影响，太冲动啦！她很想恢复自由之身，但是，一方面又担心她说出来以后会叫你难过。荷雪儿是个喜欢浪漫而爱幻想的姑娘家，而你呢？却是一心一意想谈虚幻式恋爱的男孩子。"

"好啦！我已经妥善处理好啦！"安妮感到非常满足。

德利则吐了一口气："听了你的一席话，我卸下了心上的

一块石头。安妮，荷雪儿是个可爱的女孩子，就算只在脑子里想着，我也不想伤害荷雪儿。这几个星期以来，我一直不曾察觉到我俩的错误，当一个男人碰到一个女性，唯一他仰慕的女性……啊，安妮！你要回去啦？安妮，你就千万别辜负了如此美好的月夜啊。"

尽管德利如此号叫，安妮还是偷偷地溜掉啦！

（十）

六月中旬的某个黄昏，安妮在尖塔的房间里改考卷，停顿时会用笔杆擦一下她的鼻子。由于擦了太多次，鼻子就变成了玫瑰花般的红色，而且还在隐隐作痛。

安妮患了称不上是"浪漫的伤风"，正因如此，她无法消受长青庄背后绿色的天空，悬挂在"旋风之王"上的银白色月亮，从窗户飘进来的紫丁香气味，以及桌上花瓶里面的爱丽斯花香气。这场伤及鼻子的感冒，使安妮的所有过去变得黑暗，并且给未来投下一道黑色的影子。

"六月的鼻型伤风实在叫人感到匪夷所思。"安妮对着躺在窗边冥想的达斯特说，"不过，再过两个星期，我便再也不必一边擦汗一边修改错误百出的考卷，更不必频频地擦拭鼻子了，到时，我已经回到了叫人怀念的绿色屋顶之家。"

的确，达斯特看来是在冥想。安妮也在同时想着——一个年轻的女子快步走进幽灵小径时，为何要板起一张脸，显示出那种不和悦的神情呢？她看起来似乎在瞪眼，又似乎在咬牙切齿，看起来，实在不像是在六月里应该有的容姿。

原来，她就是昨天刚从金斯伯多回来的荷雪儿，看起来，

仿佛是看到不共戴天的仇人，红着一双眼睛，仅仅在两三分钟之内，就敲打起了门扇，但是她并没有等着人来开门，便擅自闯入屋子里面，再直奔塔里的安妮房间。

"哦？荷雪儿，你已经从金斯伯多回来啦？我以为你下周才回来呢！"

"是啊，我本来打算下周才回来呢！"荷雪儿以冷嘲热讽的口吻回答，"可是，我提前回来啦！雪莉小姐，如果我不早点回来的话，后果就不堪设想啰！你呀，真是一个狐狸精，千方百计地想抢走我的德利！哼！你以为你能够得逞吗？"

"荷雪儿！"

"哼！我什么都知道啦！你对德利说，我并不爱他，怂恿德利跟我解除婚约！你真是坏透了，竟然想破坏我俩神圣的婚约呢！"

"荷雪儿，你听我说！"

"好吧！你就尽量耍点子吧！耍个痛快吧！不过，你别说你是冤枉的！你确实那样做过，而且又是故意的！"

"你完全说对啦！是你要求我这样做的呀！"

"什么？我要求你这样做？"

"可不是吗？也就是在这个房间里呀！你说你并不爱德利，而且还说你不能跟他结婚呢！"

"那只是一时的气话，我做梦也想不到你会当真。我以为你懂得幽默呢！这也难怪，谁叫你比我老那么多呢！你既然已经那么大年龄，就应该懂得少女们的心理是没有准儿的啊！少女

们狂妄而喜欢夸大的特点，难道你全部忘记啦？而且你实在够阴险，竟然以我的好友自居呢！"

"这一定是场恶梦！错不了啦！"可怜的安妮一边擦着鼻涕，一边说，"荷雪儿，你请坐。"

"什么！时至今日，你还叫我坐下来？"荷雪儿不屑地向安妮使白眼说，"我的生涯已经被你摧残殆尽啦！我还有心情坐下来吗？唉……上了年纪、心理不正常的女人哪，都喜欢破坏年轻人的幸福。瞧着一对情侣各奔东西，她才会感觉到快乐！真可怕，我真不想老呢！"

安妮的手儿蠢蠢欲动，内心里产生了赏荷雪儿几记耳光的冲动。幸亏安妮及时忍住啦！事后，她有一点不相信她会产生那种心态，不过安妮认为轻惩是有必要的。

"荷雪儿！如果你没有耐心坐下来听大道理的话，那么，你就回去吧！因为我有很多必须完成的工作。"

"除非你听过我的几句评语，否则的话，我才不回去呢！嗯……我也知道错在于我，我当然知道这一点。不过，我初次看到你的瞬间就知道你是个危险人物。天哪，红色的头发！惨绿的眼睛！可是我做梦也想不到你会拆散我跟德利。至少，我认为你还是个基督教徒啊！我从来就不见过心肠如此狠毒的人！你呀，你等于撕裂了人家的那颗心呢！我说到这，你感到满意了吧？"

"你呀，真是一个蠢女孩！"

"以后，我再也不会理你啦！在你这个黑心婆子搞鬼以前，德利跟我一直都很幸福！我感觉到很幸福，因为我在一群幼时的玩伴中最早订婚，甚至连婚礼的计划都拟好了呢！四个伴娘将穿着水色的绸缎衣服，衣褶边有着黑色天鹅绒的缎带！

"唉！如今，我不知道是应该憎恨你，还是应该可怜你。你呀，真够狠的！让我有这种凄惨的下场！我那么喜欢你，那么尊敬你，谁知你却……枉我那么信任你……"

荷雪儿的声音在半途中断了，眼眶里噙满了泪水，颓废地坐进摇椅里面。

"就因为发生了这件事，我可怜的母亲一定会感到非常难过，"荷雪儿开始啜泣，"我母亲非常高兴我跟德利在一起呢！其实，每个人都为我俩高兴，说我俩是很理想的一对！天哪！如何才能够恢复到以前那种关系呢？"

"何不找个月夜再试试看呢！"安妮很柔和地说。

"嗯……那当然。雪莉老师，你就尽情地笑吧！看着我受苦受难尽情地笑吧！你或许会感觉到非常好笑吧？因为，你并不知道什么是痛苦的滋味！这实在很痛苦，实在够痛苦的呢！"

安妮看了一下时钟，打了个哈啾，说："既然如此，你就不要再感到痛苦了吧！"

安妮一点也不表示同情。

"我会感到痛苦的！我的思想一向都很深刻，如果是浅薄的人，就不会感到痛苦了。不管他有什么缺点，我庆幸自己绝对不是浅薄的人。雪莉老师，你知道爱一个人是什么滋味吗？我是指那种——从心眼儿里热切、深刻地爱着一个人的所谓的恋爱。如果你知道的话，那么，信任和背叛又是哪一种滋味呢？

"我前往金斯伯多以前，感觉到非常幸福。那时，我爱着全世界所有的东西。我对德利说过，我不在他身边的时间里，不妨去找你谈心，以便消除他的寂寞。昨天晚上我兴奋地赶了回来，可是，德利已经不爱我了。你竟然对他说——一切都是错误啦！我再也不爱德利，一心一意想恢复自由之身……你怎么能对德利这么说呢？你为什么要这样说呢？"

"因为，我认为这样说很正确呀！"安妮笑着说。她的淘气又来救援她，以致她笑起了自己，同时也笑起了荷雪儿。

"雪莉老师，你知道我昨夜是如何度过的吗？"荷雪儿犹如发狂地说，"我一直在卧室里踱步呢！到了今天，我感觉到更为凄惨。大伙儿都在谈论德利对你着迷的事实。而且，我得坐在那儿洗耳恭听呢！啊，原来大伙儿都看到了你！他们都知道你干了些什么呢！你为何要那样做呢？为什么呢？我实在不能明白。你不是已经订婚了吗？你不是已有了自己的男朋友吗？你跟我到底有什么深仇大恨呢？我到底有什么地方对不起你呀？"

听了这些话，安妮简直要气炸了。

"你跟德利都欠揍呢！"安妮愤怒地嚷了起来，"你俩都必须好好地被教训才行！在完全不讲理之下，只会穷嚷大叫！"

"但我并没有愤怒啊。雪莉老师，我只是受到伤害——不过被伤得很严重呢！"荷雪儿呜呜咽咽地说，"我有一种被所有人背叛的感觉，包括恋爱和友情方面。好吧，只要我的心粉碎了，

就再也不会有什么痛苦啦！"

"荷雪儿，你的无穷愿望在哪儿啊？你的百万富翁的病患、青色地中海的新婚别墅到哪儿去啦？"

"雪莉老师，你到底在胡诌些什么呀？我根本就没有什么无穷的愿望啊，我并非叫人不敢领教的新潮派女人。我的无穷愿望就是当一名幸福的妻子，为自己的丈夫建立一个幸福的家庭，仅此而已。正因为如此，我对什么女人都不敢掉以轻心，如今，我已经得到这个教训了。天哪，这一次的教训实在太惨啦！"

荷雪儿擦了擦眼睛，安妮擦了擦鼻子，达斯特则以一种厌世家的表情，抬头看着傍晚天空升起的星星。

"荷雪儿，你不如趁早回去吧！说真的，我真太忙啦！就算我把见你的时间延长一些，也不会得到什么好结果啊！"

荷雪儿仿佛步向断头台的苏格兰女王一般，垂头丧气地走到了门口，然后，戏剧性地转头说："那么，就此再见啦！雪莉老师，我把一切都交给你的良心了。"

安妮放下了笔杆，打了三次哈啾，再如此自言自语："安妮，你虽然是个文学士，但是你必须学习的东西委实太多啦！关于那件事，就是丽贝嘉也可以告诉你呢！实际上，她已经教给你啦！那就是要谦虚。

安妮，你可要勇敢'服药'哦！你得承认，别人称赞你几句，你就会得意而忘形，内心里感到飘飘然。你必须承认，荷雪儿表面式的奉承已经使你感到乐不可支，关于这方面的缺点，你必须尽快改善。

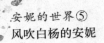

　　"你得承认，别人一旦对你表示崇拜，你就会感到快乐，以致把自己想象为救世主。当事人并没有希望你救助他，你却一心一意想把他从愚钝的行为里拯救出来。等到你全部承认以后，一种悲哀和苍老了两三千年的感觉就会袭击心底……"

（十一）

一个星期以后，一封水色镶银色边的信被送到了安妮的住处。

雪莉老师：

我之所以写这封信给你，是因为德利跟我之间的误解已经完全冰释。如今，我俩又沉浸于深沉而激烈的幸福感里面，所以我决定原谅你。德利对我说，他虽然在月光照耀之下，向你表示爱慕之情，但是在骨子里，他对我的爱，一点儿也不曾改变。

德利表示，他自己所爱慕的是纯真的少女、可爱的姑娘。关于这一点，几乎所有的男人都相同。他表示，对于工于心计、黑心肠的女人，根本就不敢领教。

至于你为何要那么做呢，我们实在无法理解。就是到了好多年以后我们也无法理解。或许，你需要一些写小说的题材，所以认为利用温柔的少女和情窦初开的人最为妥当吧！总而言之，我们很感谢你在咱俩面前露出了真面目。德利说过，他至今还不懂人生的深层意义。你的介入，正好给他一个绝佳的教训。

我俩很投缘，能够理解彼此的想法。比起任何人来，我更理解德利，而我也希望自己能成为德利灵感的泉源。我并不如

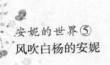

你聪明，不过假以时日，我仍然可以向你看齐。我俩是心灵相通的朋友。所以就算有嫉妒心很重、图谋不轨的人想破坏我俩的感情，我俩仍然能够忠实地彼此对待。

我俩就要举行婚礼了。为了新婚用品，我准备去波士顿。说实在的，沙马塞德的东西根本就没一件像样的。我的衣服是白色波纹布料。旅行服则为淡红色，加上帽子、手套和蓝色外套。当然啦，我还很年轻，不过我想在人生的花朵还未落下时，赶紧结婚。

德利离我内心描绘的白马王子还很遥远，不过，我的心灵里面布满了德利的影子。我非常明白，我将过着非常幸福的生活。在往日，我相信朋友们都能够分享我的喜悦，但是自从发生了那件事情以后，我就不存那种奢望了。

荷雪儿

再启：

你说过，德利脾气暴躁，对不？你完全弄错啦！德利的姐妹们都说，他的脾气就像绵羊！

三启：

我听说，柠檬汁能够消除雀斑，你不妨在鼻子上面抹一些看看！

（十二）

安妮到了沙马塞德以后，这已经是她的第二个暑假了。她怀着复杂的心情返乡。这一年的夏天，吉鲁伯特没回艾凡利。他为了在新铺设的铁路工作，独自进入西部深处。

虽然如此，绿色屋顶之家仍然一如往昔，而艾凡利也仍旧是艾凡利。"闪耀的湖泊"跟往昔没什么两样，仍是波光粼粼。羊齿草仍然在"妖精之泉"上长得很茂盛，那个圆木桥虽然每年都在微微崩倾，青苔也日渐增多，不过仍然静静地挂在"魔鬼的森林"中。

安妮获得坎贝尔夫人的允许后，带着小不点儿伊丽莎白回到绿色屋顶之家度假。伊丽莎白一直在期待跟安妮欢度两周的假期。

"今天，我仿佛变成了伊丽莎白公主。"

搭乘马车从柳风庄出发后，伊丽莎白显得十分兴奋，以致叹了口气。

"安妮老师，当你把我介绍给绿色屋顶之家的人们时，请你称呼我为伊丽莎白公主好吗？"

"嗯，好的。"

正经八百地答应的安妮，突然想起了央求人家称呼她为考德莉亚的红发女孩子。

从布莱多·利伐到绿色屋顶之家的途中，马车必须跑过爱德华王子岛特有的街道。对伊丽莎白来说，这件事情恰如好多年以前，值得安妮记忆一辈子的那天，使她小小的心灵倍感兴奋。视野广阔的牧场，风儿吹拂着绿草，每次拐弯，都能够叫人发现新奇的事物。四周甚为美丽。如今，伊丽莎白紧紧依偎着雪莉老师，挣脱了"侍女"的约束。她穿着粉红色的衣服，脚上穿着一双茶色的新鞋子。

这一切的一切好像显示着"明日"已经来临了。而且后面还有十四个"明日"呢！当马车进入开满了野玫瑰的绿色屋顶之家小径时，伊丽莎白的眼里闪耀着做梦的光辉。

抵达了绿色屋顶之家以后，在伊丽莎白的脑海里，仿佛一切都经过了魔术的变化。在整整两个星期内，伊丽莎白一直生活于浪漫而美妙的世界。只要她往外面踏出一步，必定会看到充满浪漫气息的东西。

就以艾凡利来说，新奇的事情不停地在发生。伊丽莎白很清楚，她虽然不曾进入"明日"里面，但是至少已经走到了"明日"的入口处。

凡是绿色屋顶之家的东西，就算是玛莉娜粉红色的玫瑰花蕾茶器，伊丽莎白也感觉到它仿佛是旧日的朋友！屋子里面的所有房间，好似长久以来就被伊丽莎白所爱戴一般，很热烈地在迎接她。无论到哪儿，都有青翠的草。而且居住于绿色屋顶

之家的人，就跟居住于"明日"的人们一模一样！

伊丽莎白爱着这些人，而这些人也爱着伊丽莎白。德威和多拉崇拜伊丽莎白，玛莉娜和林顿夫人则表示甚为感动。伊丽莎白的长相甚美，又娴雅，对年长者很有礼貌。她俩对坎贝尔夫人管束伊丽莎白的方式，表示不敢苟同，不过她俩很明白，坎贝尔夫人仍然把伊丽莎白打扮得漂漂亮亮的。

度过了充满欢乐的黄昏，进入阁楼房间时，伊丽莎白对安妮嗫嚅着："啊……我真不想睡呢，雪莉老师，在这一连串快乐的日子里面，我连一分钟也舍不得睡呢！如果在这儿的时间内完全不睡觉，那该多好。"

在好长一段时间里，伊丽莎白并没有入睡。当低沉犹如雷鸣的声音传过来时，雪莉老师告诉她，那就是海洋的声音。伊丽莎白听着，感到分外幸福。伊丽莎白很喜欢海水的声音。

不久以后，她也爱上了屋檐周围的风儿的叹息声。在长青庄的时候，伊丽莎白最厌恶夜晚。因为她认为有一种怪物会扑到她的身上，不过，现在她已经不再害怕了。有生以来，伊丽莎白第一次把黑夜看成朋友。

那一天夜晚，伊丽莎白做了一个绮丽的梦，在梦境里，雪莉老师驾驭着一辆马车，伊丽莎白坐在一旁浴着和煦的晨风。当马车越过最后一个山丘时，艾凡利的一片翠绿已经变成迷蒙的雾霭。来到海岸时，雪莉老师指着银白色的波浪对伊丽莎白说："咱们就到那儿戏水吧……"雪莉老师才说完这句话，一波又一波的海浪便向伊丽莎白袭来……那种砰砰的浪涛声使伊丽

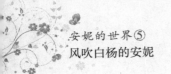
莎白惊醒了过来……

　　滞留于绿色屋顶之家的时间内，几乎每个夜晚，雪莉老师睡着了以后，小不点儿伊丽莎白仍然睁着她的眼睛，她想着很多事情，其中最叫她感到纳闷的是，为何长青庄的生活方式不能跟绿色屋顶之家一样呢？

　　伊丽莎白从来不曾在"不必保持肃静"的地方生活过。生活在长青庄里面，整天仿佛处在坟场一般，一点儿声音也没有。

　　有时候，小不点儿伊丽莎白也会萌生出反抗的心理，很想大声地叫嚷起来。

　　"伊丽莎白，在这里，我们并不禁止声音。"安妮温柔地说。

　　如今，虽然没有人禁止"声音"，但是，伊丽莎白再也不想大声叫嚷了。她喜欢静悄悄地走到外头，使周围一切美丽的东西，缓慢地进入她的视界。居住在绿色屋顶之家期间，伊丽莎白学会了展开笑靥。她把一大堆动人的事物收入记忆里面，准备回到沙马塞德以后，把它们当成美丽的回忆。

　　伊丽莎白回去几个月以后，绿色屋顶之家的人们仍然在谈论可爱的小不点儿伊丽莎白。虽然安妮以正经八百的表情对家人介绍："这位是伊丽莎白小姐。"

　　但是在玛莉娜等人的眼里，伊丽莎白仍然是小不点儿一个。虽然伊丽莎白有一点儿世故，看起来浑身充满了金色，但是仍然不失天真烂漫。所以玛莉娜等人仍然称她为"小不点儿伊丽莎白"。

　　伊丽莎白喜欢在黄昏时分，在到处是一片白色百合花丛中

的庭园里跳舞。她喜欢斜倚着苹果树阅读童话故事，也很喜欢把整个人沉溺在金莲花的蔓藤里面，以致，她金黄色头发的脑袋，看起来也仿佛一朵巨大的金莲花。

小不点儿伊丽莎白喜欢追逐银绿色的飞蛾，到"恋人小径"数一数萤火虫的数目。她甚至倾听在风铃草之中翩翩飞翔的蜜蜂声音。偶尔她也会跟着多拉在厨房里吃草莓奶油，或者到庭园里找酸栗吃。

"多拉姐姐，酸栗实在很美丽，我们仿佛是在吃宝石！"小伊丽莎白如此说。

伊丽莎白要求德威教她摆动耳朵的诀窍。到了下午，她又喜欢进入枞树林子里面引吭高歌，在放晴的日子里，她都在客厅外面的花坛徘徊。摘下大朵玫瑰花，沾沾自喜地在手指间留下芳香。骤雨过后，伊丽莎白通常都会痴痴地眺望山谷间的彩虹。

"啊！月亮正苦着一张脸呢！林顿阿姨，我们应该如何去安慰她呢？"多愁善感的伊丽莎白如此问。

当她看到德威订阅的杂志时，对其中的一篇连载小说甚感兴趣，不过由于作者一直把主角安排于凄苦的境地，伊丽莎白感到异常悲哀。她流着眼泪对安妮说："啊……雪莉老师……依我看哪！那个人是活不下去啦！"

伊丽莎白喜欢躺在厨房的沙发上面，绯红的双颊就仿佛野玫瑰一般，就如此蜷伏在多拉的小猫旁睡午觉。当她看到风儿吹到具有威严的老母鸡尾巴，把它的尾巴羽毛吹到背部时，立

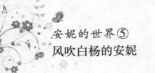
刻发出了爽朗的笑声。

小不点儿伊丽莎白看着安妮做蛋糕时，都会在一旁撒砂糖。林顿夫人缝制拼凑而成的被单时，伊丽莎白就帮着剪小碎布片。多拉在擦拭老旧的黄铜烛台时，伊丽莎白就七手八脚地帮忙，把烛台擦拭得光可鉴人。

"像如此这般，叫人感到幸福无比，犹如神仙眷属般的生活，能够再叫我碰到吗？"小不点儿伊丽莎白坐着马车挥别绿色屋顶之家时，心里幽幽地想着。

通往火车站的道路和两星期前并没什么两样。但是，她因为泪眼模糊，几乎什么东西都看不清楚了。

"真是叫人想象不到，伊丽莎白回去以后，我竟然会感到如此寂寞。"林顿夫人说。

小不点儿伊丽莎白回去以后，凯瑟琳和她的狗来到绿色屋顶之家度过剩余的暑假。到了年末，凯瑟琳就要辞去中学的教职，下学期就要进入雷蒙大学的秘书科攻读。安妮怂恿凯瑟琳如此安排她的将来。

"依我看，你一定会喜欢我的安排的，因为你并不喜欢教书啊。"安妮说。

在某一天的黄昏，安妮跟凯瑟琳坐在牧场，也就是长满了三叶草和羊齿草的角落，眺望着绚丽灿烂的晚霞。

"在这以前，所谓的人生，亏欠我太多，正因如此，我要一件一件地把它讨回来。"凯瑟琳以斩钉截铁的口吻说。"我觉得自己比去年的现在更年轻了呢！"凯瑟琳笑着说。

　　"你已经走对路啦！不过，我实在不敢想象没有你的沙马塞德中学。每逢到了夜晚，我俩就在塔里的房间娓娓而谈，甚至对某一件事情展开议论，对路过的人物评头论足……到了明年，塔里的房间将变得分外寂寞……该怎么办呢？"

第三年

（一）

最亲爱的人：

　　夏天已成为历史的陈迹。以这个夏季来说，除了五日的那个周末，我都不曾见过你。为了度过在沙马塞德中学的第三年，也就是最后一年，我又回到了柳风庄。在绿色屋顶之家时，我跟凯瑟琳过得非常快乐，如今，凯瑟琳已经不在了，我一定会感到寂寞难耐的。新任的教师是个胖嘟嘟、个子矮小、拥有玫瑰色皮肤、容易亲近的人物，不过，这个人很平淡无奇，实在没有什么特别性格可言。

　　这位女教师实在乏善可陈。相较之下，凯瑟琳只要除去她的警戒心，即可发现她有着很多优点，以及令人感到叹服的地方。

　　柳风庄并没有什么变化。噢！还是有的！年老的红牛已进入了永眠之境。

　　两个未亡人只好向杰利先生购买牛乳与奶酪。正因如此，小不点儿伊丽莎白再也不曾到庭院的柴门来取牛奶了。坎贝尔夫人似乎已经看破啦！她再也不管伊丽莎白的行踪了，所以伊丽莎白时常到我这儿来。

除了这些，还有一个不大不小的变化。从凯德大婶那儿听到这句话时，我实在感到非常悲哀。那就是他们找到了合适的家庭，就要把达斯特送给人家了。我表示反对时，寡妇们都说为了维持一家的和平，非得如此做不可！原来在整个夏季里，丽贝嘉为了达斯特不断地发牢骚。为了安抚丽贝嘉，她们只好采取这种下下之策了。

可怜的达斯特！它是一只很乖的猫，时常到塔里的房间陪我。它呜咽着，在我身旁走来走去，对着我叫了几声，仿佛是在对我诉说它的委屈！

明天是礼拜六，雷蒙夫人将到夏洛镇出席亲戚的葬礼。因此，我得去照顾她的双胞胎。雷蒙夫人在今年冬季搬到了沙马塞德。

丽贝嘉和柳风庄的寡妇——实际上，沙马塞德的寡妇也未免太多了一些——大家都说，雷蒙夫人"打扮得太过花哨"。不过，她跟凯瑟琳曾经倾力协助我的演剧俱乐部呢！正因为如此，我对她只有感激之情，实在不忍心批评她。

杰拉德跟姬拉莎是两个八岁大的孩子。两个人都拥有天使般的脸庞。尽管我如此认为，但是丽贝嘉却是噘起嘴儿，大肆发表对那对双胞胎的不满。

"丽贝嘉，我一向都很喜欢小孩子呢！"

"孩子嘛，本来都是惹人怜爱的……"丽贝嘉说，"雪莉老师，你要知道，这对双胞胎委实太可恶啦！她俩的母亲——雷蒙夫人采取放任政策，一向不处罚孩子，任他们胡作非为，美

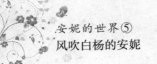
其名曰'回归自然的生活'。

"我们很容易被孩子小天使般的脸庞所欺骗。附近人们如何形容那两个孩子，我早就有所耳闻了。有一天黄昏，牧师夫人去拜访雷蒙夫人，雷蒙夫人的脸始终犹如蜜糖般甜蜜。谁知道牧师夫人欲告辞回家时，从阶梯滚下了雨一般的洋葱呢！其中一个洋葱还打掉了牧师夫人的帽子。

"关于这件罪大恶极的事，雷蒙夫人竟然说：'孩子嘛……我们越是叫他们规矩一些，他们越是会胡闹呢！'她只这般轻描淡写几句罢了，仿佛是对孩子的恶作剧感到骄傲。有一次，她竟然这样说：'这两个孩子来自美国啊！'仿佛那是唯一的解决策略！实在叫人感到心寒呢！"

丽贝嘉跟林顿伯母一样，最瞧不起"美国的北佬"，对他们有着很深的偏见。

九月八日

于柳风庄幽静的小径

（二）

星期日上午，安妮走进一栋美丽而古意盎然的房子。这栋房子位于通往乡村的道路旁。雷蒙夫人和出名的双胞胎就居住在这儿。

雷蒙夫人已经穿戴整齐，准备外出。的确，她的穿着对参加葬礼的人来说，实在有那么一点儿过度华丽。尤其是她戴在褐色头发上面的帽子，更叫人感到"太岂有此理"了。因为，帽子边缘镶满了花朵。不过，她看起来实在很美。

遗传自母亲美貌的八岁双胞胎，在他俩高雅的脸庞上，浮现着天使般的表情，正坐在阶梯上面。他俩的皮肤都很白皙，面颊呈粉红色，大眼睛蔚蓝如海水，淡黄色的头发就仿佛月光一般。

母亲介绍安妮时，孩子们很俏皮地笑笑。他们的母亲说："妈妈要去参加埃拉伯母的葬礼，妈妈不在家的这段时间里，雪莉老师会好好地照顾你俩。你俩可要听话哦，必须做个乖孩子，绝对不能给雪莉老师添麻烦，知道吗？我相信你俩一定做得到。因为你俩一向都很乖……"

乖孩子们正经八百地点点头。他俩在内心里想着，我俩不

会做好孩子的，但是摆出的面容却如天使一般。

雷蒙夫人把安妮带到大门口。

"雪莉老师，时到今日，我只有那两个孩子，不过，"雷蒙夫人以悲哀的口吻说，"或许，我有那么一点儿宠爱那两个孩子，我知道全沙马塞德的人都在指责我。大家都以为别人的孩子都能够施以理想的教育似的！关于这一点，想必雪莉老师也有同感吧？

"不过以我个人来说，我总认为爱永远胜过打骂式的教育。雪莉老师，你认为我的说法正确吗？曾经有过一次，我请市镇上的布伦第奶奶照料两个孩子。但是孩子们却忍受不了那个老奶奶。其实那也怪不得孩子，谁叫布伦第奶奶嘲笑我的孩子呢！

"结果呢？理所当然的，孩子们也还了嘴。雪莉老师，你一定也懂得孩子的心理吧？自从那次以后，再怎么说，他俩都不要布伦第奶奶来照料了。而且老奶奶又到处绘声绘色地说，我的孩子有多坏，多阴险呢！

"但是，孩子们一定会喜欢你的！因为你跟布伦第老奶奶完全不同。我那两个孩子活泼得离谱，但是孩子一旦变得死气沉沉的话，父母不急才怪呢！

"我喜欢用'回归自然'的方式教养孩子。雪莉老师，你不认为太循规蹈距的孩子，有些不够自然吗？

"雪莉老师，请你特别注意，千万不要让孩子在浴桶里面玩海盗游戏，更不能让他俩进入水池子里戏水。因为我非常担心

孩子会伤风感冒，他俩的父亲就是死于肺炎的。"

说到这里，雷蒙夫人的蓝眼睛里几乎要溢出泪水来，但是她很勇敢地把它压了回去。

"就算他俩稍微吵了起来，你也不必管他俩——你不认为孩子始终都在吵架吗？不过，逢到别的野孩子攻击他俩的话，我是绝对不能坐视不管的！

"那两个孩子彼此崇拜呢！其实，我可以带其中的一个去参加葬礼，不过他俩都表示不同意。自从出娘胎以来，他俩从来就不曾分开过呢！但是话又说回来啦，参加葬礼时，我总不能照顾孩子啊。雪莉老师，你说是不是？"

"雷蒙夫人，你就放心地走吧！"安妮柔和地说，"我会跟杰拉德与姬拉莎共度快乐的一天的。"

"关于这点我非常清楚。我只看你一眼，就知道你是个喜欢孩子的教师。喜欢孩子的人都有一个共同的特征，只是我一时说不上来。很遗憾的是，布伦第奶奶憎恶小孩子，因为她一直在找小孩子们的碴呢！

"她呀！别的事总是做不好，最擅长的事也就是挑出孩子的缺点。只要有心，什么事都能够办到啊，更何况是孩子的缺点。只要我知道我的孩子们受到富有爱心者的照顾，我就能够放心地离开他们一天。"

"妈妈，你带我俩去参加葬礼嘛！"出其不意间，杰拉德从楼上窗户伸出头说，"我也很想去有趣的地方啊！"

"天哪！孩子们在浴室里面呢！"雷蒙夫人紧张地尖叫起来。

"雪莉老师，劳你驾，请把两个孩子带出来吧！"雷蒙夫人近乎哭泣地说，"杰拉德，妈妈为何不带你出席葬礼，原因你不是知道吗？啊，不好啦！这孩子又戴起了客厅的毛皮地毯，把毛皮的前脚绑在脖子上呢！这样一来，毛皮会报废的！雪莉老师，请你把它恢复原状吧！我得走啦！否则的话，将赶不及班车哩！"

雷蒙夫人迅速地离开了。安妮奔到楼上时，天使般的姬拉莎抓着她哥哥的脚，试图把他推到窗外。

"雪莉老师，杰拉德当着人家的面，吐出舌头呢！"姬拉莎大声地叫嚷着。

"我吐舌头，你难道会痛吗？"

安妮微笑着听两个孩子进行舌战。

"好歹你不应该向人家吐舌头嘛！"姬拉莎对杰拉德扮鬼脸。

"舌头是我的！我要吐就吐，你没有权力管我。雪莉老师，对不对？"杰拉德说。

"我说双胞胎，离午餐还有一个小时呢！我们就到庭园玩玩吧！我说故事给你俩听，好不好？杰拉德，你就把那件皮毛铺在地板上面吧！"安妮不理他俩的告状。

"不过，我想玩'狼来了'的游戏呀！"杰拉德说。

"是啊，我俩正要玩'狼来了'的游戏。"双胞胎异口同声地说。

因为大门口的铃声响了起来，安妮好不容易才获救。

"请进！我们去瞧瞧谁来了。"

他俩飞奔到楼梯口，从扶手滑下来，所以比安妮快一步到达大门口。

"我们从来不买推销员的东西。"杰拉德对站立在门口的妇人说。

"你妈妈在家吗？"女客人问。

"我妈妈不在家，她去参加埃拉伯母的葬礼了。今天由雪莉老师来照料我们。好啦，雪莉老师来啦！她一定会把你赶走的！"

当安妮看清楚来客是什么人时，她怔住啦！来客是潘美拉，是个在沙马塞德不怎么受欢迎的人。

她是个难缠的售货员，不管对方如何冷嘲热讽，甚至严词拒绝，她都是一副满不在乎的样子。她擅长拖延战术，仿佛可以自由自在地驱使全世界的时间！

潘美拉的缠人技术非常到家。除非对方购买她的商品，否则的话，休想把她轰出去。

这次，她兜售学校教师不可或缺的百科辞典。安妮说她并不需要百科辞典，而且在学校里，已经有了为数不少的百科辞典，然而潘美拉把这些话当成了耳边风。

"学校里的那些百科辞典已经落后十年了呢！"潘美拉如此下结论，"安妮小姐，咱们就暂且坐下来吧？你可以先瞧瞧内容。"

"我没有空呢！潘美拉小姐，我必须照料雷蒙夫人的双胞胎呢！"

"安妮小姐，只要两三分钟就够了。本来，我是想到柳风庄拜访你的！想不到我非常幸运，竟然在这儿碰到了你。好吧！你俩走开，到别处玩耍去吧！雪莉老师要瞧瞧这本书呢！"

"我妈妈雇用雪莉老师来照料我俩，你怎么可以抓住她不放呢？"姬拉莎甩着她淡色的头发，噘着嘴儿说话。不过杰拉德却从背后拖开了她，关起了门，走了出去。

"安妮小姐，难道你看不出这种百科辞典的特点吗？你就仔细地瞧瞧这种漂亮的纸张吧！你伸手摸摸看！那些插图不是很出色吗？如今，上市的百科辞典哪……容我说得不客气些，简直没有它一半的水平呢！插图很少，印刷也不理想……

"这本百科辞典的印刷技术很高超，就连盲人也能够阅读呢！而且只要八十美元。你只要先付八美元，余款可以以分期摊还的方式，每个月付八美元。安妮小姐，你就是打着灯笼也找不到这么好的机会啦！因为是推广期间，所以只卖八十美元。到了明年就要涨到一百二十美元了呢！"

"潘美拉小姐，我确实不需要百科辞典呀！"安妮拼命拒绝。

"哪儿的话呀！对你们这些老师来说，谁都需要一部百科辞典——而且那又是一本国民百科辞典呢！就以我来说，直到接触这本辞典以前，我还是活得浑浑噩噩呢！它是一位很理想的生活导师啊。不信的话，你就瞧瞧食火鸟的图片吧！雪莉老师，你见过食火鸟吗？"

"可是，潘美拉小姐……我……"

"这样好了，我就把付款的期间再延长一些。安妮小姐，你

每个月只要付六美元就成啦！这么优惠的条件，你大概不好意思再拒绝了吧？"

安妮整个人瘫了下去！真是个难缠的售货员！安妮自忖着——看情形，非购买她的百科辞典不可啦！时到如今，又有什么绝妙的点子赶走这个女售货员呢？

"啊！不好啦！那对双胞胎野到哪儿去啦？四周寂静得可怕。他俩是否在浴桶里面玩着海盗大战？或者从后门溜出去，到池子里戏水？"

安妮为了脱身，再次哀哀切切地恳求："潘美拉小姐，我考虑过后再告诉你……"

"你不要错错良机呀！"

潘美拉说着，拿出了一支钢笔："既然你有意购买国民辞典，那就趁着现在签名吧！凡事都不宜拖延，而且它不久以后将涨价呢！到时，你就得付一百二十美元了。好吧！雪莉老师，你就签个名吧！"

安妮感觉到潘美拉正把钢笔塞进她的手里。就在邪一瞬间，潘美拉尖叫了起来！安妮从一堆观叶植物丛里捡起了钢笔，茫然地瞧着对方。

天哪！这个和尚似的怪物会是潘美拉吗？如今，她一片光秃秃的！没有了帽子，没有了眼镜，甚至连起码的头发都没有了呢！

帽子、眼镜及假发浮现于潘美拉小姐头上的半空中，也就是在浴室窗户的下面。浴室的窗户中出现了两个金发的脑袋。

杰拉德的手里拿着钓竿，钓丝上面有两个鱼钩。他到底是以何种魔术把三种"猎物"钓起来的呢？关于这点，只有杰拉德一个人知道。

安妮奔进屋里，跑上了楼。当安妮冲进浴室时，一对双胞胎已经溜之大吉了。因为杰拉德忘了取下钓竿，安妮就往下面一瞧。

如此一来，她看到潘美拉正以激怒的表情捡起钢笔，气呼呼地走了。或许这是潘美拉出娘胎以来，第一次没有谈成生意吧！

安妮在后院的庭子里，瞧到天使般脸蛋的双胞胎正在啃苹果。看到这种情形，安妮不知如何处理才好。的确，他们那种作为太过火了点儿，但是，也正因为如此，才很适当地把安妮救出窘境。潘美拉小姐本来就是一个需要教训的人。

"啊！你吃下了一只大青虫！"杰拉德发出了惊天动地的声音，"我看到那只青虫消失在你的喉咙里呢！"

姬拉莎放下苹果，立刻开始呕吐——她果真吐得很厉害。在那段时间里，安妮忙得团团转。姬拉莎恢复平静时，已经接近吃午餐的时间了。安妮立刻下决心，准备轻责杰拉德几句就结束那场闹剧。

况且，杰拉德又不曾伤害到潘美拉。潘美拉为了顾及自己的面子，想必不会把这件事情说出去。

"杰拉德，你认为绅士应该做那种事情吗？"安妮温和地责备杰拉德。

"我才不认为那样做是绅士呢！雪莉老师，我的钓人技术不错吧？"

午餐很丰盛，真是色香味俱佳。那是雷蒙夫人在出门前就准备好了的。虽然雷蒙夫人的教育态度叫人不敢恭维，但在烹饪方面却是无懈可击。杰拉德和姬拉莎因为一直在狼吞虎咽，根本就没有闲暇吵架。

所幸，他俩还懂得餐桌上的礼节，看起来不至于像野孩子。

吃过午餐后，安妮洗涤食器，再吩咐姬拉莎擦干，最后由杰拉德把它们收入食器橱里面。关于这方面的工作，他俩都做得很好。以致安妮很得意地认为，这两个孩子需要的是贤明的教导和比较严肃的教育。

（三）

到了下午两点钟，詹姆斯·克兰去拜访安妮。詹姆斯是中学的常务委员长。他表示在星期一参加金斯伯多的教育会议以前，必须跟安妮商量一件重要的事情。

詹姆斯的为人很不错，不过安妮早就领悟到，跟他交谈时非得讲求技巧不可。安妮一旦想到有关学校设备的问题时，便深感非拉拢他不可。于是，她走到双胞胎那儿，对他俩说："杰拉德、姬拉莎好乖喔！我跟詹姆斯先生说些话，时间不会很久。在这段时间内，你俩就到后院乖乖地玩耍吧！到了三点钟，我就带你们到池子旁吃点心，再教你们吹泡泡。"

"雪莉老师，我乖乖玩耍的话，你能不能给我两毛五分钱？"杰拉德说。

"不行！杰拉德，我不能给你，"安妮以斩钉截铁的口吻说，"我绝对不收买你！你既然会那么说，当然也就懂得如何当一名绅士喽？"

"雪莉老师，我会乖乖地玩耍。"杰拉德一再答应。

安妮和詹姆斯在客厅交谈时，如果爱薇没有来的话，杰拉德和姬拉莎很可能会遵守诺言。想不到爱薇突然光临，对于循

规蹈矩、全无瑕疵的爱薇，雷蒙家的双胞胎都表示非常厌恶。爱薇从不捣蛋或顽皮，随时随地都好像刚从纸箱取出来。

这天午后，很明显地，爱薇又来炫耀她新买的茶色鞋子、新的腰带和蝴蝶结肩饰。

雷蒙夫人虽然有不少缺点，但是她一向主张不宜过度地打扮孩童——以致，邻近一些比较疼爱孩子的人们都认为，雷蒙夫人只管打扮自己，对于双胞胎则舍不得花钱购买新衣服，所以，双胞胎中的女孩子——姬拉莎根本就不曾如爱薇一般，神采飞扬地在街道上亮相。

每个周末的下午，爱薇都穿着不同的衣服，多伦多夫人喜欢给自己的小女儿——爱薇穿上纯白无瑕的衣服。至少爱薇走出家门时，衣服上面总是清洁体面的。等到她回家时，如果衣服上面有瑕疵的话，无非是附近嫉妒她的孩子们所"污染"的！

姬拉莎的确嫉妒得发狂，她一向很憧憬大红色的腰带、蝴蝶结的肩带和附有刺绣的白色洋装。尤其是对那种茶色附有扣子的鞋子，她更是梦寐以求呢！

"你觉得我的蝴蝶结肩带如何？"爱薇很得意地问。

"你觉得我的蝴蝶结肩带如何？"姬拉莎以调皮的口吻学爱薇说话。

"可是，你并没有蝴蝶结的肩带呀！"爱薇骄傲地说。

"可是，你并没有蝴蝶结的肩带呀！"姬拉莎以滑稽的口吻重复道。

"我就有啊，你没有看到这个吗？"爱薇感到有些苦恼地说。

"我就有啊，你没有看到这个吗？"姬拉莎一直跟爱薇过不去。

"哼！你那件衣服还没付钱呢！"姬拉莎有点不屑地说。

爱薇爱耍小脾气。如今，她的脸蛋红通通的，绝对不亚于她蝴蝶结肩带的颜色。

"乱嚼舌根！我妈妈才不是欠帐的人！"

"乱嚼舌根！我妈妈才不是欠帐的人！"姬拉莎犹如歌唱一般的说。

爱薇感到不安。她不知道如何跟姬拉莎继续耗下去。接着，她把身子转到杰拉德的方向。的确，以这一带来说，杰拉德是个最英俊的男孩子。

爱薇一向喜欢杰拉德。她对杰拉德说："我知道你一定会追求我。"

如此说着，爱薇犹感不足，还用一双茶色的眼睛对杰拉德频送秋波。她虽然只有七岁，但是很明白，自己的一双鬣鬣大眼能够迷倒大部分的男孩子。杰拉德的脸变得通红。

"我才不会追求你呢！"杰拉德说。

"反正，你非追求我不可！"爱薇沉着地说。

"我不会追求你的！"杰拉德愤然地说，"你那样说话，我可要生气啦！"

"你非追求我不可！"爱薇很顽固地说。

"你非追求我不可！"姬拉莎一味在模仿。

"姬拉莎，你不要说话！"

"我在自己家的院子里，为何不能说话呀！"姬拉莎不服气。

"爱薇，如果你不回去的话，"杰拉德说，"我就要到你家挖掉那个布娃娃的眼睛！"

"哼！你敢那样做的话，我妈妈一定会揍扁你！"爱薇大声叫嚷起来。

"好吧！你母亲敢揍我，那就揍吧！到时，我母亲会打扁你妈妈的鼻子呢！"

"不管怎么说，你非追求我不可！"爱薇又再度回到主题。

"哼！小疯婆子！我要把你的头按在地下，叫你吃狗屎！"姬拉莎激怒得大叫了起来。

"我要把你那张臭脸按在蚂蚁巢上面！再来嘛……剥掉你的蝴蝶结！"杰拉德很骄傲地说，至少，这件事做起来比较容易。

"就这么办吧！"姬拉莎尖叫了起来。

一对双胞胎仿佛复仇的女神，扑到爱薇的身上。爱薇又叫，又用脚踢，又用嘴咬，然而到底敌不过两个人。一对双胞胎合力托起了爱薇，横过后院进入柴房。一旦进入那儿，爱薇就是再大叫特叫，也无济于事了。

"我俩就快动手吧！"

姬拉莎上气不接下气地说："不快点的话，雪莉老师就要来了呢！"

一刻也不能再拖延了，姬拉莎用一只手抓着爱薇的两只手腕，用另外一只手剥掉爱薇的蝴蝶结、腰带及肩饰。杰拉德用力按着爱薇的一双脚。

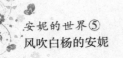

"我们在爱薇的腿上涂抹颜色吧！"

杰拉德看到油漆工人留下来的两个罐子以后，说："我抓着她，你来涂吧！"

爱薇鸡害怕得尖叫了起来，但是一点用也没有。她的袜子被脱下来了，只在那么一瞬间，她的腿就被漆成红色与绿色的斑纹。涂抹时，过量的油漆溅到了爱薇有着刺绣的衣服和新购买的鞋子上。最后，两个双胞胎在爱薇的鬈发上涂抹栗壳。

爱薇被放开时，仿佛变成了一匹斑马。双胞胎看着三分像人七分像鬼的爱薇，大声地欢呼起来，他俩对几个星期以来作威作福的爱薇，狠狠地报了仇。

"好吧！你可以回去啦！"杰拉德笑着说，"你逢人就说'你非追求我不可吧'！人家不把你当成疯婆子才怪！"

"我会对妈妈说的！"爱薇哭了起来，"一回到家，我就叫妈妈来收拾你们，你们好可恶！长得一副丑相，还敢欺负人！"

"你竟敢说我哥哥长得一副丑相！你别臭美啦！"姬拉莎大声叫嚷起来。

"喂！把你的肩饰、花边全部带走啊，不要污染了我们家的柴房。"

姬拉莎把蝴蝶结抛向爱薇的背，爱薇一边哭，一边从后院奔到马路上。

"赶快！我们从后面的阶梯爬进浴室，在雪莉老师发现以前，把我们的手脚洗干净吧！"姬拉莎上气不接下气地说。

（四）

詹姆斯讲完了话，跟安妮道声再见就告辞了。安妮暂时伫立在门口，不安地看着各处，寻找她的看护者。不久以后，一个看起来七窍生烟的妇人，气嘟嘟地走了进来，手里牵着一个哭泣的女孩子。

"雪莉老师，雷蒙夫人在哪儿啊？"多伦多夫人咄咄逼人地说。

"雷蒙夫人嘛……"

"我非见到雷蒙夫人不可！你瞧瞧！她的双胞胎把我女儿整成这副模样，我要叫她看看我可怜的女儿。"

"啊！多伦多夫人，实在非常对不起！雷蒙夫人不在家，下午我答应为她照顾孩子，可因为詹姆斯先生来这儿，所以……"

"雪莉老师，这件事情不能怪你，那对恶魔似的孩子，谁都拿他们没办法呢！关于他俩的恶行，全市镇的人都知道呢！既然雷蒙夫人不在，我留在这里也没什么用处，我就先把可怜的爱薇带回去。不过，我会叫雷蒙夫人给我个交代……雪莉老师，你听！他俩好像又展开'厮杀'啦！"

不错！楼梯上面传来了惨叫、呻吟，以及叫喊的大合唱。

安妮奔到楼上时，看到纠缠在一起的两个孩子。他俩又咬又打，踢过来踢过去，一直在格斗。安妮费了九牛二虎之力才把他俩拉开。然后问起了"厮杀"的原因。

"她叫我去追求爱薇嘛！"杰拉德嚷叫了起来。

"那又有什么不好呢？"姬拉莎尖叫起来。

"我才不要呢！"

"你最好那样！"

"你俩都给我闭嘴！"安妮威严地说。

这对双胞胎果然静默了下来，他俩第一次抬起头来，仔细地瞧着雪莉老师。幼小的双胞胎第一次感受到了所谓的"威严"。

"姬拉莎！"安妮以严肃的口吻说，"你乖乖地午睡两个小时。杰拉德，你就进入那个小房间，一句话也不许说！你俩的行为太不应该啦！非处罚不可！你们的母亲叫我照顾你们，你们必须听我的话！"

"那么，你把我俩一块儿处罚吧！"姬拉莎哭了出来。

"是啊，你不能拆散我俩啊。我俩一直都不曾分开过呢！"杰拉德也鸣不平。

"正因为如此，现在你俩得分开一阵子。"安妮毫不通融地说。

听了安妮的这句话以后，姬拉莎脱下衣服，钻入她的床铺，杰拉德也乖乖地进入小房间里。安妮将房门上了锁，拿起一本书坐在客厅的窗边。她认为，这样至少可以静下心来，休息两

个小时。数分钟后，安妮发觉姬拉莎已经睡着了。她的睡脸看起来挺可爱的，以致安妮都开始后悔对他们的严厉惩罚。

两个小时过去了，甚至再过一个小时，杰拉德仍在睡觉。安妮以为他心甘情愿地接受处罚，内心里想着——是否应该原谅他俩呢？

安妮开了房门的锁，但是没有杰拉德的影子。窗户被打开了，走廊的屋顶就在窗户下面呢！安妮咬紧嘴唇，走到后院，查看了柴房，但是到处都没有杰拉德的影子。

安妮跑过庭院，走到门外小径，再穿过杂木林，到罗伯·克里摩牧场的小池子查看。原来，杰拉德坐上罗伯的平底船，正悠哉游哉地摇着船桨。当他看到安妮跑出树林子时，由于一时慌张，竟然把船桨插入烂泥里面，他一心一意地想拔出船桨时，由于船桨的反弹，杰拉德整个人掉进了水里。

安妮惊骇得尖叫了起来，事实上并没有烦心的必要，因为池子最深处仍然不到杰拉德的肩膀呢！他掉下的地方，只有及腰的深度。杰拉德站起来时，姬拉莎已经赶到了现场，她穿着睡衣奔过杂木林，扑通一声跳进水池，悲痛地叫着："杰拉德！"由于姬拉莎跳下时溅起了很高的水柱，使得杰拉德差点儿就没站住。

"杰拉德，你溺死了吗？"姬拉莎悲痛地叫着，"你溺死了吗，杰拉德？"

"我不会死的……我死不了的……姬拉莎。"

杰拉德的两排牙齿在颤抖，他只能断断续续地说话。

双胞胎拥抱在一起，喜极而泣。

"你俩都过来！"安妮下达命令。

双胞胎走到了岸边。他俩的脸蛋变成了紫色，不停地在发抖。安妮一语不发，把他俩带回家里，叫他们爬到雷蒙夫人的床上，再把热水袋放在他俩的脚边。想不到他俩仍然在发抖。会不会得肺炎了呢？安妮犹如疯了一般，打电话叫医生。医生到达时，双胞胎已经恢复到正常体温，医生叫安妮别担心，只要让他俩睡到明天就可以恢复健康。

雷蒙夫人下火车时，碰巧遇到了出诊的医生，以致苍白着一张脸，歇斯底里地对安妮说："噢！雪莉老师，你怎么叫我的命根子陷入险境呢？我那么信赖你，我一直那样地叮咛你……谁知你……"

"我也知道自己有疏忽的地方，雷蒙夫人。"安妮的眼睛犹如灰色的雾霭一般叫人感到凄冷，"如果你稍微冷静下来的话，就不难看出孩子根本就没事。我之所以叫医生过来，不过是想以防万一。如果两个孩子肯听我的话，就不会发生这种事了。"

"我以为你既然是老师，当然就对孩子有办法呀！"雷蒙夫毫不体恤地说。

"对于别的孩子，或许有办法，不过对于这两个小恶魔，我实在拿他们没办法。"安妮在内心里如此想着，但是她的嘴里却说："雷蒙夫人，你既然回来了，那我也该告辞啦！"

双胞胎不约而同霍地在床铺上坐了起来，紧紧地拥抱安妮。

"希望每周都有葬礼。我俩好喜欢雪莉老师哦！如果妈妈要

出门的话，你就叫雪莉老师来照顾我们吧！"杰拉德叫嚷了起来。

"我也希望由雪莉老师来照顾我俩。"姬拉莎附和着说。

"雪莉老师，你就把我写进你的故事里吧！"杰拉德说。

"雪莉老师，你也把我写进你的小说里吧！"姬拉莎也说了一句。

"雪莉老师的故事写得太好了！"

"谢谢你的夸奖。"安妮漠然地回答，想把双胞胎的手推开。她对雷蒙夫人说："今天对杰拉德和姬拉莎来说，是很快乐的一天。可是，爱薇却受到了欺负……"

安妮在回柳风庄途中如此想着："我以为德威已经够顽皮了呢！想不到，雷蒙夫人的一对双胞胎比起德威来，还是有着天壤之别呢！德威至少比他们高级多了。"

在薄雾笼罩的庭园里，安妮看到丽贝嘉正在摘紫罗兰。

"丽贝嘉，我一向认为对孩子来说，'不打不成器'的说法实在太残酷了。不过，到了今天，我已经知道它的重要性啦！"

"啊！实在太可怜啦！等一下，我来给你做些可口的点心吧！"

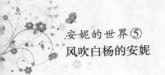
（五）

寄给吉鲁伯特的信函精粹。

昨天晚上，雷蒙夫人来找我，眼里噙着泪水，叫我原谅她的不礼貌。

"你若理解为人母亲的心情，你就会原谅我了。"

原谅雷蒙夫人并非一件困难的事，好歹她对我们的演剧俱乐部有着不可抹灭的功劳，当然，我就大大方方地原谅她啰。不过，我并没有答应她的提议：以后，每逢她外出时，我就替她照顾孩子！

俗话说，"吃一堑长一智"，我再也不敢领教那对双胞胎了。

（六）

寄给吉鲁伯特的信函精粹。

沙马塞德的某位女士邀请我明晚赴宴。吉鲁伯特，她的名字叫做汤姆卡伦——米妮芙。经我如此一说，你一定会取笑我，那是由于我长久地阅读狄更斯的作品，才会产生如此的联想。

吉鲁伯特，幸亏你姓布莱恩，如果你的名字叫汤姆卡伦的话，我绝对不会跟你结婚。你想，安妮·汤姆卡伦！天哪！这算是哪门子的名字哦！

据说接受汤姆卡伦的邀请，是沙马塞德至高无上的荣誉呢！

听当地的居民说，往昔汤姆卡伦是"皇族"呢！如今，只有米妮芙小姐健在，她是六代汤姆卡伦家唯一的生存者。她独自一人居住在皇仁街的大宅里面。那栋宅第拥有巨大的烟囱，窗帘为绿色。这栋屋子足可容纳四个家庭成员，但是目前只有米妮芙小姐、厨师和女管家。虽然宅子整理得十分干净，但是每次走过那儿时，我就会萌生出一种被世界"遗忘"的感觉。

米妮芙小姐除了去英国国会，绝对不去任何别的地方。两

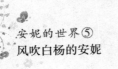
三周前，米妮芙小姐为了把她父亲的藏书捐给学校，曾出席职员及评议员的集会。

我就是在那个时候首次见到她的。

她全身散发着贵族气息。个儿高挑，人长得细瘦，脸稍长而白皙，经我如此描述，你或许会认为没什么看头，然而整体看来，她不仅威严十足，容貌也叫人感到肃然起敬。

她身上穿的衣服有些赶不上潮流，但是在任何场合，看起来都很优雅。丽贝嘉说，她年轻时是万人仰慕的美人儿呢！即使到了今日，她那双黑色的大眼睛仍然闪耀着火焰及暗色的光辉。说起话来，铿锵有力，对于演说更有一手。

米妮芙小姐对我特别好。昨天，我接到了晚宴的正式请帖。我对丽贝嘉提起这件事情时，她睁大了眼睛，有点不相信，仿佛是我受了白金汉宫的邀请！

"接受到汤姆卡伦家的招待，是一件最为光荣的事，"丽贝嘉抱持着敬畏之意说，"在这以前，我不曾听说过米妮芙招待过校长。我希望她不会对你展开疲劳轰炸。汤姆卡伦家的人都喜欢喋喋不休。有人说过，米妮芙小姐之所以深居简出，足不出户，是因为年纪大了，再也不能领导众人了，而且她又不屑于屈居下位。雪莉老师，你最好穿奶油色的绸缎衣服，再披上黑天鹅绒的短外套。因为，那种衣服穿着看起来很华丽呢！"

"为了要度过一个静谧的夜晚，那件衣服会不会太华丽了些呢？"我问。

"我想，米妮芙小姐一定喜欢那样的穿着，汤姆卡伦家的人一向喜欢客人华丽的穿着呢！在往昔，米妮芙的爷爷召开舞会时，有一位女士没有穿很漂亮的衣服，于是，他就当着那个女人的面，啪当一声，关起了门。所以要到汤姆卡伦家的话，最好穿上你最好的衣服。"

前几天，小不点儿伊丽莎白突然心血来潮地对我说："雪莉老师，叫人禁不住害怕的祖奶奶长得如何呢？"

就凭着这句话，我给伊丽莎白的父亲写信。我就按照丽贝嘉记忆中的地址把信寄出去。在那封信里面，我的措词很客气，不过还是再三强调，必须把伊丽莎白带到他的身边。我暗示他，坎贝尔夫人的管束太严格，伊丽莎白就连在睡梦中也喊着爸爸。

伊丽莎白对我说过，她曾写信给天上的神，叫他把父亲还给她。而且从学校回来的途中，她就站在空地上面，面对着上苍，把那封信读给神听呢！

上周的某个夜晚，我从学校回到柳风庄时，已经看不到猫儿达斯特了。姬蒂大婶说，她已经把达斯特送给爱德蒙夫人了。爱德蒙夫人居住在柳风庄的相反方向，听到这句话，我感到非常悲哀。不过，我认为丽贝嘉可能会感到高兴。

那一天，丽贝嘉到乡下帮亲戚编织围裙。当晚回到柳风庄时，她立刻到后院呼叫达斯特。

"丽贝嘉，你不必再呼叫达斯特啦！我们已经把它送给爱德蒙夫人啦！自从女儿出嫁以后，她时常嚷着寂寞，我想她会喜欢达斯特跟她做伴的。"

丽贝嘉的一张脸顿时泛上青白色。她叫嚷起来："什么！你把达斯特送人啦？我实在忍受不了啦！"丽贝嘉砰的关上门，越想越气，终于爆发了。"姬蒂夫人，我不干啦！"

"丽贝嘉，"凯德大婶尴尬地说，"我实在弄不懂，你不是时常嫌达斯特碍手碍脚吗？上周你还在大发牢骚呢……"

"你说得对极啦！"丽贝嘉仿佛要咬人地说，"不错啦！那只猫是叫我忙了些，我得三更半夜起床，放它进来，傍晚又得呼叫它回来，又得弄鸡肝给他吃，委实是忙了一点儿，但是它是我最好的厨房伴侣啊！"

"可是，丽贝嘉，你……"

"你就尽量说出对我的不满吧！夫人，那只猫可是我养大的呢！我一直很注意它的健康。爱德蒙夫人又算什么人？她会照顾它吗？像今晚零下十度的冷天，那只猫搞不好会冻死呢！既然发生了这种事情，今夜我无论如何也睡不着啦！当然啦！你是雇主，你有权力决定一切！"

"丽贝嘉，"凯德大婶说，"好吧！我把那只猫要回来！"

"你为何不早说呢？叫我白白地跟自己过不去！不过，爱德蒙夫人肯还给我们吗？"

"我想会的，"凯德大婶说，"如果猫儿回来的话，你就不会嚷着不干了吧？"

"好吧！我就留下来！"

第二天，姬蒂大婶把达斯特带回家来。丽贝嘉一瞧到达斯特，立刻把它抱入厨房。那时，我看到姬蒂大婶正对着凯德大婶使眼色呢！或许，这又是未亡人的一种策略吧！

　　发生了这件事以后，丽贝嘉再也不说抱怨达斯特的话了。每到睡觉的时刻，她呼叫达斯特时，总是柔声细语的，而且她的声音里充满了胜利的韵味。好似她又"打赢了一仗"——但是到底是哪方胜利了呢？

<h1>（七）</h1>

在三月阴霾的天气里，安妮走上了宽广的阶梯，这个阶梯通往汤姆卡伦家的正门，侧面有着石壶和冷然的石狮。今夜，米妮芙小姐仿佛要宴请市街的所有人士，点燃了辉煌的灯光。

安妮穿着绿色的衣服，看起来非常美丽动人。在门口处迎接她的米妮芙小姐似乎也有同感，面容和声音都显得十分开朗。米妮芙小姐穿着威严感十足的黑天鹅绒衣服，发髻上面插着钻石制的梳子，还佩戴着红宝石胸针。虽然她的衣着不是非常时髦，但她仍仿佛穿着皇族的衣服，给人一种巍严不可侵犯的感觉。

"欢迎光临！"米妮芙小姐伸出了她清瘦的手，"很高兴能够邀请到你！"

"我只是……"

"以前，汤姆卡伦家时常出现绅士名媛，时常开派对，"米妮芙小姐把安妮引到铺着红色地毯的大楼梯，"现在一切都改变了，我几乎不招待任何客人。或许这样比较好。因为我们一家人好像被诅咒了呢！这栋宅第完成时，我的曾祖父从楼上摔下来，跌断了脖子。这栋房子由人类的血液洗净了呢！"

米妮芙又把安妮带到客厅。那儿挂着褪了色的肖像画。通过那儿以后，则是天花板甚高的客房。巨大而豪华的床上，有着一床漂亮耀眼的棉被，叫安妮不敢放下她的帽子和外套，认为那样，将亵渎了这一家的祖先英灵。

"你的头发真美，"米妮芙小姐感叹道，"我一向喜欢红头发，我的伯母就有很吸引人的红头发。有一晚，她在梳头时，蜡烛的火烧到了她的头发，她一路尖叫着跑到了客厅。这些都是诅咒呢！"

"那么，你的伯母呢？"

"她并没有被烧死。不过，她的美貌完全消失殆尽。从那天到死为止，她一步也不曾踏出家门，死的前一天，她叮咛家里的人盖上棺木，不要让别人看到她烧伤的脸。这一把椅子坐起来非常舒服，我的姐姐就是脑溢血突发死在这把椅子上的。我姐姐的小女儿在厨房受到火伤，以孩子来说，这种死法不是太悲惨了吗？"

"唉……实在太可怕啦……"

"我们找遍了各处，就是找不到可疑的东西。"

"到底是谁……"

"在晚宴开始以前，我带你到处瞧瞧吧！你看！阶梯上面挂的那把剑是我曾祖父的东西。他是英国军官，皇室赐他爱德华王子岛的土地。我的曾祖父没在这儿居住过，曾祖母则在这儿住了几个星期，她儿子悲剧性的死亡，使她受不了打言而随后死去。我的伯父因为心脏病恶化而在地下室举枪自尽。另外一

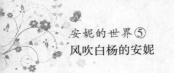
位伯父也走上了自杀之路，因为我的堂姐遗弃了他。"

"他俩是罗纳伯父与鲁宾伯父，"米妮美指着在暖炉两侧彼此瞪着眼的两个人物说，"他俩是双胞胎，一生下来就彼此憎恨，屋里整天响着他俩的吵架声。当他俩吵个不休时，鲁宾遭到了雷击，罗纳一直忘不了那件事情，从那天起仿佛被鬼魂附身，变得怪里怪气。"说到这里，米妮芙突然又加上一句说："罗纳的太太把订婚戒指吃进了肚里。"

"我的天哪！"

"罗纳抱怨说，自己的太太实在不够小心，可是他没有采取应急措施……如果那时赶紧送医急救的话……反正，他再也不提戒指的事情了。不过他时常说，没有了结婚戒指，就仿佛未婚。

"这是我哥哥在举行婚礼后，跟新娘闹翻天的房间。新娘走出这个房间后，便再也不曾回来啦！正因为如此，我哥哥的一生被断送了，后来成了个售货员。汤姆卡伦家的子弟从来就没有一个人当过售货员呀！

"这儿是舞厅，现在已经不用了，往昔时常在这儿召开舞会。那个豪华的百花灯耗费了五百美元。有一天夜晚，大伯母在这儿跳舞时突然倒地死亡——她就死在那个角落。

在我祖父时代就有一个古老的传说。据说，有一天祖父和祖母外出时，也就是在某个星期六的夜晚，家族在这儿跳舞时……"说到这里，米妮芙小姐尽量压低了嗓门，以致叫安妮感到不寒而栗，"恶魔堂而皇之地进来呢！喏！你瞧那个窗口的

地面不是有烧焦似的脚印吗？不过，我自己并不怎么相信那种说法。"

说到这里，米妮芙小姐叹了口气，好似不相信这件事情的人会叫她感到遗憾！

（八）

餐室跟大宅的部分也非常调和。这里有豪华眩目的百花灯，橱柜上面同样摆着金边的镜子，餐桌上面排满了银制、玻璃制的上等食器，以及古意盎然的陶器。

不苟言笑的女佣人在一旁服务，晚餐包括世界各国的佳肴美味，年轻而健康的安妮尽情地享用着。米妮芙小姐暂时保持寂静，安妮也不愿开口，唯恐又引起一些叫人感到栗然的故事。旋即有一只毛色光泽的黑猫走了进来，坐在米妮芙小姐身旁叫了几声。米妮芙小姐倒了一些牛奶在盘子里，把它放在猫儿面前。这以后，米妮芙小姐好像开朗了许多，安妮对汤姆卡伦家族所抱持的恐怖念头，方才缓慢地消失。

吃过了晚餐，安妮跟着米妮芙小姐走到三个客厅里的其中一个，在壁炉的熊熊火焰旁边，坐着度过傍晚的时刻。安妮用钩针编织着甜食用的小餐巾，米妮芙小姐则是一边编织毛毯，一边谈着汤姆卡伦家的种种琐事，而且，几乎所有的"琐事"都以悲剧收场。

"汤姆卡伦小姐，难道这座宅第不曾发生过喜事？"

安妮好不容易有机会说出这句话。因为现在的米妮芙小姐正在擤鼻涕。安妮希望给"恐怖故事"尽快打上休止符。

"嗯……当然有啊。"米妮芙小姐说，"在我十七八岁时，这里还甚为热闹呢！对啦！听说，你正把沙马塞德所有的人物轶事写成一本书？"

"哪儿的话，没有那种事情。"

"噢！"米妮芙小姐表现出失望的样子，"如果你有意执笔的话，你可以自由自在地把我们家的人物轶事写出来，只要把名字改一下就可以了。"

"米妮芙小姐，我必须告辞了。"

"可是，今夜你回不去呀！外面正下着倾盆大雨，而且风又那么大，又没有马车，在这风雨交加的夜晚，就是连半里路也走不得呢！依我看哪，今晚你只好在这里过夜了。"

安妮实在不想在鬼气袭人的汤姆卡伦宅第过夜。不过，她也不想在三月的风雨之夜，独自一人走回柳风庄。

"这里是亚纳贝拉婶婶的房间。"米妮芙小姐带安妮到一间卧房，她在绿色化妆台上的银制烛台点了火，接着说，"亚纳贝拉婶婶的肖像就在镜子上面。玛雪婶婶是汤姆卡伦家数一数二的美人，又很擅长女红，瞧！那件被单就是她缝制的呢！刚才玛莉已经把卧床清理过了。我想，这件睡衣可能适合你。我母亲就是穿着这件睡衣去世的……"

米妮芙说完话走了出去，不过她立刻又回来对安妮说："对啦！我忘了告诉你，亚纳贝拉婶婶在那个壁橱吊颈自杀的，因

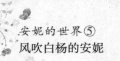

为有一位好友在举行婚礼时不曾招待她。她为此生了很久的闷气，终于走上了不归路……好吧！你安歇吧！"

安妮怀疑她是否能够睡着。原来，这是一栋叫人感到毛骨悚然的古屋，到处充满了幽怨之气，具有断肠之痛的幽魂。一定有众多的女人在这里悲泣、哀叹，就连窗外的风儿也像极了鬼哭狼嚎的声音，安妮突然产生了往外奔逃的冲动。

不过，安妮很快就恢复了平静。如果说充满了阴影的漫长岁月，使汤姆卡伦家屡次发生悲剧的话，那么，相对的，一定也曾发生过令人感到愉快的喜事。例如，活泼爽朗的小姑娘们在这儿跳舞、谈笑风生、彼此交换闺房内的秘密；想必有数不清的婴儿在这儿呱呱坠地；结婚进行曲也屡次被演奏过；音乐会的热闹气息，想必也曾在这里弥漫……

"我就想着这些愉快的事，慢慢地进入睡乡吧！这里不就是客房吗？以前我就一直憧憬着睡在客房里面，现在我总算如愿以偿啦！"

"雪莉老师，米妮芙一定说了那些'鬼故事'给你听吧？"

第二天，安妮回到柳风庄时，姬蒂大婶问。

"姬蒂大婶，米妮芙对我说的那些话都是真的吗？"

"是啊，每件事情都是如假包换的事实呢！"姬蒂大婶皱着眉头回答，"汤姆卡伦家的确发生了众多叫人感到恐怖的事情。"

"这也不值得大惊小怪啦！他们是已经繁衍了六代的大家族。在这种状况下，发生那种事情也是很寻常的事。"安妮说。

凯德大婶说："我并不如此认为，的确，那个家族是被诅咒

的！你想，一下子死了那么多人，而且都是横死、猝死，没有一个人是寿终正寝、安详地离开人间的。据说，建造那栋宅第的建筑业者吃了那个家族。保罗·汤姆卡伦跟建筑师订立契约，因为耗费的钱财比契约所记载的还要多，叫建筑师破了产。他在恼怒之余，诅咒了这个家族。"

"奇怪！米妮芙小姐好像对诅咒这件事情感到非常得意呢！"安妮说。

"她是个可怜的老婆子，如今哪，也只剩下那件事可以炫耀了！"丽贝嘉如此下了评语。

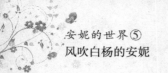

（九）

小不点儿伊丽莎白很讨厌豪华，也不喜欢毫无生气的长青庄。不过六月末的某一个黄昏，发生了一件叫伊丽莎白感到兴奋的事。原来，雪莉老师为了见汤普森夫人（妇女会接待委员会的会长），第二天必须到"飞云"办事。所以安妮请求坎贝尔夫人让她带着伊丽莎白一道去。伊丽莎白感到很纳闷，最近凡是雪莉老师有所求，祖奶奶无一不答应。她做梦也想不到安妮掌握着布尔克尔族的秘密，以致叫坎贝尔祖奶奶不得不俯首称臣。

"待我办完了'飞云'的事，就带你到港口玩。"安妮对伊丽莎白说。

伊丽莎白兴奋得几乎无法入眠。不过在睡觉之前，她仍没忘记例行公事。她打开了黑色的衣柜抽屉，取出了安妮的一张照片，再对照片吻了一下说："我最爱的雪莉老师，请你好好休息吧……"接着，她跪在床铺旁边，合起双手祈祷："我敬爱的神，请你明天放晴吧……"

第二天果然放晴。伊丽莎白和安妮在街道上面走着，瞧着美丽的景色，心里感到非常愉快。举目所望之处，都是长满三

叶草的牧场，到处绽开着金盏花。在远远的海峡，银色的粼粼波光正在向她俩招手。

"跟这些风儿一块儿散步真有意思。"小不点伊丽莎白说。她想起在安息日学到的一首诗——四方的小山都感到欢悦——那么，写这首诗的人，是否见过港口那边那些青翠的山峦呢？

"直接走完这条街，我想，我俩就可以到达神所在的地方。"伊丽莎白做梦似的说。

"很有可能哦。我们必须渡到那个岛屿上，因为它就是'飞云'呀！"

"飞云"离海岸约有四分之一里，是一个小岛屿，除了蓊郁的树木，还有一栋房子。

"我们怎么过去呀？"

"就划这艘平底船去那儿啊！"

原来，雪莉老师也会划船呢！抵达岛屿以后，伊丽莎白感到它似乎是"明日"里面的东西，绝对不可能是"今日"的一部分。

门口的女佣人说，汤普森夫人到岛屿的另外一边采摘野生草莓去了。安妮前往寻找汤普森夫人以前，叫伊丽莎白在屋子里面休息，因为经过了漫长的徒步旅程，伊丽莎白感到有些疲倦。伊丽莎白很喜欢橱柜上面的一面镜子，它正反映着港口、海峡的景色。

这时，有个男人进入屋里。伊丽莎白慌张了起来，她以为对方是吉普赛人呢！对方淡褐色的眼睛充满了笑意，无论是方

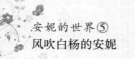
方的下巴、卷曲的茶色头发，还是他的微笑，都能够给伊丽莎白好感。

"你叫什么名字呀？"那男人问。

"我叫伊丽莎白……"伊丽莎白有点畏缩地说。

那个男人凝视了伊丽莎白一阵子，再亲切地叫她坐下。

"我是在等雪莉老师，老师为了妇女会晚餐会的事，来这里找汤普森夫人。雪莉老师一旦回来，她就要带我到世界的尽头呢！"

伊丽莎白坐了下来，她莫名其妙地涌出了一阵幸福感，内心里感到无比舒畅。

"你想吃些什么呢？"那个男人问伊丽莎白。

"好吧！"伊丽莎白说，"我要吃淋着草莓果酱的冰淇淋。"

那个男人摇铃叫冰淇淋。果然有女佣带着两杯淋着草莓酱的冰淇淋出来！伊丽莎白惊讶万分地想，这里一定是"明日"，如果是"今日"的话，这个小岛上怎会有淋着草莓果酱的冰淇淋呢？

"那么，雪莉老师的冰淇淋就放在这里吧！"

伊丽莎白很快就跟那个男人熟络了起来。那个男人很少说话，却一直凝视着伊丽莎白。伊丽莎白从来就不曾见过那种表情，她知道对方喜欢她，而她也很喜欢他！

"我得走啦！你的雪莉老师来啦！你不会寂寞的。"

"那么再见啦！"伊丽莎白慎重地道了谢，"这个'明日'是很吸引人的地方。"

"明日？"

"这就是'明日'啊！我一直想进入'明日'，如今好不容易偿了宿愿。"

"啊……我懂啦！很遗憾，我并不期待'明日'，倒是想回到'昨日'呢！"

小小的伊丽莎白很可怜那个男人，他实在太不幸啦！如果是居住于"明日"的话，那就可以避开很多不幸。

伊丽莎白有些恋恋不舍地回首望着"飞云"，坐在小船上面，心里有那么一些惆怅，她不知怎的，对那个男人感到念念不忘。

"伊丽莎白，那个男人就是你的爸爸呢！"安妮一边摇着桨，一边笑着说，"你爸爸从法国回来啦！现在就居住在那个岛屿上，不久以后，他就会接你回去一起生活呢！"

"啊！雪莉老师！我发现'明日'啦！"伊丽莎白眉飞色舞地说着，开怀地笑了起来。

（十）

我最亲爱的人：

我又走到了道路的转折处。在柳风庄期间，我写给你很多信函，待我寄了这封信之后，我将有好长一段时间不必写信了，因为没那个必要了嘛！再过三个星期，我俩就要彼此永远相属了，我俩将生活在一起……想想看！我俩将一块儿进餐，一块儿沉溺于幻想，一块儿分享感激的瞬间，一块儿拟定计划……吉鲁伯特，我一直在内心里描绘着咱们的梦中小屋，如今哪！其中的一项就要实现了！到了明年四月，我就会告诉你，我会跟谁分享"我们的梦中小屋"。

一开始，我以为三年是很漫长的呢！谁知一转眼就成了过眼烟云。除了跟布尔克尔族暗斗的最初两三个月，我都过着黄金般的日子。如今，他们不仅不恨我，而且，还不止一次地表示喜欢我呢！昨天，布尔克尔家的孩子——考拉·布尔克尔送给我一束玫瑰花。花茎的一张卡片上这样写着：

给全世界最慈祥的好老师

想不到，布尔克尔族竟然对我这么好。

柴门那边的小邻人已经不在了。伊丽莎白永远地离开了太阳光照射不到的房子，进入了她的"明日"之国。如果我再继续留在沙马塞德的话，将会因为看不到伊丽莎白而感到悲哀。伊丽莎白跟她父亲走之前，曾经来我的塔里房间道别。我觉得一阵酸楚，顿时泪如雨下，除了马修伯伯过世和你病重的那段时间，我都不曾流下那么多的眼泪呢！

实在很舍不得离开柳风庄，不过话又说回来啦！我实在已经厌倦这种漂泊的生活了，该是安定下来的时候了。我在柳风庄的岁月将要成为历史。我一直坚守诺言，不曾把姬蒂大婶藏扑克牌的地方告诉凯德大婶，也不曾把她使用脱脂奶洗脸的事情告诉凯德大婶。

大伙儿都为了我的离去而感到难过。到今天为止的一个星期以内，丽贝嘉烹调所有我喜欢的菜肴，殷勤地款待我。她整整用了十个鸡蛋，为我做了两次可口的蛋糕，而且还用招待贵宾用的瓷器呢！就连达斯特也端正地坐在我的脚边，用它金色的眼睛凝视我，仿佛在责备我的离去。

凯瑟琳写了一封长信给我。她目前已经是某位议员的秘书，而且将环绕世界一周呢！

波琳也招待我赴晚宴，亚德尼兰夫人在两三个月以前去世了。米妮芙小姐又宴请了我一次。她仍然谈论着她家族的琐事，而且每件琐事都叫人潸然泪下呢！她还送我了一个青绿色的宝石戒指，闪着月亮般的光辉。据说这是她十八岁时，她父亲送

给她的生日礼物。

对于我居住的"幽灵小径"来说，我唯一感到不满的地方，是始终没能看到幽灵的出没。昨天黄昏，我到古坟场做最后的散步。今天，我就要向"旋风之王"和弯曲的山谷告别。

一连串的欢送会、考试等琐事，叫我感到疲惫万分。我打算放自己一星期的假，让自己完全放松下来，不过必须等回到绿色屋顶之家以后。到时，我要坐着平底船在"闪耀的湖泊"漂流，再到"魔鬼的森林"摘紫苑和吊钟草，或者到哈里森先生的牧场寻找野生的草莓，再到"恋人小径"跟萤火虫跳舞，并探访赫斯达被遗忘的庭园⋯⋯

六月二十七日

于柳风庄幽静的小径

（十一）

　　第二天，安妮跟柳风庄的人告别时，并没见到丽贝嘉的踪影。但是，凯德大婶却交给安妮一封信。

雪莉老师：

　　我之所以要采取书信的方式告别，是我无法从自己的嘴里说出"离别"两个字。

　　前后三年，你跟我们在同一个屋檐下生活。你那和爽朗、快活的精神，以及焕发的青春气息与高尚的趣味，给我们非常深刻的印象。你比谁都理解我，而且一直在抚慰我。正因如此，一旦想起你要离开我们，我的内心就会感到一阵一阵的酸楚，但是，我们又不能抗拒上天的安排啊！

　　凡是受到你恩惠的人，无一不对你的离去感到悲伤。我丽贝嘉，虽然卑贱，但是为人耿直，打从心眼儿里尊敬你。我会时常祈祷你今生的幸运、繁荣和来世的永远幸福。

　　不久以后，你将告别"雪莉小姐"这个名称，跟一名优秀的青年结成连理。我由衷地祝福你俩，希望你的婚姻生活永远美满幸福。

　　（不过，不管对方是什么男人，都不能过分地期待他！）

我对你的尊敬是永久不会改变的。有空的时候，你不妨想着世界上还有我这个人在默默地祝福着你。

你顺从的仆人　丽贝嘉

再启：
希望万能的神时时刻刻保佑你。

安妮把信纸折起来时，已经泪眼模糊。虽然丽贝嘉的文词引用自《礼节辞典》，但丝毫没有损及她的诚意。至于"再启"则是直接出自丽贝嘉的爱心。

"姬蒂大婶，请你告诉丽贝嘉，每年夏天我都会回到柳风庄看大伙儿的。"

"我们会永远怀念你的！"姬蒂大婶说罢，哭了起来。

"不管过去多少年，我们都会想念你的！"凯德大婶用尽力气说。

安妮坐着马车离开柳风庄时，最后看到的告别是——丽贝嘉在塔里的房间，疯狂地挥动着白色的浴巾……